GOLDMANN

Buch

Philipp Marlowe, Chandlers legendärer Privatdetektiv, lebt mit seiner millionenschweren Frau Linda im mondänen Poodle Springs. Er könnte sich zur Ruhe setzen. Statt dessen mietet er sich eine Bruchbude von Büro, um für hundert Dollar am Tag plus Spesen weiter seinem Job als Schnüffler nachzugehen. Der erste Auftrag läßt nicht lange auf sich warten und entpuppt sich als gehörig schmutzige Geschichte: Es geht um Erpressung, Pornographie, um Korruption und die Brutalitäten der Cops.
Marlowe ist ganz der alte: kaltschnäuzig und unerschrocken, ein bißchen sentimental und melancholisch. Seine Hauptwaffe ist weniger der Revolver als sein sarkastischer Witz. In den Augen der High Society hat er nur einen – allerdings gravierenden – Fehler: Er ist nicht käuflich.
In seiner kongenialen Vervollständigung von Raymond Chandlers Romanfragment »The Poodle Springs Story« schickt Bestsellerautor Robert B. Parker den Privatdetektiv Philip Marlowe ein weiteres Mal auf die schäbigen Straßen, erzählt mit beißendem Humor, schnellem Anschlag und stilistischer Könnerschaft, um sich seinem klassischen Vorbild nicht nur zu nähern, sondern als durchaus ebenbürtig zu erweisen. »Eine reife Leistung, einfallsreich, elegant und ironisch«, urteilte die *Münchner Stadtzeitung*, und im *New York Times Book Review* hieß es: »In seinen besten Passagen klingt Parker mehr nach Chandler als Chandler selbst – mit jenem Kick, den der Meister selbst in seinen letzten Jahren allmählich verlor.«

Autoren

Raymond Chandler (1888–1959) gebührt das Verdienst, den amerikanischen Kriminalroman literarisch salonfähig gemacht zu haben. Er gilt neben Dashiell Hammett als der Genreklassiker schlechthin.
Robert B. Parker, ehemaliger Literaturprofessor, hat sich mit seiner Serie um den Privatdetektiv Spenser an die Spitze der Bestsellerlisten und in den Pantheon des Genres geschrieben. Im Goldmann Verlag erschienen: »Starallüren« (Goldmann Paperback 41501) und »Keine Schonzeit für Spenser« (Goldmann Paperback 41520).

RAYMOND CHANDLER
ROBERT B. PARKER

EINSAME KLASSE

ROMAN

Deutsch von Sven Böttcher

GOLDMANN VERLAG

Die amerikanische Originalausgabe erschien 1989
unter dem Titel »Poodle Springs«
bei G. P. Putnam's Sons, New York

Umwelthinweis:
Alle bedruckten Materialien
dieses Taschenbuches
sind chlorfrei und umweltfreundlich

Der Goldmann Verlag
ist ein Unternehmen der Verlagsgruppe Bertelsmann

Made in Germany · Jubiläumsausgabe · 9/92
Genehmigte Taschenbuchausgabe

Umschlaggestaltung: Design Team München
Satz: Filmsatz Schröter GmbH, München
Druck: Elsnerdruck, Berlin
Verlagsnummer: 42119
Lektorat: Sky Nonhoff
Herstellung: Klaus Voigt
ISBN 3-442-42119-5

Wie immer für Joan;
und diesmal natürlich auch für Cissy.

R. P.

1

Linda hielt mit dem Fleetwood-Cabrio vor dem Haus, ohne in die Auffahrt einzubiegen. Sie lehnte sich zurück, betrachtete das Haus und sah dann mich an.

«Das hier ist ein neues Viertel von Poodle Springs, Darling. Ich habe das Haus für die Saison gemietet. Es ist ein bißchen chi-chi, aber so ist Poodle Springs eben.»

«Der Pool ist zu klein», sagte ich. «Und kein Sprungbrett.»

«Der Eigentümer hat mir erlaubt, eins dranzubauen. Ich hoffe, du wirst das Haus mögen, Darling. Es gibt nur zwei Schlafzimmer, aber in dem des Hausherrn steht ein Hollywoodbett, das so groß aussieht wie ein Tennisplatz.»

«Das ist sehr gut. Wenn wir nicht miteinander klarkommen, können wir uns aus dem Weg gehen.»

«Das Badezimmer ist nicht von dieser Welt – es ist von gar keiner Welt. Das danebenliegende Ankleidezimmer hat einen knöcheltiefen rosa Teppich von Wand zu Wand. Da drin stehen auf drei Glasablagen sämtliche Kosmetika, von denen du jemals gehört hast. Die Toilette – verzeih mir, daß ich diesen Ort überhaupt erwähne – befindet sich in einem Anbau mit eigener Tür, und auf dem Toilettendeckel ist eine große Rose – ein *Relief*. Und aus jedem Raum des Hauses sieht man auf eine Terrasse oder den Pool.»

«Ich kann's kaum erwarten, drei oder vier Bäder zu nehmen. Und dann ins Bett zu gehen.»

«Es ist erst elf Uhr morgens», sagte sie geziert.

«Ich warte bis halb zwölf.»

«Darling, in Acapulco –»

«Acapulco war nicht schlecht. Aber wir hatten nur die Kosmetika, die du mitgebracht hattest, und das Bett war bloß ein Bett, keine Spielwiese, und die anderen Leute durften auch in den Swimming-pool springen, und das Badezimmer hatte überhaupt keinen Teppich.»

«Darling, du kannst wirklich widerlich sein. Gehn wir rein. Ich zahle monatlich zwölfhundert Dollar für diesen Schuppen. Ich möchte, daß er dir gefällt.»

«Ich werde ihn lieben. Zwölfhundert im Monat ist mehr, als ich als Detektiv verdiene. Wird das erste Mal sein, daß ich mich aushalten lasse. Darf ich einen Sarong tragen und mir die kleinen Zehennägel anmalen?»

«Verdammt, Marlowe, es ist nicht meine Schuld, daß ich reich bin. Aber da ich das verdammte Geld nun mal habe, werde ich es auch ausgeben. Und da du in meiner Nähe bist, wird einiges davon auch an dir hängenbleiben. Damit mußt du dich einfach abfinden.»

«Ja, Darling.» Ich küßte sie. «Ich werde mir ein Schoßäffchen besorgen, und nach einer Weile wirst du uns beide nicht mehr auseinanderhalten können.»

«Einen Affen? In Poodle Springs mußt du einen Pudel haben. Ich kriege ein traumhaftes Exemplar. Pechschwarz und sehr talentiert. Er hatte Klavierunterricht. Vielleicht kann er auf der Hammondorgel spielen.»

«Wir haben eine Hammondorgel? Ich hatte immer gehofft, mein Leben ohne so ein Ding beenden zu dürfen.»

«Jetzt halt endlich den Mund! Ich glaube langsam, ich hätte doch lieber den Comte de Vaugirard heiraten sollen. Abgesehen davon, daß er sich immer parfümiert hat, war der eigentlich ganz süß.»

«Darf ich den Pudel zur Arbeit mitnehmen? Ich könnte mir eine kleine elektrische Orgel besorgen, eine von diesen winzigen, auf denen man spielt, wenn man Ohren wie ein Corned-beef-Sandwich hat. Der Pudel könnte drauf spielen, während die Klienten mich anlügen. Wie heißt der Pudel eigentlich?»

«Inky.»

«Das muß einem großen Hirn entsprungen sein.»

«Sei nicht ungezogen, oder ich werde nicht – du weißt schon.»

«Und ob du wirst. Du kannst es kaum erwarten.»

Sie setzte den Fleetwood zurück und bog in die Auffahrt ein. «Du brauchst das Garagentor nicht aufzumachen. Augustino wird den Wagen reinfahren, obwohl es bei diesem trockenen Wüstenklima eigentlich nicht nötig ist.»

«Ah ja, der Hausboy, Butler, Koch und Tröster der schweren Herzen. Netter Kerl. Ich mag ihn. Aber irgendwas stimmt hier noch nicht. Mit *einem* Fleetwood kommen wir nicht aus. Ich brauche auch einen, um ins Büro zu fahren»

«Gottverdammt! Ich werde meine weiße Reitpeitsche

rausholen, wenn du so weitermachst. Die mit den Stahldrähten im Riemen.»

«Die typische amerikanische Ehefrau», sagte ich und ging um den Wagen herum, um ihr herauszuhelfen. Sie fiel mir in die Arme. Sie duftete himmlisch. Ich küßte sie. Ein Mann, der vor dem Nachbarhaus den Rasensprenger abstellte, grinste und winkte herüber.

«Das ist Mr. Tomlinson», sagte sie zwischen meinen Zähnen. «Er ist Makler.»

«Makler, Hochstapler, was interessiert mich das?» Ich küßte sie wieder.

Wir waren erst seit drei Wochen und vier Tagen verheiratet.

2

Es war ein ansehnliches Haus, abgesehen davon, daß es nach Innenarchitekt stank. Die Vorderfront bestand aus Doppelglas, zwischen dessen Scheiben Schmetterlinge eingeschlossen waren. Linda sagte, das käme aus Japan. Der Boden der Eingangshalle war mit einem blauen Synthetikteppich mit goldenem, geometrischem Muster ausgelegt. Daran anschließend folgte eine feudale Höhle. Es standen eine Menge Möbel herum, außerdem vier riesige Kerzenständer aus Messing und ein Schreibtisch mit der schönsten Einlegearbeit, die ich je gesehen hatte. Dahinter lag ein Gästebad, das Linda als Waschraum bezeichnete. Anderthalb Jahre in Europa waren für ihre Ausdrucksweise nicht ohne Folgen geblieben. Im Gästebad waren eine Dusche und ein Frisiertisch mit einem mehrere Quadratmeter großen Spiegel darüber. Die Hi-Fi-Anlage hatte Lautsprecher in jedem Zimmer. Augustino hatte sie gedämpft eingeschaltet. Er erschien in der Tür und verbeugte sich lächelnd. Er war ein gutaussehender Bursche, halb hawaiisch, halb japanisch. Linda hatte ihn bei einem Kurzausflug nach Maui aufgelesen, bevor wir nach Acapulco weitergereist waren. Es ist phantastisch, was man alles auflesen kann, wenn man acht oder zehn Millionen Dollar hat.

Es gab einen Innenhof mit einer großen Palme, einigen tropischen Sträuchern und einer Reihe von Findlingen, die man in der Wüste umsonst und als Kunde beim Händler für zweihundertfünfzig Dollar pro Stück mitnehmen durfte. Das Badezimmer, mit dessen Beschreibung Linda nicht übertrieben hatte, besaß eine Tür zum Innenhof, von dem wiederum Türen zum Pool sowie zur hinteren und zur vorderen Terrasse führten. Der Teppich im Wohnzimmer war hellgrau, und die Hammondorgel war in eine Bar eingebaut, so daß man dem Spieler gegenübersitzen konnte. Das schmiß mich fast um. Außerdem standen im Wohnzimmer zum Teppich passende Sofas und dazu kontrastierende Sessel sowie ein riesiger Kamin mit Rauchfang, zwei Meter von der Wand entfernt. Es gab eine chinesische Truhe, die echt aussah, und drei an der Wand hängende gemeißelte chinesische Drachen. Eine der Wände war vollständig verglast, die anderen bis zu einer Höhe von knapp zwei Metern aus

Ziegelsteinen in zum Teppich passender Farbe, und von dort an ebenfalls verglast.

Das Badezimmer hatte eine versenkte Badewanne und Schiebetürschränke, die groß genug waren, um alle Kleider aufzunehmen, von denen ein Dutzend Debütantinnen nur hätte träumen können.

In dem Hollywoodbett im Hauptschlafzimmer hätten bequem vier Leute schlafen können. Auf dem Boden lag ein hellblauer Teppich, und man konnte sich im Schein der an japanische Statuetten montierten Lampen in den Schlaf lesen.

Wir gingen weiter ins Gästezimmer. Es hatte farblich abgestimmte Einzel-, nicht Doppelbetten, ein angrenzendes Bad mit dem gleichen riesigen Spiegel über dem Frisiertisch und den gleichen vier- oder fünfhundert Dollar teuren Kosmetika und Parfüms und Gott weiß was noch auf drei schweren Glasablagen.

Blieb noch die Küche. An deren Eingang befand sich eine Bar, dann folgte ein Wandschrank mit zwanzig Sorten Cocktail-, Highball- und Weingläsern, dahinter ein Herd mit oben liegender Feuerung, ohne Backofen oder Grill, zwei Elektroherde und ein Elektrogrill an einer der anderen Wände, außerdem ein gewaltiger Kühlschrank und eine Tiefkühltruhe. Um den Frühstückstisch mit der Achatglasplatte standen an drei Seiten breite, bequeme Stühle und an der vierten Seite eine Einbaucouch. Ich schaltete den Deckenventilator ein. Er lief mit weitem, langsamem Schwung und beinahe geräuschlos.

«Das ist mir zu protzig», sagte ich. «Lassen wir uns scheiden.»

«Du Mistkerl! Das hier ist nichts im Vergleich zu dem Haus, das wir uns selbst bauen werden. Es gibt zwar ein paar Dinge, die etwas protzig sind, aber dafür kannst du auch nicht sagen, das Haus sei kahl.»

«Wo wird der Pudel schlafen, im Gästebett oder bei uns? Und welche Pyjamafarbe mag er am liebsten?»

«Hör auf!»

«Ich werde nach dieser Geschichte in meinem Büro staubwischen müssen. Sonst kriege ich Minderwertigkeitskomplexe.»

«Du wirst kein Büro haben, du Dummkopf. Was glaubst du, wozu ich dich geheiratet habe?»

«Komm wieder mit ins Schlafzimmer.»

«Reiß dich zusammen, wir müssen die Koffer auspakken.»

«Ich wette, das macht Tino gerade. Er sieht aus, als habe er alles im Griff. Ich muß ihn fragen, ob ich ihn Tino nennen darf.»

«Vielleicht kann er auspacken. Aber er wird nicht wissen, wohin ich meine Sachen haben möchte. Ich bin da sehr eigen.»

«Komm, streiten wir uns, wer welchen Kleiderschrank kriegt. Wir könnten ein bißchen ringen und dann –»

«Wir könnten duschen und schwimmen und dann früh zu Mittag essen. Ich bin am Verhungern.»

«Iß du früh zu Mittag. Ich fahre runter in die Stadt und suche mir ein Büro. In Poodle Springs müssen doch

Geschäfte zu machen sein. Hier gibt es eine Menge Geld, und ich könnte mir gelegentlich etwas davon unter den Nagel reißen.»

«Ich hasse dich. Ich weiß nicht, warum ich dich geheiratet habe. Aber du warst so hartnäckig.»

Ich umarmte sie und hielt sie fest. Ich knabberte an ihren Augenbrauen und Wimpern, die lang waren und kitzelten. Ich arbeitete mich an ihrer Nase und ihren Wangen entlang hinunter bis zum Mund. Zuerst war es nur ein Mund, dann war es eine herausschnellende Zunge, dann ein langer Seufzer, und zwei Menschen waren einander so nah, wie zwei Menschen einander nur nah sein können.

«Ich habe dir eine Million Dollar überwiesen, mit der du machen kannst, was du willst», flüsterte sie.

«Ein sehr netter Zug. Aber du weißt, daß ich sie nicht anrühren würde.»

«Was sollen wir denn machen, Phil?»

«Wir müssen es durchstehen. Es wird nicht immer leicht sein.»

«Ich werde dich nie ändern, oder?»

«Willst du wirklich einen schnurrenden Hauskater aus mir machen?»

«Nein. Ich habe dich nicht geheiratet, weil ich reich bin und du nicht. Ich habe dich geheiratet, weil ich dich liebe, und zwar auch deshalb liebe, weil du dich um niemanden scherst – manchmal nicht einmal um mich. Ich will dir deinen Stolz nicht nehmen, Darling. Ich versuche nur, dich glücklich zu machen.»

«Ich möchte *dich* glücklich machen. Ich weiß nur nicht, wie. Ich habe einfach nicht die richtigen Karten. Ich bin ein armer Mann, der mit einer reichen Frau verheiratet ist. Ich weiß nicht, wie ich mich verhalten soll. Ich weiß nur eines ganz sicher – ob mein Büro nun schäbig war oder nicht, ich bin dort geworden, was ich bin. Und dort werde ich sein, was ich sein will.»

Mit einem leisen Räuspern erschien Augustino in der offenen Tür und verbeugte sich mit einem mißbilligenden Lächeln in seiner eleganten Visage.

«Wann wünschen Madame zu Mittag zu essen?»

«Darf ich Sie Tino nennen?» fragte ich ihn. «Nur, weil es einfacher ist.»

«Natürlich, Sir.»

«Vielen Dank. Und Mrs. Marlowe ist nicht Madame. Sie ist Mrs. Marlowe.»

«Ich bitte um Verzeihung, Sir.»

«Nichts, was Ihnen leid tun müßte. Manche Damen mögen es. Aber meine Frau trägt meinen Namen. Sie hätte jetzt gern ihr Mittagessen. Ich muß noch mal geschäftlich weg.»

«Sehr wohl, Sir. Ich werde mich sofort um Mrs. Marlowes Essen kümmern.»

«Und noch etwas, Tino. Mrs. Marlowe und ich lieben uns. Das zeigt sich in unterschiedlichen Formen. Keine dieser Formen hat von Ihnen zur Kenntnis genommen zu werden.»

«Ich kenne meine Stellung, Sir.»

«Ihre Aufgabe ist es, uns zu einem bequemen Leben zu

verhelfen. Dafür sind wir Ihnen sehr dankbar. Vielleicht dankbarer, als Sie ahnen. Theoretisch sind Sie ein Diener. Tatsächlich sind Sie ein Freund. Es scheint in dieser Hinsicht gewisse Regeln zu geben. Ich muß diese Regeln genauso akzeptieren wie Sie. Aber jenseits dieser Regeln sind wir einfach zwei nette Burschen.»

Er strahlte. «Ich glaube, ich werde hier sehr glücklich sein, Mr. Marlowe.»

Man konnte nicht sagen, wann oder wie er verschwand. Er war einfach nicht mehr da. Linda rollte sich auf den Rücken, hob die Zehen und starrte sie an.

«Was soll ich dazu sagen! Ich wünschte, ich wüßte es. Magst du meine Zehen?»

«Das sind die anbetungswürdigsten Zehen, die ich jemals gesehen habe. Und sie scheinen auch noch vollständig vorhanden zu sein.»

«Geh bloß weg, du Unmensch! Meine Zehen *sind* anbetungswürdig.»

«Kann ich mir den Fleetwood kurz ausleihen? Morgen fliege ich nach L. A. und hole meinen Olds.»

«Darling, muß das wirklich sein? Das ist doch vollkommen überflüssig.»

«Für mich ist es der einzige Weg», sagte ich.

3

Der Fleetwood schnurrte mich in die Stadt und zum Büro eines Mannes namens Thorson, dessen Fenster behauptete, er sei Grundstücksmakler und praktisch auch alles andere, nur kein Kaninchenzüchter.

Er war ein freundlich wirkender, glatzköpfiger Mann, der auf der Welt keine andere Sorge zu haben schien, als seine Pfeife in Gang zu halten.

«Büros sind schwer zu finden, Mr. Marlowe. Wenn Sie, wie ich annehme, eins am Canyon Drive suchen, wird Sie das einiges kosten.»

«Ich will keins am Canyon Drive. Ich will eins in einer Seitenstraße oder in der Sioux Avenue. Ich kann mir keins an der Hauptgeschäftsstraße leisten.»

Ich gab ihm meine Karte und ließ ihn einen Blick auf die Kopie meiner Lizenz werfen.

«Ich weiß nicht», sagte er zweifelnd. «Die Polizei wird nicht besonders glücklich sein. Das hier ist ein Erholungsort, und die Gäste wollen bei Laune gehalten werden. Wenn Sie Scheidungssachen machen, werden die Leute Sie nicht besonders mögen.»

«Ich mache keine Scheidungssachen, und die Leute mögen mich trotzdem ausgesprochen selten. Was die Bullen angeht, werde ich mich persönlich vorstellen, und wenn sie mich aus der Stadt werfen wollen, wird das meiner Frau gar nicht gefallen. Sie hat gerade ein ziemlich nettes Häuschen in der Nähe von Romanoffs neuem Lokal gemietet.»

Er fiel nicht vom Stuhl, aber er mußte sich verdammt gut festhalten. «Sie meinen Harlan Potters Tochter? Ich habe gehört, daß sie so einen – ach, was soll's, was geht mich das an. Sie sind also der Mann, verstehe. Ich bin sicher, daß wir etwas für Sie finden, Mr. Marlowe. Aber was wollen Sie in einer Seitenstraße oder der Sioux Avenue? Warum nicht gleich ins beste Viertel?»

«Ich bezahle mit meinem eigenen Geld. Und ich habe nicht übermäßig viel.»

«Aber Ihre Frau –»

«Jetzt hören Sie mal gut zu, Thorson. Das Höchste, was ich im Monat verdiene, sind zweitausend – brutto. In manchen Monaten gar nichts. Ich kann mir keine Prunkfassade leisten.»

Er zündete seine Pfeife jetzt mindestens zum neuntenmal an. Warum, zum Teufel, rauchen diese Leute Pfeife, wenn sie nicht wissen, wie man's macht?

«Wird das Ihrer Frau gefallen?»

«Was meiner Frau gefällt oder nicht gefällt, geht Sie nichts an, Thorson. Haben Sie was oder haben Sie nichts? Und versuchen Sie nicht, mich übers Ohr zu hauen. Das haben schon die größten Haie in ihrer Branche bei mir versucht. Man schafft mich vielleicht, aber nicht auf Ihre Tour.»

«Also –»

Ein quicklebendiger junger Mann stieß die Tür auf und betrat lächelnd den Raum. «Ich komme von der *Poodle Springs Gazette*, Mr. Marlowe. Soviel ich weiß –»

«Wenn Sie was wüßten, wären Sie nicht hier.» Ich

stand auf. «Tut mir leid, Mr. Thorson, Sie haben zu viele Knöpfe unter ihrem Schreibtisch. Ich werde mich woanders umsehen.»

Ich schob den Reporter aus dem Weg und schlenderte durch die offene Tür hinaus. Wenn überhaupt jemand in Poodle Springs eine Tür schloß, mußte er schon sehr schlechte Nerven haben. Auf dem Weg nach draußen stieß ich mit einem großen, kräftigen Mann zusammen, der zehn Zentimeter größer und dreißig Pfund schwerer war als ich.

«Ich bin Manny Lipshultz», sagte er. «Sie sind Philip Marlowe. Lassen Sie uns reden.»

«Ich bin vor gerade zwei Stunden hier angekommen», sagte ich. «Ich suche ein Büro. Ich kenne niemanden namens Lipshultz. Würden Sie mich also bitte vorbeilassen?»

«Ich habe vielleicht etwas für Sie. Gewisse Dinge sprechen sich in einem Nest wie diesem schnell herum. Harlan Potters Schwiegersohn, was? Da klingeln eine Menge Glöckchen.»

«Hauen Sie ab.»

«Nun seien Sie mal nicht so. Ich bin in Schwierigkeiten. Ich brauche einen guten Mann.»

«Wenn ich ein Büro habe, Mr. Lipshultz, kommen Sie vorbei und besuchen mich. Im Moment bin ich mit wichtigeren Dingen beschäftigt.»

«Ich könnte nicht mehr lange genug am Leben sein», sagte er ruhig. «Ist Ihnen schon mal was vom Agony Club zu Ohren gekommen? Er gehört mir.»

Ich sah zurück ins Büro von Señor Thorson. Der Nachrichtengeier und er hatten die Ohren einen halben Meter aus der Tür hängen.

«Nicht hier», sagte ich. «Rufen Sie mich an, wenn ich mit den Hütern des Gesetzes gesprochen habe.» Ich gab ihm die Nummer.

Er schenkte mir ein müdes Lächeln und machte den Weg frei. Ich ging zurück zum Fleetwood und kutschierte ihn elegant die kurze Strecke bis zum Polizeirevier die Straße hinunter. Ich parkte in einer für Dienstfahrzeuge vorgesehenen Parkbucht und ging hinein. Eine sehr hübsche Blondine in Polizeiuniform stand hinter dem Tresen.

«Verdammt noch mal», sagte ich. «Ich dachte, Polizistinnen müßten harte Gesichtszüge haben. Sie sind ein Engel.»

«Wir haben alle Arten da», erwiderte sie gelassen. «Sie sind Philip Marlowe, nicht wahr? Ich habe Ihr Foto in den Zeitungen aus L. A. gesehen. Was können wir für Sie tun, Mr. Marlowe?»

«Ich will mich anmelden. Muß ich mit Ihnen oder dem diensthabenden Sergeant sprechen? Und wohin kann ich hier gehen, ohne gleich beim Namen genannt zu werden?»

Sie lächelte. Ihre Zähne waren ebenmäßig und so weiß wie der Schnee auf den Berggipfeln hinter Poodle Springs. Ich wette, sie benutzte eine dieser neunzehn Zahnpastasorten, die besser und neuer und größer sind als alle anderen.

«Am besten, Sie sprechen mit Sergeant Whitestone.» Sie öffnete eine Schwingtür und nickte in Richtung einer geschlossenen Tür. Ich klopfte, betrat den Raum und stand vor einem gelassen wirkenden Mann mit rotem Haar und der Sorte Augen, die jeder Polizist irgendwann bekommt. Augen, die zuviel Häßliches gesehen haben und zu viele Lügner.

«Mein Name ist Marlowe. Ich bin Privatdetektiv. Ich werde hier irgendwo ein Büro eröffnen, wenn ich eins finde und Sie mich lassen.» Ich warf eine weitere Karte auf den Schreibtisch und öffnete die Brieftasche, um ihm meine Lizenz zu zeigen.

«Scheidungen?»

«Rühre ich nie an, Sergeant.»

«Gut. Das ist doch schon was. Ich kann zwar nicht sagen, daß ich begeistert bin, doch wir werden schon miteinander klarkommen, wenn Sie die Polizeiarbeit der Polizei überlassen.»

«Würde ich gerne, aber ich habe nie rausgekriegt, wann ich aufhören muß.»

Er sah mich finster an. Dann schnippte er mit den Fingern. Er brüllte: «Norman!»

Die hübsche Blondine öffnete die Tür. «Wer ist dieser Kerl?» jammerte der Sergeant. «Nein, sagen Sie nichts. Lassen Sie mich raten.»

«Ich fürchte, er ist es, Sergeant», sagte sie zurückhaltend.

«Zum Teufel! Einen Privatdetektiv hier herumstöbern lassen zu müssen, ist schon schlimm genug. Aber einen

Privatdetektiv, der zwei- oder dreihundert Millionen Dollar im Rücken hat – das ist unmenschlich.»

«Ich habe keine zweihundert Millionen Dollar im Rükken, Sergeant. Ich bin auf mich allein gestellt und ein ziemlich armer Mann.»

«Ach ja? Das sind wir beide, nur daß ich vergessen habe, die Tochter meines Chefs zu heiraten. Wir Bullen sind einfach zu dumm.»

Ich setzte mich und zündete mir eine Zigarette an. Die Blondine ging hinaus und schloß die Tür.

«Es ist zwecklos, oder?» sagte ich. «Ich kann Sie nicht davon überzeugen, daß ich nur ein Mann bin, der sich seinen Lebensunterhalt zusammenkratzen will. Kennen Sie jemanden, der Lipshultz heißt und einen Club besitzt?»

«Nur zu gut. Sein Laden ist draußen in der Wüste, außerhalb unserer Zuständigkeit. Ab und zu läßt der Bezirksstaatsanwalt von Riverside eine Razzia bei ihm durchführen. Man sagt, er betreibe Glücksspiele in seinem Schuppen. Ich will's gar nicht wissen.»

Er fuhr sich mit der hornigen Hand über das Gesicht und sah danach wirklich aus wie ein Mann, der es nicht wissen wollte.

«Er hat vor dem Büro eines Grundstücksmaklers namens Thorson auf mich gewartet. Sagte, er sei in Schwierigkeiten.»

Der Sergeant starrte mich ausdruckslos an. «In Schwierigkeiten zu stecken gehört dazu, wenn man Lipshultz heißt. Lassen Sie die Finger von ihm. Sonst könnten ein paar von den Schwierigkeiten an Ihnen hängenbleiben.»

Ich stand auf. «Danke, Sergeant. Ich wollte Ihnen nur Hallo sagen.»

«Sie haben Hallo gesagt. Und ich freue mich schon auf den Tag, an dem Sie auf Nimmerwiedersehen sagen.»

Ich verließ den Raum und schloß die Tür hinter mir. Die hübsche Polizistin warf mir ein nettes Lächeln zu. Ich blieb vor ihrem Tresen stehen und starrte sie einen Moment lang wortlos an.

«Ich schätze, daß noch nie ein Polizist einen Privatdetektiv gern hatte», sagte ich.

«Für mich sind Sie in Ordnung, Mr. Marlowe.»

«Für mich sind *Sie* sogar mehr als in Ordnung. Von Zeit zu Zeit gefalle ich übrigens sogar meiner Frau.»

Sie stützte die Ellbogen auf den Tisch und verschränkte die Hände unter dem Kinn. «Was macht sie denn in der restlichen Zeit?»

«Sie wünscht sich, ich hätte zehn Millionen Dollar. Dann könnten wir uns noch den einen oder anderen Fleetwood-Cadillac zulegen.»

Ich schenkte ihr mein faszinierendstes Lächeln, verließ das Polizeirevier und kletterte in unseren einsamen Fleetwood. Ich machte mich auf den Weg zu unserer Villa.

4

Am Ende des Hauptviertels macht die Straße einen Bogen nach links. Um zu uns zu kommen, muß man einfach geradeaus weiterfahren, wobei auf der linken Seite nichts weiter als ein Hügel zu sehen ist und auf der rechten gelegentlich eine Seitenstraße. Mich überholten einige Touristenwagen, die ihre Insassen zum Bestaunen der Palmen in den Stadtpark fuhren – als ob sie all die Palmen, die sie brauchten, nicht in Poodle Springs selbst sehen konnten. Ein großer Buick Roadmaster fuhr langsam hinter mir her. An einer Stelle, an der weit und breit keine anderen Autos zu sehen waren, beschleunigte er plötzlich, schoß an mir vorbei und stellte sich vor mir quer. Ich fragte mich, was ich falsch gemacht hatte. Zwei Männer, beide sehr sportlich gekleidet, sprangen aus dem Auto und trotteten zurück zu der Stelle, an der ich meinen Wagen zum Stehen gebracht hatte. Sie trugen Waffen in ihren nervösen Händen. Ich griff mit der Hand nach dem Schaltknüppel der Automatik und legte einen niedrigen Gang ein. Dann streckte ich mich nach dem Handschuhfach aus, aber es war bereits zu spät. Sie standen schon neben dem Fleetwood.

«Lippy will mit Ihnen reden», knurrte eine nasale Stimme. Er sah aus wie der nächstbeste billige Penner. Ich hätte keinen Wert darauf gelegt, ihn näher kennenzulernen. Der andere war länger und schlanker, aber auch nicht appetitlicher. Ihre Kanonen hielten sie allerdings in einer lässigen und sehr gekonnten Art und Weise.

«Und wer soll Lippy sein? Und nehmt die Knarren weg. Ich hab keine.»

«Nachdem er mit Ihnen gesprochen hatte, sind Sie zu den Bullen gegangen. Das gefällt Lippy nicht.»

«Laßt mich raten», sagte ich fröhlich. «Lippy soll Mr. Lipshultz sein, der den Agony Club betreibt oder besitzt; und der Agony Club, der außerhalb der Stadtgrenzen von Poodle Springs liegt, ist in illegale Geschäfte verwikkelt. Warum will dieser Lippy mich so dringend sehen, daß er mir ein paar Vollidioten wie euch hinterherjagt?»

«Geschäftlich, Großmaul.»

«Ehrlich gesagt, dachte ich auch nicht, wir wären so dicke Freunde, daß er nicht ohne mich zu Abend essen kann.»

Einer der Kerle, der längere, ging um den Fleetwood herum und langte nach dem rechten Türgriff. Es mußte also jetzt etwas passieren, wenn überhaupt noch etwas passieren sollte. Ich trat das Gaspedal voll durch. Ein billiger Wagen wäre abgesoffen, aber nicht der Fleetwood. Er schoß vorwärts und brachte den längeren Burschen ins Taumeln. Der Fleetwood knallte hart in das Heck des Roadmaster. Ich konnte nicht sehen, was mit dem Fleetwood passiert war. Vielleicht hatte er jetzt zwei oder drei Kratzer an der vorderen Stoßstange. Während des Aufpralls riß ich das Handschuhfach auf und griff nach der 38er, die ich in Mexiko bei mir getragen hatte, ohne sie jemals gebrauchen zu müssen. Aber wenn man mit einer Frau wie Linda unterwegs war, ging man kein Risiko ein.

Der kleinere Gangster fing an zu laufen. Der andere saß noch immer auf seinem Hintern. Ich sprang aus dem Fleetwood und feuerte über seinen Kopf hinweg einen Schuß ab.

Der kleinere Bursche blieb zwei Meter entfernt wie angewurzelt stehen.

«Hört mal zu, ihr Süßen», sagte ich. «Lippy kann doch nur mit mir sprechen, wenn ihr mich nicht vorher mit Blei vollgepumpt habt. Und eine Kanone sollte man nur zeigen, wenn man auch imstande ist, sie zu benutzen. Ich bin es. Ihr nicht.»

Der längere Kerl rappelte sich auf und steckte mürrisch die Kanone ein. Nach kurzem Zögern tat der andere das gleiche. Daraufhin gingen sie, um sich ihren Wagen anzusehen. Ich setzte den Fleetwood zurück und blieb dann auf gleicher Höhe mit dem Roadmaster stehen.

«Ich werde Lippy besuchen», sagte ich. «Er kann ein paar Ratschläge wegen seines Personals gebrauchen.»

«Sie haben eine hübsche Frau», sagte der kleine Kerl häßlich.

«Und jeder Dreckskerl, der sie anrührt, ist schon so gut wie eingeäschert. Bis dann, Gartenzwerg. Ich seh dich auf dem Friedhof.»

Ich trat den Fleetwood voll durch und war schnell außer Sicht. Ich bog in unsere Straße ein, die wie alle Straßen in dieser Gegend eine Sackgasse zwischen hohen, dem Gebirge vorgelagerten Hügeln war. Ich hielt vor dem Haus und sah mir die Vorderseite des Fleetwood an. Er war ein bißchen eingedellt – nicht besonders, aber zu sehr, um eine Dame wie Linda damit losfahren zu lassen. Ich ging ins Haus und fand sie im Schlafzimmer, wo sie ihre Kleider anstarrte.

«Du hast gefaulenzt», sagte ich. «Du hast die Möbel noch immer nicht umgestellt.»

«Darling!» Sie schoß auf mich zu wie ein halbscharf geschlagener Baseball, hoch und gut gezielt. «Was hast du denn so lange gemacht?»

«Ich habe deinen Wagen ins Heck eines anderen gerammt. Du bestellst besser telefonisch ein paar Reserve-Fleetwoods.»

«Was in aller Welt ist denn passiert? Du bist doch kein unvorsichtiger Fahrer.»

«Ich hab's absichtlich gemacht. Ein Kerl namens Lipshultz, dem der Agony Club gehört, hat mich abgefangen, als ich aus einem Maklerbüro kam. Er wollte geschäftlich mit mir reden, aber ich hatte gerade keine Zeit. Also hat er mir auf dem Heimweg ein paar bewaffnete Idioten hinterhergeschickt, die mich zu einem Besuch überreden sollten. Ich hab's ihnen ausgeredet.»

«Natürlich hast du das, Darling. Und zwar völlig zu Recht. Was wolltest du denn beim Makler?»

«Ihn mal kurz ansehen. Ein Makler ist cin Mann mit einer Nelke im Knopfloch. Du fragst mich ja gar nicht, wie schlimm dein Auto beschädigt ist.»

«Hör auf, es mein Auto zu nennen. Es ist unser Auto.

Und es wird schon nicht so schlimm beschädigt sein, daß man es merkt. Wir brauchen für abends sowieso noch einen Sedan. Hast du schon gegessen?»

«Du nimmst es ja verdammt noch mal ausgesprochen ruhig auf, daß man mich beinahe erschossen hätte.»

«Ach, ich habe gerade an etwas ganz anderes gedacht. Ich fürchte, mein Vater wird bald herkommen und anfangen, die ganze Stadt aufzukaufen. Und du weißt ja, wie wenig er von Publicity hält.»

«Wie recht er hat! Mich haben heute schon ein Dutzend Leute beim Namen genannt – unter anderem eine außerordentlich hübsche, blonde Polizistin.»

«Sie kann wahrscheinlich Judo», sagte Linda beiläufig.

«Hör mal, ich nehme mir meine Frauen nicht mit Gewalt.»

«Ja, vielleicht. Aber ich glaube mich daran erinnern zu können, wie mich jemand in sein Schlafzimmer gezwungen hat.»

«Von wegen gezwungen. Du konntest es kaum erwarten.»

«Bitte Tino, dir dein Essen zu bringen. Wenn dieses Gespräch so weitergeht, vergesse ich noch, daß ich meine Kleider einräumen wollte.»

5

Das Büro, das ich schließlich fand, war so nah an der Müllkippe, wie das in Poodle Springs nur möglich ist, und lag südlich des Ramon Drive, im ersten Stock über einer Tankstelle. Es war einer dieser üblichen einstöckigen Pseudo-Ziegelbauten mit nutzlosen, an den Dachgiebeln herausragenden Firststangen. An der rechten Seite gab es eine Außentreppe, die in ein Zimmer mit einem Waschbecken in der Ecke und einem billigen Kieferntisch führte, den der Vormieter, der Versicherungen oder anderes Zeug verkauft haben mochte, zurückgelassen hatte.

Was immer er verkauft hatte, zum Bezahlen der Miete hatte es nicht gereicht, und der Mummelgreis, dem das Gebäude gehörte, hatte ihn vor einem Monat vor die Tür gesetzt. Neben dem Tisch standen ein quietschender Drehstuhl und ein grauer Aktenschrank aus Metall, und an der Wand hing ein Kalender mit dem Bild eines Hundes, der einem kleinen Mädchen das Bikiniunterteil herunterzog.

«Darling, das ist entsetzlich», sagte Linda, als sie es erblickte.

«Du solltest erst mal meine Klienten sehen», sagte ich.

«Ich könnte dir jemanden vorbeischicken, der ...»

«Das hier ist genau das, was ich mir leisten kann.»

Linda nickte. «Tja, es wird sicherlich seinen Zweck erfüllen», sagte sie. «Und jetzt laß uns essen gehen.»

Das Telefon klingelte. Linda nahm ab.

«Philip Marlowes Büro», meldete sie sich. Dann hörte sie zu, rümpfte die Nase und reichte mir den Hörer. «Das muß ein Klient sein, Darling. Er klingt entsetzlich.»

Ich sagte «Ja» in den Hörer, und eine Stimme, die ich kannte, sagte: «Marlowe, hier ist Manny Lipshultz.»

«Wie schön für Sie», erwiderte ich.

«Also gut, Ihnen die zwei Schläger hinterherzuschikken, war ein Fehler. Ich hab schon größere gemacht.»

Ich widersprach ihm nicht.

«Wenn Sie an einem Job interessiert sind, dann würde ich gern mit Ihnen reden.»

«Schießen Sie los», sagte ich.

«Können Sie herkommen?»

«In den Agony Club?»

«Ja. Sie wissen, wo er ist?»

«Ein Stück außerhalb der Stadtgrenzen von Poodle Springs», sagte ich. «Wann?»

«Jetzt gleich.»

«Ich bin in einer halben Stunde da», sagte ich und legte auf.

Linda sah mich mit vor der Brust verschränkten Armen an. Ich ließ meinen Stuhl nach hinten quietschen, legte die Hände hinter den Kopf und grinste sie an. Sie trug einen lächerlich kleinen weißen Hut mit einem Hauch von einem Schleier, ein ärmelloses kleines weißes Kleid und hochhackige weiße Schnallenschuhe, von denen der rechte unruhig auf den Boden tippte.

«Ich bin in einer halben Stunde da?»

«Mein erster Klient», sagte ich. «Ich muß mir meinen Lebensunterhalt verdienen.»

«Und unser Mittagessen?»

«Ruf Tino an, vielleicht hat er Lust, dich zu begleiten.»

«Ich kann doch nicht mit dem Hausboy zum Essen gehen.»

Ich stand auf. «Komm, ich bring dich nach Hause.»

Sie nickte, drehte sich um und ging vor mir aus dem Büro hinaus. Als ich sie absetzte, gab sie mir keinen Abschiedskuß, obwohl ich um den Wagen herumging und ihr die Tür aufhielt. Zum Verlieben, Marlowe. Ein Vorbild in Sachen Höflichkeit.

Der Agony Club lag im Nordosten von Poodle Springs, direkt hinter der Grenze zum Riverside-Bezirk. Ein berühmter Schauspieler hatte es sich in den Kopf gesetzt, dieses Schloß in die Wüste zu bauen, bis ihn das Glück wegen eines Zwischenfalls mit einem fünfzehnjährigen Mädchen verlassen hatte und seine Schloßpläne diesem Umstand zum Opfer gefallen waren. Es sah aus wie ein Bordell für reiche Mexikaner, mit all dem weißen Stuck und den roten Dachziegeln, den Brunnen im Hof und den an den Seiten hochrankenden Bougainvillea-Sträuchern. Um die Mittagszeit wirkte es ein bißchen glanzlos, wie ein alternder Filmstar. In der breiten Kopfsteinpflastereinfahrt standen keine Autos. Entfernt konnte ich die unsichtbare Klimaanlage hören, die summte, als säße eine Heuschrecke hinter dem Gebäude.

Ich parkte den Olds vor dem Fallgatter am Ende der Einfahrt und ging durch die kühle Dunkelheit des Eingangs ins Haus. Es gab zwei große, verzierte Mahagonitüren, von denen eine nur angelehnt war. Ich drückte mich durch den Spalt in die plötzliche Kühle des Innenraums. Nach der starken Wüstenhitze war die Luft hier angenehm, aber sie wirkte auch künstlich wie die besänftigende Berührung eines Einbalsamierers. Die zwei Gangster, die mich am Vortag abgefangen hatten, tauchten von rechts aus dem Nichts auf.

Der Größere sagte: «Tragen Sie eine bei sich?»

«Klar», erwiderte ich, «man weiß ja nie, ob es hier draußen was zum Abschießen gibt.»

Der kleinere Bursche war nur halb zu sehen, da er zurückgelehnt in dem düsteren Korridor auf der rechten Seite stand. Die Pistole in seiner Hand reflektierte den Lichtschein aus dem Hauptzimmer.

«Sie können nicht mit 'ner Kanone zu Lippy reingehen», sagte der Größere.

Ich zuckte mit den Achseln, öffnete meinen Mantel, und er zog mir die Waffe vorsichtig unter dem Arm heraus. Er sah sie sich an.

«Kurzer Doppellauf», sagte er. «Nicht besonders gut für größere Entfernungen.»

«Ich arbeite immer am Mann.»

Der Lange ging voraus durch einen großzügigen Innenraum. Dort standen Blackjacktische, Roulette-Scheiben und Tische zum Würfeln. Über die langgezogene linke Wand erstreckte sich eine polierte Mahagonibar mit kunstvoll arrangierten Flaschen vor der dahinterliegenden, verspiegelten Wand. Die einzige Lichtquelle war eine Reihe schmaler, enger Fenster dicht unter der Decke, die wohl ursprünglich wie Schießscharten hatten aussehen sollen. Ich entdeckte eine Reihe von Kristalleuchtern, die unbeleuchtet von der Decke hingen. Der kleinere Gangster ging fünf Schritte hinter mir her. Ich glaubte nicht, daß er seine Waffe noch in der Hand hatte, wollte mich aber nicht beim Nachsehen erwischen lassen.

Am anderen Ende der Bar führten drei Stufen auf einen flachen Treppenabsatz, und an dessen Ende gab eine Tür den Blick in Manny Lipshultz' großes Büro frei. Er war da und saß hinter einem pokertischgroßen Schreibtisch.

«Marlowe», sagte er. «Setzen Sie sich. Wollen Sie einen Drink?»

Er stand auf, umrundete ein Sideboard aus Rosenholz, nahm eine Karaffe herunter und schenkte zwei dicke klobige Gläser halbvoll. Eins davon drückte er mir in die Hand und ging wieder hinter seinen Schreibtisch.

«Ist in Ordnung, Leonard», sagte er zu dem langen Kerl. «Ihr könnt abhauen.»

Leonard und sein kleiner Kumpel verschwanden lautlos im Halbdunkel. Ich nippte an meinem Drink, Scotch, besser als ich ihn gewohnt war, obwohl meine Frau zehn Millionen Dollar besaß.

«Freut mich, daß Sie kommen konnten, Marlowe», sagte Lipshultz.

«Mich auch», erwiderte ich. «Man muß schließlich von irgendwas leben.»

«Wenn man mit Harlan Potters Tochter verheiratet ist?»

«Das bedeutet nur, daß *sie* weiß, wovon sie leben kann», sagte ich.

Lipshultz nickte. «Ich habe ein Problem, Marlowe.»

Ich wartete.

«Sie müssen wissen, daß das, was wir hier tun, nicht ganz legal ist.»

«Ich weiß», sagte ich.

«Haben Sie schon mal darüber nachgedacht, warum man uns noch nicht hat auffliegen lassen?»

«Nein», sagte ich, «aber wenn ich es täte, käme ich wohl zu dem Ergebnis, daß Sie jemanden hinter sich haben, und daß dieser Jemand genau die Art Geld hat, die Leute davon abhält, Sie zu belästigen.»

Lipshultz lächelte. «Gut, Marlowe. Ich wußte schon, daß Sie clever sind, bevor ich Sie überprüft habe.»

«Und wozu brauchen Sie mich, wenn Sie derartige Verbindungen haben?»

Lipshultz schüttelte mißmutig den Kopf. Er hatte eine dicke Nase, die zu seinem roten Gesicht paßte, und glattes schwarzes Haar, das in der Mitte gescheitelt war und an beiden Seiten seines Kugelkopfes anlag.

«Die Verbindung nützt mir in diesem Fall nichts», sagte er. «Und wenn Sie mir nicht aus der Klemme helfen, dann könnte eben diese Verbindung gewisse Leute rausschicken, um mich zu besuchen, wenn Sie verstehen, was ich meine.»

«Wenn die das tun, sollten Sie sich bessere Männer als

die zwei Heuler besorgen, die Sie im Moment an Ihrer Seite haben.»

«So ist das nun mal», sagte Lippy. «Es ist schwer, Leute hier rauszukriegen, schließlich ist das nicht Los Angeles. Nicht jeder mag die Wüste. Deshalb war ich so erleichtert zu erfahren, daß Sie hier sind. Ich habe von Ihnen gehört, als Sie noch von Hollywood aus gearbeitet haben.»

«Ihr Glückstag», sagte ich. «Was soll ich also für Sie tun?»

Er überreichte mir einen Schuldschein über hunderttausend Dollar, der in sauberer, sehr kleiner Handschrift mit *Les Valentine* unterschrieben war. Dann lehnte er sich zurück und ließ ihn einen Moment wirken.

«Ich akzeptiere die Unterschrift eines Burschen über hundert Riesen. Ich scheine alt zu werden.»

«Warum haben Sie's getan?»

«Er kommt aus einer reichen Familie. Hat vorher immer gezahlt.»

«Und als Ihr großer Boss eines Tages die Bücher überprüft hat, stellte er fest, daß Ihnen hunderttausend fehlen.»

«Sein Buchhalter», sagte Lipshultz. «Und Mr. Blackstone hat mich daraufhin besucht.»

Obwohl der klimatisierte Raum vollkommen kühl war, schwitzte Lipshultz. Er zog ein seidenes Spitzentüchlein aus der Tasche und wischte sich den Nacken damit ab.

«Kam höchstpersönlich rausgefahren und saß da, wo

Sie jetzt sitzen, und erklärte, ich hätte einen Monat Zeit, das Loch zu stopfen», sagte Lipshultz.

«Sonst?»

«Es gibt kein ‹sonst› bei Mr. Blackstone, Marlowe.»

«Ich soll also den Kerl für Sie finden, der Sie geleimt hat.»

Lipshultz nickte.

«Ich finde Menschen, Lipshultz, aber ich nehme sie nicht aus.»

«Um mehr bitte ich Sie auch nicht, Marlowe. Mir fehlen hundert Riesen. Wenn ich sie nicht zurückbekomme, bin ich ein toter Mann. Finden Sie den Kerl. Reden Sie mit ihm.»

«Was, wenn er das Geld nicht hat? Jungs, die hundert Riesen am Spieltisch verlieren, haben normalerweise nie lange Geld», sagte ich.

«Er hat es. Seine Frau ist zwanzig, dreißig Millionen schwer.»

«Warum fragen Sie dann nicht sie?»

«Habe ich, aber sie glaubt mir nicht. Sie behauptet, daß ihr Lester das niemals tun würde. Also habe ich gesagt, fragen Sie Lester, und sie hat gesagt, er sei im Moment nicht da, weil er nördlich von L. A. Standfotos für einen Film schießt.»

«Wie kommt's, daß Sie sie nicht ausgenommen haben?»

Lipshultz schüttelte den Kopf. «Sie ist eine Dame.»

«Und Sie sind ein Gentleman», sagte ich.

Lipshultz zuckte mit den Achseln. «Was soll's.»

Ich glaubte es genauso wie ich glaube, daß man mit einem Mal einen kompletten Straight abheben kann, aber da schien nichts zu sein, womit ich ihn hätte festnageln können.

«Ich zahle Ihnen zehn Prozent, wenn Sie das Geld bekommen», sagte Lipshultz.

«Ich kriege hundert Dollar am Tag plus Spesen», erwiderte ich.

Lipshultz nickte. «Hab gehört, daß Sie mal Pfadfinder waren.»

«Es gibt da ein paar Leute, die zwischen zwanzig Jahren und lebenslänglich in San Quentin absitzen, weil sie das gleiche dachten», sagte ich.

Lipshultz grinste. «Ich hab auch gehört, daß Sie verdammt hart sein sollen.»

«Wo finde ich diesen Kerl?» fragte ich.

«Valentine, Les Valentine. Lebt mit seiner Frau irgendwo in Poodle Springs, in der Nähe des Tennisclubs. Soll ich es für Sie raussuchen?»

«Ich bin gelernter Spürhund», antwortete ich. «Ich suche es mir selbst raus. Kann ich den Schuldschein mitnehmen?»

«Klar», sagte Lipshultz. «Ich habe Kopien.»

Lipshultz gab mir hundert Dollar als Vorschuß und mußte irgendwo auf einen Knopf gedrückt haben, denn plötzlich tauchten Leonard und sein Alter ego wieder auf. Leonard gab mir meinen Revolver zurück; Alter ego blieb so weit entfernt, daß ich ihn nicht beißen konnte, und folgte mir durch die Glücksspielanlage bis ins heiße, grelle Tageslicht am Eingang. Er und Leonard beobachteten mich, wie ich in den Olds stieg und, begleitet vom heißen Wind, der durch die geöffneten Fenster hereinwehte, wegfuhr.

6

Les Valentines Haus lag hinter der Zufahrt zum Tennisclub, an einer dieser kurvigen kleinen Straßen, die für unmittelbare Nachbarschaft nach allen Seiten sorgen sollten. In regelmäßigen Abständen gab es gigantische Kakteen und Jacaranda-Bäume als Farbtupfer. Die Bungalows mit ihren ausladenden Dächern standen dicht an der Straße, damit dahinter Platz für den Pool und die Terrasse blieb, die entscheidenden Vorteile der Wüstenerschließung. Es war niemand zu sehen. Die einzige Bewegung war das sanfte Spritzen der Wassersprenger. Offenbar hielten sich alle drinnen auf und suchten nach der passenden Garderobe für die Samstagabend-Party im Tennisclub.

Ich parkte den Wagen vor dem Haus und ging über den Kiesweg zur Veranda. Auf beiden Seiten der spanischen Eichentür waren Glasleisten mit Bullaugen angebracht, die zu der spanischen Architektur paßten wie ein Scotch Margarita. Ein japanischer Boy öffnete die Tür, nahm mir den Hut ab und bat mich im vorderen Salon Platz zu nehmen, während er verschwand, um der Dame des Hauses Bescheid zu sagen.

Der Raum war ganz aus weißem Stuck. In einer der Ecken stand ein kegelförmiger Stuck-Kamin für den Fall, daß die Temperatur nach Sonnenuntergang unter zweiunddreißig Grad fiele. Die Feuerstelle bestand aus roten mexikanischen Kacheln. An der vorderen Wand hing ein großes Ölgemälde von einem geizig aussehenden Kerl in Anzug und Weste, mit großen weißen Augenbrauen und dem Mund eines Mannes, der Leuten einen Nickel Trinkgeld gibt. Am Ende der Wand, links vom Kamin, hing eine Reihe von Fotografien, die künstlerisch von unten beleuchtet waren und seltsam über die Schulter posierende Frauen zeigten. Schwarzweiße Bilder, so teuer gerahmt, als seien sie wichtig. Auf einer Staffelei in der Nähe der Tür stand eine riesige Vergrößerung eines Mannes und einer Frau. Sie war Mitte vierzig, mit der gleichen Art Mund wie der geizig wirkende alte Kerl auf dem Ölgemälde an der vorderen Wand. Der Mann neben ihr wirkte jünger, obwohl sein Haar schütter war. Auf dem Bild trug er eine randlose Brille und ein Lächeln im Gesicht, das besagte: *Beachtet mich einfach nicht.*

«Mr. Marlowe?»

Ich drehte mich um und stand der Frau von dem Foto gegenüber. Sie starrte mißbilligend auf die brandneue Visitenkarte, die ich hatte drucken lassen. Als ich sie bestellt hatte, besaß ich noch kein Büro, und deshalb stand einfach nur *Philip Marlowe, Ermittlungen, Poodle Springs* darauf. Gegen die aufgedruckten Schlagringe hatte Linda heftig protestiert.

«Ja, Ma'am», sagte ich.

«Nehmen Sie bitte Platz», forderte sie mich auf. «Haben Sie die Arbeiten meines Mannes bewundert?»

«Ja, Ma'am. Ist das hier Ihr Mann neben Ihnen auf dem Bild?» Ich nickte in Richtung des Fotos.

«Ja, das ist Les. Er hat den Timer eingeschaltet und sich dann neben mich gestellt. Er ist sehr geschickt.»

Ihr Körper strafte ihr Gesicht Lügen. Das Gesicht mit dem knauserigen Mund sagte: *Von mir kriegen Sie überhaupt nichts.* Der Körper mit den ausgeprägten Brüsten und den wohlgeformten Hüften aber sagte: *Sie können alles haben, was Sie wollen.* Ich war frisch mit einem Engel verheiratet, aber ich spürte die Herausforderung.

«Auf dem Gemälde dort, das ist mein Vater», sagte sie.

Ich lächelte.

«Sie dürfen rauchen, wenn Sie möchten. Ich rauche nicht, weil mein Vater es nie gern gesehen hat, aber Les tut es, und ich rieche es ganz gern.»

«Danke», sagte ich. «Vielleicht später.»

Ich schlug die Beine übereinander.

«Ich versuche Ihren Mann aufzustöbern, Mrs. Valentine.»

«Tatsächlich?»

«Ja, ich arbeite für einen Mann, der behauptet, Ihr Gatte schulde ihm hunderttausend Dollar.»

«Das ist lachhaft.»

«Mein Auftraggeber sagt, Ihr Mann habe hunderttausend Dollar Spielschulden in seinem, äh, Casino gemacht und ihm einen Schuldschein über den Betrag dagelassen.»

«Schuldscheine für illegale Glücksspiele sind nicht durchsetzbar», schnappte sie zurück.

«Ja, Ma'am. Nur hat das meinen Klienten in eine schwierige Position gegenüber seinem Arbeitgeber gebracht.»

«Mr. Marlowe, das ist zweifellos für irgend jemanden von Interesse. Aber sicherlich nicht für mich oder jemanden, der meinen Mann kennt. Mein Mann spielt nicht. Und er unterschreibt auch keine Schuldscheine. Er bezahlt, was er kauft. Er hat es nicht nötig, es anders zu machen. Er verdient nicht schlecht, und ich bin die glückliche Nutznießerin der außerordentlichen Großzügigkeit meines Vaters.»

«Könnten Sie mir sagen, wo Ihr Mann sich gerade aufhält, Ma'am? Vielleicht läßt sich die Geschichte aufklären, wenn ich mit ihm rede.»

«Les ist für eine Filmgesellschaft an einen Drehort in San Benedict und macht Pressefotos. Er wird oft von Studios für diese Arbeiten eingestellt. Er ist ein sehr vielseitiger und angesehener Fotograf junger Frauen.»

Die Sache mit den jungen Frauen mochte sie genauso, wie eine Kuh Beefsteak mag.

«Das ist nicht zu übersehen», sagte ich. «Für welches Studio arbeitet er?»

Mrs. Valentine zuckte mit den Schultern, als sei die Frage unerheblich. «Ich überwache ihn nicht», antwortete sie.

Wenn sie nicht sprach, ließ sie ihre Lippen ein bißchen offenstehen, und ihre Zunge bewegte sich ruhelos im Mund hin und her.

«Und ich werde ihn bestimmt nicht mit irgendwelchen verrückten Anschuldigungen eines Mannes belästigen, der als Krimineller bekannt ist.»

«Ich habe nicht gesagt, wer mein Auftraggeber ist.»

«Ich weiß, wer es ist; es ist dieser Mr. Lipshultz. Er ist selbst auf mich zugekommen, und ich habe ihm gesagt, was ich von seiner Lügengeschichte halte.»

Ich nahm Lippys Schuldschein aus meiner Innentasche und hielt ihn ihr hin.

Sie schüttelte ärgerlich den Kopf. «Das Ding hat er mir auch gezeigt», sagte sie, «aber ich glaube es nicht. Das ist nicht Les' Unterschrift.»

Ich stand auf und ging zu einer der künstlerisch beleuchteten, gerahmten Fotografien an der Wand. Sie waren in der unteren rechten Ecke in der gleichen harmlos gekritzelten, kleinen Handschrift wie der Schuldschein mit *Les Valentine* unterschrieben. Ich hielt die Unterschrift des Schuldscheins neben die Signatur auf dem Foto. In dieser Haltung blieb ich einen Moment mit hochgezogenen Augenbrauen stehen.

Sie starrte die beiden Unterschriften an, als habe sie keine von beiden jemals gesehen. Ihre Zunge bewegte sich in ihrem Mund rasch hin und her. Sie atmete jetzt etwas heftiger als vorher.

Plötzlich erhob sie sich und ging hinüber zu dem gebeizten Sideboard unter dem Bild ihres Vaters.

«Ich muß etwas trinken, Mr. Marlowe. Würden Sie mir dabei Gesellschaft leisten?»

«Nein, Ma'am», sagte ich, «aber ich denke, ich werde jetzt eine Zigarette rauchen.»

Ich klopfte eine los und zog sie mit den Lippen aus der Packung, zündete sie an, nahm einen tiefen Zug und ließ den Rauch langsam durch die Nase wieder entweichen. Mrs. Valentine goß sich eine Art grünen Likör ein und nippte drei- oder viermal kurz daran, bevor sie sich wieder mir zuwandte.

«Mein Mann spielt gerne, Mr. Marlowe. Ich weiß das, und ich hatte gehofft, dieses Wissen vor Ihnen verbergen zu können.»

Ich zog ein bißchen an meiner Zigarette, während sie fast den ganzen Rest ihres grünen Drinks austrank.

«Ich fürchte, was diese ... Schwäche – jedenfalls würde mein Vater es so bezeichnet haben – angeht, war ich etwas zu nachsichtig. Wie ich schon sagte, genieße ich die Zuneigung und Großzügigkeit meines Vaters. Les ist ein Künstler, und wie viele Künstler ist er etwas wunderlich. Er hat jede Menge eigenartiger Bedürfnisse. Empfindungen, die andere Männer, realistische Männer – wie Sie vielleicht einer sind –, nicht unbedingt haben. Ich habe seine Schulden in der Vergangenheit bezahlt und war glücklich, so auf meine Art zu seiner künstlerischen Erfüllung beigetragen zu haben.»

Sie ging zurück zum Sideboard und goß sich einen weiteren Drink ein. Es schien ihr ziemlich leicht von der Hand zu gehen. Sie trank etwas.

«Aber das hier, hunderttausend Dollar für einen Mann namens Lipshultz», sie schüttelte ihren Kopf, als wolle sie nicht weiterreden oder halte es nicht für sinnvoll. «Wir haben miteinander gesprochen, ich habe ihm gesagt, daß er langsam vernünftig werden müsse, ein bißchen bodenständiger. Ehrlich gesagt hatte ich gehofft, ihn von seiner Verspieltheit in dieser Hinsicht befreien zu können. Ich habe ihm erklärt, er müsse diesmal die Schulden selbst aus der Welt schaffen.»

Ich rauchte meine Zigarette zu Ende und drückte sie in einer polierten Muschel aus, die allein und verlassen auf der Tischkante hockte. Ich betrachtete die Fotos der jungen Mädchen an den Wänden und fragte mich, wie viele Empfindungen Les sich gegönnt hatte.

«Arbeitet er von zu Hause aus?» fragte ich.

Das gallige Zeug, das sie trank, begann zu wirken. Sie bewegte ruhelos die Hüften, während sie neben dem Sideboard stand. Die Oberschenkel unter der schwarzen Hose ihres Hausanzugs steckten voller Energie. Entlang der hohen Wangenknochen in ihrem Schulmeisterinnengesicht stellte sich eine rote Färbung ein.

«Wie ein Teilzeit-Klempner? Wohl kaum. Er hat ein Büro in Los Angeles.»

«Haben Sie die Adresse, Mrs. Valentine?»

«Natürlich nicht. Les kommt und geht, wie er will. Unsere Ehe ist auf absolutes Vertrauen gegründet. Ich muß nicht wissen, wo sein Büro ist.»

Ich ließ meinen Blick über die an der Wand hängenden Glamourfotos wandern. Einige der Frauen waren berühmt, zwei Filmstars, ein Fotomodell, das auf dem LIFE-Titelblatt gewesen war. Alle Bilder waren in der unteren rechten Ecke in der unverwechselbaren Handschrift signiert.

Mrs. Valentine sah mich an. Ihr Glas war schon wieder voll.

«Denken Sie, ich habe Angst vor diesen Frauen, Mr. Marlowe? Denken Sie, ich kann ihn nicht halten?»

Sie stellte ihren Drink auf das Sideboard, drehte sich seitwärts, damit ich sie im Halbprofil sehen konnte, und ließ ihre Hände über ihre Brüste und an ihrem Körper hinuntergleiten, wobei sie den Stoff auf ihren Oberschenkeln glättete.

«Scharf», sagte ich.

Sie behielt ihre Haltung bei und starrte mich an, während die dunkelrosa Farbe sich über ihre Wangen ausbreitete. Dann lachte sie leise; ein häßliches, sprudelndes kleines Geräusch.

«Die hunderttausend Dollar sind eine Sache zwischen Ihnen und Les und diesem gräßlichen Mr. Lipshultz. Wenn Sie Ihre langweiligen Spielchen für kleine Jungs spielen wollen, legen Sie los. Ich warte das ...» sie stieß sanft auf, «Ergebnis ab.» Sie nippte an ihrem Drink.

«Was ist das für ein Zeug?» fragte ich. «Riecht wie Pflanzendünger.»

«Wiedersehen, Mr. Marlowe.»

Ich erhob mich, setzte meinen Hut auf und ging hinaus. Sie posierte noch immer mit vorgeschobener Hüfte. Auf der Veranda vor dem Haus stand eine große Topfpalme. Ich sah sie an, als ich vorbeiging.

«Vielleicht gibt sie dir was ab», sagte ich.

7

Tino wartete an der Tür, als ich den Olds neben Lindas Fleetwood abstellte.

«Mrs. Marlowe ist am Pool, Sir.»

«Danke, Tino, wie sieht sie aus?»

«Ganz reizend, Sir.»

«Absolut richtig, Tino.»

Tino lächelte breit. Ich ging durch das angebliche Wohnzimmer und hinaus auf die Terrasse am Pool. Linda hatte es sich auf einer hellblauen Liege bequem gemacht und trug einen einteiligen weißen Badeanzug und einen hellblauen großkrempigen Hut, der farblich zu der Liege paßte. Das schlanke, hohe Glas auf dem niedrigen weißen Tisch neben ihr enthielt irgend etwas mit Früchten. Linda sah von ihrem Buch auf.

«Darling, wie war dein Gespräch mit Mr. Lipshultz? Hattest du einen harten Tag?»

Ich zog den Mantel aus und lockerte meine Krawatte. Dann setzte ich mich auf den hellblauen Stuhl neben der Liege. Linda ließ einen Fingernagel an der Bügelfalte meiner Hose entlangwandern.

«Ist mein großer Detektiv völlig erschöpft vom vielen Arbeiten?»

Tino erschien in der Terrassentür.

«Kann ich Ihnen etwas bringen, Sir?»

Ich lächelte dankbar.

«Einen Gimlet», sagte ich, «und machen Sie einen Doppelten draus.»

Tino nickte und verschwand.

«Ich habe mit Lipshultz gesprochen», sagte ich, «und dann mit Mrs. Les Valentine.»

Linda hob die Augenbrauen. «Muffy Blackstone?»

«Die Frau ist ungefähr fünfundvierzig», sagte ich, «sieht aus, als hätte jemand den Kopf einer Lehrerin auf den Körper eines Revuegirls montiert.»

«Das ist Muffy. Wobei mir nicht gefällt, daß du ihren Körper zur Kenntnis genommen hast.»

«Ich mache nur meinen Job.»

«Sie ist Clayton Blackstones Tochter. Er ist mit Daddy befreundet. Sehr wohlhabend. Mit vierzig hat sie zum ersten Mal geheiratet, einen Niemand. Ganz Springs war in Aufruhr.»

«Was weißt du über Les?»

«Sehr wenig. Kein Geld, kein gesellschaftlicher Rang. Man nimmt an, daß er sie wegen ihres Geldes geheiratet hat. Clayton Blackstone ist möglicherweise noch reicher als Daddy.»

«Du meine Güte.»

«Er scheint jedenfalls ein sehr trister kleiner Mann zu sein», sagte Linda.

«Ja», sagte ich. «Wahrscheinlich hat er irgendwo ein heruntergekommenes Büro über einer Garage.»

«Oh, Darling», stöhnte Linda. «Sei nicht so eklig.»

Tino erschien mit einem großen, eckigen Glas mit gedrungenem Stiel. Er nahm es vorsichtig vom Tablett und stellte es auf einer Serviette neben mir ab. Dann warf er einen Blick auf Lindas Glas, sah, daß es noch fast voll war, und verschwand lautlos wieder.

«Was macht Clayton Blackstone?» fragte ich.

«Wohlhabend sein», sagte sie. «Das macht er.»

«Wie dein Vater.»

Linda lächelte heiter. Ich nahm einen Schluck von dem Gimlet. Er war klar und kalt und tat meiner vertrockneten Kehle so gut wie ein frischer Regen der Wüste.

«Schwierig, soviel Geld zu verdienen», sagte ich, «ohne sich die Hände ein bißchen schmutzig zu machen.»

«Davon hat Daddy nie gesprochen.»

«Nein, da könnte ich wetten.»

«Warum sagt du so was? Warum hast du überhaupt mit Muffy Blackstone gesprochen?»

«Valentine.»

«Muffy Valentine.»

Ich nahm einen weiteren Schluck von dem Gimlet. Der Pool neben mir glitzerte still und blau vor sich hin.

«Ihr Mann steht bei Lippy mit hundert Riesen in der Kreide.»

«Wieso in der Kreide?»

«Lippy hat anschreiben lassen. Mrs. Valentine hat ihrem Mann bisher immer rausgeholfen, aber diesmal wird sie das nicht. Sie sagt, er muß erwachsen werden und seine Schulden selbst bezahlen.»

«Schön, richtig so. Er ist bestimmt fürchterlich anstrengend.»

«Sie selbst scheint aber auch ein bißchen anstrengend zu sein.»

«Ja, das ist sie wohl», sagte Linda. Eine wunderschöne Sorgenfalte tauchte kurz zwischen ihren Augenbrauen auf. Ich beugte mich zu ihr hinunter und küßte sie. «Sie war die ganze Zeit unverheiratet und hat sich nur ihrem Vater gewidmet. Außerdem ... trinkt sie ein bißchen zuviel.»

«Wie dem auch sei. Der Kerl, für den Lippy arbeitet, ist nicht besonders erfreut, daß man ihn um hundert Riesen gelinkt hat, und hat Lippy erklärt, er habe dreißig Tage, um sie zurückzubekommen. Lippy kann Les nicht finden. Mrs. Valentine sagt, er ist weg und macht Fotos bei einem Filmdreh. Und Lippy sagt, sein Boss wird ihm ein paar Schläger vorbeischicken, wenn er das Geld nicht auftreibt. Also hat Lippy mich engagiert, um Les zu finden und ihn dazu zu überreden, Lippy seine Hunderttausend zurückzugeben.»

«Na, wenn irgend jemand das schaffen kann, dann sicherlich du. Erinnere dich nur daran, wie du es geschafft hast, mich aus meinen Kleidern zu reden», sagte Linda.

«Wenn ich mich nicht täusche, hatte ich dazu gar keine Gelegenheit mehr.» Ich betrachtete den Pool. «Hast du es jemals ...?»

«In einem Pool?» sagte Linda. «Darling, du bist eine Bestie. Und außerdem, was ist mit Tino?»

«Es ist mir egal, ob irgendwelche Tinos irgendwas im Pool gemacht haben.»

Wir tranken beide etwas von unseren Drinks. Die abendliche Wüstenluft kühlte langsam ab, und die Wüstengeräusche begannen leiser zu werden. Ich lauschte einen Moment und sah dabei Lindas Spann an. Auch Linda lauschte.

«Komische Geschichte», sagte ich nach einer Weile, «dieser große Boss, der Kerl, der Lippy unter Druck setzt. Sein Name ist Blackstone.»

«Clayton Blackstone?»

«Weiß ich nicht. Wahrscheinlich ein anderer Blackstone.»

«Oh, bestimmt», sagte Linda.

Kurz darauf brachte Tino zwei weitere Drinks auf einem Tablett. Er nahm die leeren Gläser und verschwand so lautlos, wie er gekommen war. Wenn er nicht gerade bediente, kam es einem so vor, als existiere er überhaupt nicht. Hoch über uns kreiste ein Präriefalke im Wind, die ausgebreiteten Flügel beinahe bewegungslos.

«Warum machst du das, Darling? Für diesen Lipshultz arbeiten?»

«Das ist mein Beruf.»

«Obwohl du kein Geld brauchst.»

Ich seufzte. «*Du* brauchst das Geld nicht. Ich schon. Ich habe nichts auf der hohen Kante.»

«Aber warum ausgerechnet Lipshultz?»

«In meiner Branche trifft man nicht immer auf wohlerzogene Leute aus der Oberschicht, die gute Manieren haben und in sicheren Gegenden wohnen», sagte ich. «Bei meiner Art Arbeit ist Lipshultz schon fast überdurchschnittlich.»

«Warum suchst du dir dann nicht eine andere Branche?» fragte Linda.

«Ich mag meine Arbeit», sagte ich.

«Ich bin sicher, Daddy könnte ...»

Ich unterbrach sie. «Bestimmt könnte er, und ich könnte einen grauen Flanellanzug tragen und der Schwiegersohn vom Boss sein, abgesehen davon, daß ich zu alt bin, um als Schwiegersohn vom Boss anzufangen.»

Linda wandte sich ab.

«Hör zu, Mrs. Marlowe. Ich bin nun mal ein Spinner. Es gibt Dinge, die ich beherrsche. Ich kann schießen, ich kann zu meinem Wort stehen, ich kann mich in dunklen, engen Gassen herumtreiben. Also mache ich das. Ich finde Arbeit, die zu dem paßt, was ich kann, und die zu mir paßt. Manny Lipshultz ist in Schwierigkeiten, er kann zahlen, und er engagiert mich für nichts Illegales oder Unmoralisches. Er hat Ärger und braucht Hilfe, ich helfe ihm; er hat Geld, und ich brauche welches. Wärst du glücklicher, wenn ich Mrs. Valentines Geld annehmen und ihrem Mann dafür die Schulden durchgehen lassen würde?»

«Mir wäre es am liebsten, nicht mehr über diese Geschichte zu reden und reinzugehen, zu Abend zu essen, mich dann mit dir in unser Zimmer zurückzuziehen und ...» Sie zuckte auf eine Art und Weise mit den Achseln, die nicht *Ich weiß nicht* bedeutete.

«Sie sind ausgesprochen verlangend, Mrs. Marlowe.»

«Ja», sagte sie, «das bin ich.»

Wir gingen hinein und ließen die Gläser, wo sie waren. Tino würde sie einsammeln. Man will schließlich nicht, daß die Dienstboten sich langweilen.

8

Im Telefonbuch von L. A. gab es fünfundfünfzig Valentines. Einer von ihnen hieß Lester und der andere Leslie. Lester wohnte in Encino und war Abteilungsleiter bei Pacific Bell; Leslie hatte ein Häuschen an der Hope Street und war Blumenhändler. Ich rief die Auskunft an. Es war kein anderer Les Valentine verzeichnet.

Da ich in L. A. kein Büro mehr hatte, mußte ich die Anrufe von einer Telefonzelle an der Ecke Cahuenga und Hollywood Boulevard, schräg gegenüber von meinem alten Büro, erledigen. Ich rief außerdem bei einer örtlichen Modellagentur und der Handelskammer in San Benedict an. Beide waren sehr zuvorkommend, was in L. A. eher selten geschah.

Es war Januar und kalt in L. A. Die höchsten Gipfel des San Gabriel-Gebirges jenseits des Tals waren schneebedeckt. Die Leute in Hollywood taten, als sei es Winter, und trugen Pelze über die Boulevards, und die Produzenten trugen auf dem Weg zum Essen bei Musso and

Frank's silbrige Pullover unter ihren Tweedjacken. Ich war glattrasiert, roch nach Rasierwasser und war zum ersten Mal seit einem Monat wieder in der Stadt. Schneller als erwartet und wegen eines Falles. Ich stieg in den Olds, fuhr einen Block nach Süden bis zum Sunset und dann nach Westen.

Die Triton Modellagentur befand sich in einem Hinterhof jenseits der Westwood Avenue, nördlich der Olympic.

Das Zentrum des Hinterhofs war mit weißen Kieselsteinen bedeckt, die von Rotholz-Planken in Quadrate geteilt waren. In jedem der Quadrate wuchsen einzelne kleine Palmen im Spalier. In dem Gebäudekomplex waren ungefähr zehn Firmen untergebracht, ein Buch-Antiquariat, ein Laden, der mexikanischen Schmuck anbot, ein Lederwarengeschäft, ein Anwaltsbüro. Ich ging durch das von einer Markise überdachte Portal vor den Eingängen, bis ich bei Triton angekommen war. Ich drückte auf die kleine Messingklingel, öffnete die Tür und betrat ein mit Plüschteppich ausgelegtes Silberbüro. Wände und Decke waren in silberner Farbe gestrichen, der Empfangstisch aus silbernem Plastik. Hinter dem Tisch saß eine Blondine mit langen Beinen und nahtlosen Strümpfen. Sie trug ein scharlachrotes, locker fallendes Kleid und erneuerte gerade das Scharlachrot auf ihren Lippen, als ich eintrat. Sie machte sorgfältig weiter, während ich vor dem Tisch wartete.

«Yippie, oh yeah», sagte ich.

Sie beendete ihren letzten Strich, klappte den Taschenspiegel zu und sah mich an.

«Ja, Cowboy?»

«Ich bin leicht erregbar», sagte ich.

«Wie schön für Sie», sagte sie.

«Und verheiratet», fügte ich hinzu.

«Wie schön für Sie», wiederholte sie.

«Danke. Mein Name ist Marlowe. Ich habe wegen eines Ihrer Modelle angerufen, Sondra Lee.»

«Ach, der Detektiv.» Sie musterte mich wie ein Fisch den Wurm. «Na, jedenfalls haben Sie dazu die richtigen Schultern», erwiderte sie.

«Können Sie mir sagen, wo ich Miss Lee finde?» fragte ich.

«Sicher», sagte die Blondine. «Ich habe sie angerufen. Sie können sie bei ihr zu Hause antreffen.»

Die Blondine überreichte mir einen Zettel mit einer Adresse.

«Das ist draußen am Beverly Glen», erklärte sie. «Kurz vor dem Gipfel.»

Ich bedankte mich und wandte mich zum Gehen.

«Falls die Ehe nicht funktioniert . . .» sagte sie.

Ich drehte mich um, schickte ihr mit Daumen und Zeigefinger einen bewaffneten Gruß zu und ging.

Ich fuhr über die Wilshire hinauf zum Beverly Glen. Nördlich des Sunset begann es steil anzusteigen. Heruntergefallene Blätter bedeckten die Straße, und die sich zu beiden Seiten erhebenden Hügel warteten nur auf den nächsten heftigen Regen, der die in ihren Flanken aufgereihten Häuser die Straße hinunterspülen würde. Sondra Lees Haus würde als eines der ersten dran glauben müssen. Seine Rückseite ruhte auf zwei wackligen Säulen, die auf Zementsockeln am Abhang standen. Die Straße führte im Bogen um das Haus herum und endete an der Vorderseite in einem Wendeplatz. Es gab keinen Vorgarten, aber der Platz vor dem Haus war voller blühender Sträucher, und Kolibris tanzten und kreiselten über sie hinweg, als ich meinen Wagen nahe der Eingangstür zum Stehen brachte.

Eine Mexikanerin öffnete auf mein Klingeln hin die Tür. Miss Lee war im Solarium. Ich folgte der Frau durch den übertriebenen Bungalow bis zu einem verglasten Anbau, der an der Vorderseite des Hauses angebracht war. Eine Tür auf der einen Seite führte hinaus zum Pool, war allerdings zur Zeit geschlossen, um die beißende Kälte des Hollywood-Winters fernzuhalten. Miss Lee entspannte sich drinnen auf einer lederbezogenen Ruheliege, trug einen sehr knappen zweiteiligen schwarzen Bikini und sonnte sich in den Strahlen der durch das Glasdach gefilterten Nachmittagssonne. In der dem Haus am nächsten gelegenen Ecke befand sich eine Bar, und es standen einige Klappstühle herum.

Die Frau auf der Liege war auf so vielen Titelblättern von Zeitschriften gewesen, daß ich das Gefühl hatte, sie bereits zu kennen. Ihre Haare waren pechschwarz, ihre Augen waren pechschwarz, und ihre Haut war sogar nach dem Bräunen blaß. Sie sah aus, als könnte man für immer in einem ihrer Seufzer untergehen.

«Miss Lee», sagte ich, «ich bin Philip Marlowe.»

«Ich weiß, Mr. Marlowe. Ich habe Sie erwartet. Möchten Sie etwas trinken?»

Ich sagte ja.

Sie lächelte langsam und nickte in Richtung der Bar.

«Bitte bedienen Sie sich selbst, ich muß mich unbedingt noch eine Viertelstunde sonnen.» Sie zog die Worte eigenartig in die Länge und sprach so langsam, daß man gar keine andere Wahl hatte, als ständig an ihren Lippen zu hängen. Ich goß mir an der Bar einen großen Scotch ein, tat Eis aus einem silbernen Kübel dazu und beobachtete, wie das Glas in dem warmen Raum beschlug.

Dann nahm ich meinen Drink und setzte mich so in einen der Klappstühle, daß sie mich sehen konnte. Ich gab mir Mühe, sie nicht anzustarren.

«Ich habe gestern ein Foto von Ihnen gesehen. Hing im Haus eines Mannes im Flur», sagte ich. «Er ist Fotograf, und Sie haben ihm Modell gestanden.»

«Ach? Wie heißt er?» fragte sie.

«Valentine», antwortete ich, «Les Valentine.»

Sie griff nach dem Glas, das auf dem Tisch neben ihr stand, und nahm einen tiefen Schluck von dem Getränk, das wie Wasser aussah, aber bestimmt keins war.

«Valentine», sagte sie. «Wie war der Vorname?»

«Les, jedenfalls hat er das Foto so signiert, in goldener Schrift, unten in der rechten Ecke.»

«Les.» Sie schüttelte langsam den Kopf und knabberte einen weiteren kleinen Schluck aus ihrem Glas.

«Ich kenne keinen Les.»

«Sie werden so oft fotografiert», sagte ich. «Ist sicherlich schwer, sich an alles zu erinnern.»

Sie schüttelte den Kopf und begrub ihr Mündchen erneut in dem Glas. Als sie wieder auftauchte, um Luft zu holen, sagte sie: «Nein. Ich erlaube nicht vielen Leuten, mich zu fotografieren. Ich wüßte, wenn er mich fotografiert hätte.»

Sie rückte ein Stück weiter, als wolle sie mit dem sanften Wandern der Sonne am westlichen Himmel Schritt halten, und wie eine prachtvolle Eidechse versuchte ihr beinahe regloser Körper alles in sich aufzunehmen, was zu kriegen war. Sie leerte ihr Glas und hielt es mir entgegen.

«Seien Sie ein Schatz, und füllen Sie mein Glas auf.»

Ich nahm es und ging zur Bar.

«Die Kristallkaraffe, ganz rechts», sagte sie. Ich nahm sie, zog den Stöpsel heraus und goß ihr Glas fast voll. Während ich einschenkte, schnüffelte ich unauffällig. Wodka. Kein Wunder, daß sie langsam sprach. Ich steckte den Stöpsel wieder zurück und brachte ihr den Drink.

«Warum sollte ein Kerl namens Les Valentine ein von ihm signiertes Foto von Ihnen besitzen?» fragte ich.

«Weil er den Leuten vormachen möchte, er habe mich fotografiert. Aber das hat er nicht.»

«Weil Sie berühmt sind?»

Sie kam gut voran mit ihrem gefüllten Glas. «Warum denn sonst? So glauben die Leute, er sei wichtig. Ist er aber nicht. Wenn er wichtig wäre, würde ich ihn kennen.»

«Und er Sie», sagte ich.

Sie lächelte mich an, als wüßten wir beide um das Geheimnis ewiger Gesundheit.

«Ich wette, Sie haben starke Muskeln.»

«Keine stärkeren als Bronco Nagurski», sagte ich.

«Finden Sie mich schön?» fragte sie.

Ich nickte. Sie nahm noch einen kleinen Schluck von ihrem Drink, stellte das Glas ab und lächelte mich an.

«Ich finde Sie auch schön», sagte sie. «Aber Sie haben noch nichts gesehen.» Sie richtete sich plötzlich auf und legte ihre Hände hinter den Rücken, enthakte ihr Bikinioberteil, rollte sich dann herum und bog sich hoch und schlüpfte mit der gleichen schnellen Grazie aus dem Bikiniunterteil. Dann lehnte sie sich zurück und lächelte mich über ihre blasse Bräune hinweg an, so nackt wie ein Salamander.

«Prima», sagte ich.

Sie lächelte weiter und streckte mir die Arme entgegen.

«Hab ich Ihnen von Mrs. Marlowe erzählt?» fragte ich.

Ihr Lächeln wurde noch ein bißchen strahlender.

«Sie sind verheiratet», sagte sie achselzuckend. «Ich bin verheiratet.» Sie winkte mich zu sich.

Ich nahm eine Zigarette heraus, steckte sie mir in den Mundwinkel und ließ sie dort, ohne sie anzuzünden.

«Hören Sie, Mrs. Lee . . .» begann ich.

«Mrs. Ricardo», verbesserte sie. «Lee ist mein Mädchenname. Also können Sie mich Miss Lee oder Mrs.

Ricardo nennen, verstanden? Aber nennen Sie mich nicht Mrs. Lee.»

«Schön», sagte ich. «Sie sind sehr attraktiv, und ich bin ausgesprochen männlich, und Sie da nackt herumrollen zu sehen, verursacht den üblichen Effekt. Nur verbringe ich normalerweise etwas mehr Zeit damit, die Frauen kennenzulernen, mit denen ich schlafe, und da ich nebenbei auch noch verheiratet bin, schlafe ich nur mit meiner Frau.»

Ich nahm die unangezündete Zigarette aus dem Mund und rollte sie zwischen meinen Fingern. Wir sahen sie beide an.

«Was ich häufig tue», ergänzte ich.

Auf der Ecke des Tisches neben ihrer Liege stand ein dickes, rundes Feuerzeug aus Silber und Schweinsleder. Ich beugte mich vor und griff danach, steckte die Zigarette wieder in den Mund und zündete sie an. Als ich von meiner Beschäftigung aufblickte, sah ich einen schlanken Mann mit ausgesprochen kräftiger Nase in der Tür stehen. Ich atmete den Rauch langsam aus.

«Was zum Teufel soll das?» fragte der schlanke Kerl. Er hatte schmale Schultern, schwarzes, von einem spitzen Haaransatz glatt nach hinten gekämmtes Haar und harte dunkle Augen, die auf beiden Seiten seines Zinkens glühten.

«Tommy», sagte Sondra Lee, ohne sich umzudrehen. Sie nahm einen genüßlichen Schluck von ihrem Wodka. «Mr. Marlowe war gerade dabei, meine Schönheit zu bewundern.»

«Das sehe ich», sagte Tommy.

«Mr. Marlowe, das ist mein Mann, Tommy Ricardo.»

Ich nickte höflich.

«In Ordnung, Freund», sagte Ricardo, «und jetzt raus hier, aber schnell.»

Sondra Lee kicherte und rutschte ein bißchen auf der Liege herum.

«Herrgott noch mal, Sonny, zieh dir was an», sagte Ricardo, bevor er mich wieder anstarrte. Ich saß noch immer da und beschäftigte mich mit meiner Zigarette.

«Ich hab gesagt, Sie sollen verschwinden, Freundchen. Und ich sag's nicht noch mal.»

«Klar», erwiderte ich. «Sie sind härter als ein Sack Teppichnägel. Macht sie das oft?»

«Sie ist eine Säuferin», sagte er. «Sie macht es sehr oft. Stehen Sie auf.»

Er kam zwei Schritte auf mich zu und zog die rechte Hand aus der Tasche seines karierten Sportsakkos. Er trug einen Schlagring.

«Heißt das, wir sind verlobt?» fragte ich.

Er trat einen weiteren Schritt auf mich zu, und ich kam gerade noch rechtzeitig hoch, um mein Kinn aus dem Weg der vorbeiglitzernden Ringe zu ziehen. Ich machte einen Schritt vorwärts, unter seinem rechten Arm durch, der in meine Richtung ausgestreckt war, schob meinen linken Arm unter seinen linken, setzte einen Doppelnelson an und hielt ihn fest.

«Mein Name ist Marlowe», sagte ich. «Ich bin Privatdetektiv und hergekommen, um Ihre Frau wegen einer Sache zu befragen, die hiermit absolut nichts zu tun hat.»

Ricardo atmete schwer. Aber er wehrte sich nicht. Er wußte, daß ich ihn im Griff hatte, und wartete ab.

«Die womit nichts zu tun hat?» fragte er mit erstickter Stimme.

«Mit ihrem Vollrausch und der Tatsache, daß sie nackt auf der Couch liegt.»

«Du Scheißkerl», stieß er hervor.

«Sie auszuziehen war nicht meine Idee. Sie sieht gut aus, aber ich habe eine Frau, die besser aussieht, und als Sie aufgekreuzt sind, hab ich ihr das gerade erzählt.»

Sondra Lee kicherte immer noch auf der Liege. Jetzt lag echte Erregung in dem Kichern. Ich sah sie an. Sie war nach wie vor splitternackt.

«Mrs. Ricardo, wissen Sie irgend etwas über einen Mann namens Les Valentine?» fragte ich.

Sie schüttelte langsam den Kopf. Ihre Augen waren weit geöffnet und ihre Pupillen stark erweitert. Vielleicht war doch mehr als nur Wodka in der Karaffe.

«Okay», sagte ich. Ich schob Ricardo vor mir her, ohne ihn loszulassen. Dann drückte ich mein Knie gegen seinen Hintern, ließ ihn aus dem Nelson frei und gab ihm einen Stoß mit dem Knie. Er stolperte drei oder vier Schritte vorwärts, und bevor er wieder im Gleichgewicht war, hatte ich das Solarium schon verlassen und marschierte durch das Wohnzimmer. Ich trug keine Waffe. Ich hatte nicht erwartet, auf der Spitze des Beverly Glen eine zu brauchen. Er folgte mir nicht, und ich war draußen und saß im Wagen und fuhr talwärts, den Klang ihres Kicherns noch immer im Ohr.

Es war fünf Uhr, und der Verkehr aus L. A. floß an mir vorbei zurück ins Tal. In den Häusern gingen die Lichter an und sorgten so vor den dunklen Hügeln für eine Art Weihnachtsbaumeffekt. Sondra Lees Haus sah jetzt, in der hereinbrechenden Dunkelheit des frühen Abends, wahrscheinlich genauso hübsch aus wie all die anderen. Davon verstanden sie hier draußen etwas. Mit der richtigen Beleuchtung konnte man alles gut aussehen lassen.

9

Die dreistündige Fahrt zurück nach Poodle Springs hätte ich nicht mehr über mich gebracht, also aß ich in einem Schuppen in La Cienega ein Steak und nahm mir in einem Rattenloch am Rande des Hollywood Boulevard ein Zimmer, in dem man das Bett durch den Einwurf eines Vierteldollars für jeweils eine Minute zum Vibrieren bringen konnte. Es gab keinen Zimmerservice, aber der Portier sagte, er könne mir eine halbe Flasche unverzollten Roggenwhisky für einen Dollar verkaufen.

Ich nippte ein bißchen an dem Whisky, während ich am Telefon mit Linda sprach. Dann schlief ich ein und träumte von einer Höhle mit einer querverstrebten Tür, die halb offen stand, und einem sich endlos wiederholenden Kichern aus der Dunkelheit.

Am Morgen duschte ich und rasierte mich, aß Eier auf Toast in Schwab's Imbiß und trank drei Tassen Kaffee. Ich stopfte meine Pfeife, zündete sie an, kletterte in den Olds und fuhr durch den Laurel Canyon. In Ventura bog ich in die Bundesstraße 101 ein und fuhr westwärts durch die Berge bei Santa Monica und dann nördlich, an der Küste entlang.

San Benedict sieht so aus, wie sich Touristen Kalifornien vorstellen. Es ist voll von weißen stuckverzierten Häusern mit roten Ziegeldächern. Der Pazifik wälzt sich unermüdlich gegen die Wasserseite, an der Palmen geruhsam in einem langgestreckten, ordentlichen Park wachsen.

Vom Wasser aus gesehen befand sich die Handelskammer knapp zwei Blocks den Hang hinauf in einer Ansammlung auf spanisch getrimmter Gebäude, die wie irgend jemandes Vorstellung von einer Hazienda aussahen. Der Glatzkopf, der im Büro die Stellung hielt, trug Ärmelschoner und Hosenträger und rauchte eine widerliche Zigarre, die offenbar nicht mal den Nickel wert war, den er für sie ausgegeben hatte.

«Mein Name ist Marlowe», sagte ich. «Ich habe gestern angerufen und gefragt, ob hier irgendwo ein Filmteam dreht.»

Glatze nahm die Zigarre aus dem Mund und sagte: «Jep, hab den Anruf selbst eingetragen. Hier.» Er sah stolz in ein aufgeschlagenes Verzeichnis. «Die NDN-Filmgesellschaft dreht irgendwas mit dem Titel *Dark Adventure*. Wie ich Ihnen schon sagte.»

«Ja, Sir. Können Sie mir sagen, wo sie heute sind?»

«Ganz genau, Freund. Sie müssen uns jeden Tag mitteilen, wo sie sind, damit wir den Leuten eine Umleitung empfehlen oder sie zum Drehort schicken können, je nachdem, was sie wollen.»

«Gerissen», sagte ich.

«Und was wollen Sie?»

«Zum Drehort.»

«Heutiger Drehtag.» Er zog einen auf seinem Tisch liegenden Stapel Papiere zu Rate. Sämtliche Bögen wurden von einem großen Schnellhefter aus Metall zusammengehalten. Er befeuchtete seinen Daumen. «Heute drehen sie . . .» Er blätterte mehrere Seiten um, befeuchtete seinen Daumen erneut, erreichte ein kopiertes Formular und studierte es für einen Moment. «Sie drehen an der Ecke Sequoia und Esmeralda. Das ist ein Spielplatz.»

Er sah mit einem breiten, freundlichen Lächeln zu mir auf und schob die Zigarre in den anderen Mundwinkel. Die Zähne, die mit seinem Lächeln um die Zigarre herum auftauchten, waren gelb.

«Den Berg runter und dann links am Wasser entlang, ungefähr sechs Blocks, können Sie gar nicht verfehlen. Steht alles voller verdammter Laster und Anhänger.»

Ich bedankte mich und ging hinaus, fuhr den Hügel wieder hinunter und nach links und dann am Wasser entlang. Er hatte recht gehabt. Ich konnte sie nicht verfehlen.

Ich parkte hinter einem mit technischem Zeug vollgeladenen Laster und betrat den Drehort. Wann immer ich zu irgendwelchen Dreharbeiten ging, war ich verblüfft, wie einfach man reinkam. Niemand fragte, wer ich sei. Niemand sagte mir, ich solle aus dem Weg gehen. Niemand bot mir Probeaufnahmen an. Vor dem Laster des Produktionsleiters hielt ich einen Burschen an. Er trug kein Hemd, und sein sonnengebräunter Bauch hing ihm über die grellen Shorts.

«Wer ist hier verantwortlich?» fragte ich.

«Ausgesprochen gute Frage», sagte er. «Sind Sie vom Studio?»

«Nein, ich suche nur jemanden. Mit wem kann ich über das Personal sprechen?»

Der fette Kerl zuckte mit den Achseln. «Joe King ist der Produktionsleiter.»

«Wo finde ich den?»

«Zuletzt habe ich ihn bei den Kameras mit dem Aufnahmeleiter sprechen sehen.» Der fette Kerl trug in jeder Hand einen mit Kaffee gefüllten Pappbecher und zeigte mit dem Bauch in die Richtung der Kameras.

«Da, wo all die Lichter sind», sagte er.

Ich bahnte mir meinen Weg durch das Kabelgewirr und um die Beleuchtungsstative und Generatoren herum und ging, wohin er mich geschickt hatte. Das Team schien schon im Morgengrauen angefangen zu haben, denn der Boden war matschig und das Gras war von den Männern, die die Ausrüstung aufgebaut hatten, zu Schlamm gestampft worden. Filme sorgten sogar schon vor ihrer Fertigstellung für jede Menge Mist.

Hinter den Kameras stand eine Gruppe von mehreren

Männern, während der Aufnahmeleiter an der Beleuchtung herumspielte.

«Wer von Ihnen ist Joe King?» fragte ich.

Ein schlanker junger Mann wandte sich mir zu. Er war feingliedrig, bewegte sich weich und strahlte eine natürliche innere Ruhe aus. Er trug eine Hornbrille, und die Ärmel seines weißen Oberhemds waren bis zu den Ellbogen hochgekrempelt.

«Ich bin Joe», sagte er.

Ich zeigte ihm die Kopie meiner kalifornischen Lizenz, die im Plastikfach meiner Brieftasche steckte.

«Mein Name ist Marlowe», sagte ich. «Suche einen Fotografen namens Les Valentine.»

King studierte meine Lizenz sorgfältig und sah mich dann an, so freundlich wie ein Ratsherr beim Picknick.

«Wüßte nicht, daß ich ihn kenne», erklärte King.

«Man hat mir zu verstehen gegeben, er sei als Angestellter hier, um die Standfotos zu schießen.»

King schüttelte den Kopf. «Nein, wir haben einen Fotografen aus dem Studio, der das für uns macht. Heißt Gus Johnson. Ich kenne keinen Les Val... wie auch immer.»

«Sie wüßten es, wenn er hier wäre?»

«Ganz bestimmt.»

«Danke», sagte ich.

«Bleiben Sie doch, und sehen Sie sich ein bißchen was vom Dreh an. Elayna St. Cyr spielt die Hauptrolle.»

«Ich hab ein Bild von Theda Barra im Wagen liegen. Ich seh's mir auf dem Rückweg an.»

King zuckte mit den Achseln und wandte sich wieder der Kamera zu, und ich machte mich auf den Rückweg zu meinem Wagen.

Ich dachte über mehrere Dinge nach, als ich an der Küste entlang wieder zurückfuhr. Das Entscheidende war, daß Les Valentine nicht das war, was seine Frau von ihm behauptet hatte. Beziehungsweise das, was er selbst von sich behauptet hatte. Er hatte kein Büro in L. A. Er hatte Sondra Lee nicht fotografiert. Er schoß keine Pressefotos bei Filmdreharbeiten in San Benedict. Nachdem ich ihm zwei Tage lang dicht auf der Spur gewesen war, wußte ich weniger als am Anfang.

10

Ich hatte Muffy Valentines Haus eine Woche lang beobachtet, mit eingeschalteter Klimaanlage und leerlaufendem Motor, der kleine Kohlehalden auf den Zylindern ablagerte. An jedem Morgen verließ Muffy in einem leichten Regenmantel und fliederfarbenen, engen Hosen das Haus und machte sich auf den Weg zu ihrer Gymnastikgruppe. Zwei Minuten später kam der Hausboy mit zwei an der Leine zerrenden, kläffenden Zuchtpudeln aus der Tür, ging die Straße hinunter und verschwand um die Ecke. An jedem Tag trudelte er fünf Minuten nach der Rückkehr seiner Arbeitgeberin mit den Hunden wieder ein.

Nachdem ich das drei Tage lang beobachtet hatte,

folgte ich ihm um die Ecke und sah ihn mit den Pudeln ein anderes Haus betreten. Er blieb fünfundvierzig Minuten drin, und als er wieder auftauchte, bekam ich kurz das japanische Hausmädchen zu sehen, das die Tür hinter ihm schloß. Ungefähr zwanzig Minuten später erschien eine Frau mit platinblondem Haar und pinkfarbenen Hosen in einem silbernen Mercedes und schlenderte in das Haus. Sogar von meinem Standort aus konnte ich das Licht auf ihren Diamanten glitzern sehen.

Ich dachte sorgfältig über diese Dinge nach und machte mich am nächsten Montag, während Muffy und ihre Nachbarin beim Gymnastikunterricht waren und der Hausboy mit seiner Landsfrau japanisches Sandmännchen spielte, daran, Muffys Haus unter die Lupe zu nehmen.

Ich hatte mir in Springs ein Klemmbrett besorgt, einen gelben Block darauf befestigt und trug einen Bleistift hinter dem Ohr. Das reicht normalerweise, um ungefragt ins Schlafzimmer des Präsidenten zu kommen, aber um absolut sicherzugehen, trug ich zusätzlich ein Maßband am Gürtel. Mit einem Maßband in Verbindung mit einem Klemmbrett kommt man sogar rein, wenn der Präsident und die First Lady sich gerade in fester fleischlicher Umklammerung befinden. Ich parkte vor dem Haus der Valentines, ging den Weg hinauf wie jemand, der die Taschen voller Geld hat, und maß die Vordertür aus, während ich untersuchte, mit welcher Art Schloß ich es zu tun hatte. Es war ein Sicherheitsschloß. Ich hakte das Maßband wieder an meinem Gürtel ein, holte die Hauptschlüsselsammlung heraus, die ich über Jahre zusammengetragen hatte, und öffnete beim zweiten Versuch die Haustür. Ich steckte die Schlüssel wieder ein, überprüfte die Angeln und das Schloß, nahm noch einmal Maß, was mehr oder weniger pure Angabe war, und ging hinein. Es war nichts zu hören. Wenn es eine Alarmanlage gab, dann war sie lautlos. Und falls die Bullen vorbeischauten – mit diesem Problem würde ich mich erst beschäftigen, wenn es auftauchte. Ich war ein As aus L. A., was also hatte ich von der Polizei in Poodle Springs zu befürchten? Ich sah auf die Uhr. Mir blieben ungefähr fünfzig Minuten.

Die Vorhalle gab nichts her, was ich nicht schon gesehen hatte, das Eßzimmer war einfach ein Eßzimmer und bot außerdem keine Gelegenheiten, Beweismaterial zu lagern. Genausowenig die Küche. Ich durchquerte die langen Gänge zum hinteren Flügel des Hauses und entdeckte das Schlafzimmer der beiden. Ich wußte, daß es das ihre war, weil im Schrank einige Herrenanzüge hingen, der Rest jedoch ihr gehörte. Auf einem breiten rosa Baldachinbett lagen eine dicke rosa Tagesdecke und ungefähr fünfundzwanzig Kissen in weiß und rosa. Parallel zum Bett stand an der Wand eine große Frisierkommode. Sie war aus irgendeinem hellen Holz, ungestrichen, aber mit etwas lackiert, was sie zum Glänzen brachte. Darauf befanden sich Parfümflaschen, Lippenstifte und Rouge, Mascara, Lidschatten, Faltencreme, Handcreme und ungefähr dreißig andere Gegenstände, die ich nicht wiedererkannte, obwohl ich ähnliche auch in

Lindas Badezimmer gesehen hatte. Die Vorhänge waren rosa und über den Boden aufgebauscht, als habe der Innenarchitekt sie zwei Meter zu lang angefertigt. Die Wände waren weiß, und es gab zwei Kleiderschränke, einen auf jeder Seite der großen Frisierkommode. Die Schranktüren waren rosa, gebrochen von einer weißen Tönung, die ihnen ein antikes Aussehen verlieh. An beiden Seiten des Bettes standen Nachttische mit sehr großen, aus Kupfer getriebenen Lampen. Die Lampenschirme waren rosa. Keiner der Nachttische hatte eine Schublade.

Die einzigen Schubladen im Raum befanden sich in der Kommode. Die oberste enthielt ein Wirrwarr aus pastellfarbener seidener Damenunterwäsche. In der hinteren Ecke lagen unter dem Wirrwarr ein elektrischer Vibrator und eine Tube Gleitcreme. Ich wäre beinahe rot geworden, wäre ich kein so abgehärteter Großstadtschnüffler gewesen. In der zweiten Schublade lagen Blusen, in der dritten waren Strümpfe und Handschuhe, in der untersten Schublade einige Herrenhemden, Socken und Unterwäsche. Nichts Anregendes. Oben auf der Kommode lagen eine rosa-weiß-gestreifte Schachtel von der Größe einer Zigarrenkiste und eine andere, dazu passende, die ungefähr so groß war wie eine Bierkiste. Die kleinere enthielt ein Paar goldene Manschettenknöpfe mit Türkisen, einen dazugehörigen Krawattenclip, eine goldene Krawattennadel. Außerdem ein Scheckbuch, eine Nagelzange und eine kleine Flaschen Augentropfen. Ich steckte das Scheckheft ein. Die größere Schachtel war voll Schmuck. In den beiden Kleiderschränken hingen eine Menge Damenkleider sowie ungefähr sechs Herrenanzüge oder Anzugjacken mit dazu passenden Hosen, fein säuberlich abgegrenzt aufgehängt. An der Innenseite der Schranktür war ein Schlipshalter befestigt, an dem ein Dutzend oder mehr Seidenkrawatten in fast allen Grundfarben hingen. Weiter hinten im Schrank auf der linken Seite entdeckte ich diverse duftige und etwas befremdliche, durchsichtige Nachthemden; schwarze Spitze, hauchdünne weiße Gaze, ganz der Traum junger Mädchen vom Sexysein.

Den Flur hinunter lagen außerdem zwei Gästezimmer und zwei Badezimmer. Die Gästezimmer und eines der Badezimmer sahen keimfrei unbenutzt aus. Ein Blick auf meine Uhr sagte mir, daß die Zeit um war. Ich ging die Treppe hinab, zog die Haustür hinter mir zu, vergewisserte mich, daß sie ins Schloß gefallen war, schlenderte den Weg hinunter, stieg in meinen Olds und fuhr mit ordnungsgemäßer Geschwindigkeit davon, als Muffy, die kaum über das Armaturenbrett ihres riesigen Chryslers sehen konnte, aus der entgegengesetzten Richtung kommend um die Ecke bog. Da sie vollauf damit beschäftigt war, den Chrysler zu steuern, schenkte sie mir keine Beachtung.

Mein Büro über der Tankstelle besaß keine Klimaanlage. Als ich die Tür öffnete, hatte ich das Gefühl, in einen Pizzaofen zu wandern. Nur roch es nicht so gut. Ich ließ die Tür offenstehen und schaltete den Ventilator an, den ich aus L. A. mitgebracht hatte, als ich mein Büro im

Haus an der Cahuenga dichtgemacht hatte. Die heiße Luft ließ mir den Schweiß übers Gesicht laufen, während ich an meinem Schreibtisch saß und das Scheckheft betrachtete. Nicht viel für ein Verbrechen, das einem ein bis fünf Jahre in Soledad einbringen konnte.

Das Scheckheft gehörte Valentine, nicht beiden zusammen, nur Lester A. Valentine und der auf dem Umschlag aufgedruckten Adresse. Sein derzeitiger Kontostand war 7754 Dollar und 66 Cent. Ich blätterte im Verzeichnis des Heftes, das bis zum achten November des Vorjahres zurückreichte. Es gab Einträge für fotografische Ausrüstung, für irgendwelche Herrenbekleidung, eine Menge Barauszahlungen, Beiträge für den Tennisclub, eine monatliche Rechnung des Melvin's im Poodle Springs Hotel und Erholungszentrum und einen vom Ordnungsamt in L. A. ausgestellten Strafzettel wegen Falschparkens mit dazugehöriger Nummer. Es war das einzige in dem Scheckheft, das ihn nicht mit Poodle Springs verband. Ich beschloß, es als Anhaltspunkt zu betrachten, und notierte mir die Schecknummer sowie die Nummer des Strafzettels. Dann legte ich das Scheckheft in meinen Schreibtisch, schloß die Schublade ab und holte die Flasche Scotch heraus, die ich für den Fall in meinem Tisch aufbewahrte, daß ich von einem Gilaechsenmonster gebissen werde. Ich goß mir einen Drink ein, nippte daran und dachte darüber nach, warum ein Kerl verschwinden und ein Scheckheft mit einem Kontostand von mehr als 7500 Dollar zurücklassen würde.

Ich leerte das Glas und schenkte mir noch mal ein. Es waren keine Gilamonster in Sicht, aber man konnte ja nie wissen.

11

Zum ersten Mal in diesem Winter veranstalteten wir, oder besser gesagt Linda, eine Party. Ich versuchte mich aus allem rauszuhalten. Und scheiterte. Als um halb sechs die ersten Gäste eintrafen, trug ich ein weißes Jackett, das Linda liebte und ich nicht. Linda begrüßte die Leute, als seien sie ihr willkommener als ein kühler Regenschauer im August. Dabei wußte ich mit Sicherheit, daß sie zumindest dreißig Prozent nicht ausstehen konnte. Bei mir lag der Durchschnitt höher und stieg im Verlauf des Abends noch.

Es waren ungefähr zweihundert Personen anwesend. Tino kümmerte sich um die Bar und sah herrlich aus in seinem Smoking, der ihm so stand, wie gewisse Kleidungsstücke nur asiatischen Hausboys stehen. Die Leute vom Partyservice bewegten sich mit ihren silbernen Tabletts voller Champagnergläser und genießbarem Kleinkram ballettartig durch die Menschenmenge. Ich lehnte an der Bar und umsorgte einen Scotch.

«Und Sie sind also der neue Männe», sagte eine Frau zu mir.

«Ich ziehe den ‹Momentanen Schwarm› vor», erwiderte ich.

«Natürlich tun Sie das», sagte die Frau. «Ich bin Mausi

Fairchild. Linda und ich kennen uns praktisch seit Ewigkeiten, seit wir noch ganz junge Mädchen waren.»

Das erste, was mir an ihr auffiel, war, daß sie nach regennassen Blumen roch, und das zweite, daß ihr blaßviolettes Seidenkleid an ihr klebte wie die Haut an einer Weintraube. Ihre Haare waren blonder, als Gott jemals vorgesehen hatte, und ihre Haut war dunkel und gleichmäßig gebräunt, was ihre makellosen Zähne beim Lächeln noch etwas weißer erscheinen ließ. Ihre Lippen hatten die gleiche Farbe wie ihr Kleid, und ihre Unterlippe sah aus wie zum daran Knabbern geschaffen.

«Möchten Sie außer dem sprudelnden Traubensaft irgendwas anderes trinken?» fragte ich sie.

«Ach, Sie sind ein Schatz. Ja. Ich möchte einen Wodka Martini mit Eis und Schuß», sagte sie. «Vorher geschüttelt.»

Ich sah Tino an. Er war schon dabei, den Martini zu mixen. Tino war kein Mann, der Zeit damit verschwendete, nicht zuzuhören.

«Seien Sie ein Schatz», sagte Mausi, «und machen Sie mir einen Doppelten.»

Tino lächelte, als habe ihm nie zuvor etwas ein solches Vergnügen bereitet, und goß etwas mehr Wodka in den Shaker.

«Haben Sie eine Zigarette?» fragte sie.

Ich holte eine Packung heraus und klopfte eine los.

«Mein Gott», sagte sie. «Eine Camel? Wenn ich die rauche, falle ich wahrscheinlich in Ohnmacht.»

Sie nahm die Zigarette und lehnte sich an mich, während ich ihr ein Streichholz hinhielt. Als die Zigarette brannte, blieb sie an mich gelehnt stehen, atmete den Rauch ein und sah dabei aus halbgeschlossenen Augen durch den zwischen uns aufsteigenden Rauch hindurch zu mir auf.

«Wunderschön», sagte ich. «Ich hab diesen Blick stundenlang vor dem Spiegel geübt und werde ihn wohl nie so hinbekommen.»

«Bastard», murmelte sie und richtete sich auf. «Beatmen Sie mich, wenn ich ohnmächtig werde?»

«Nein», sagte ich. Ich gönnte mir eine meiner Zigaretten.

«Tja», sagte Mausi, «da unterscheiden Sie sich von anderen Männern. Kannten Sie Lindas ersten Mann?»

«Ja.»

«Langweiliger Kerl. Hat sich selbst so unbeschreiblich wichtig genommen. Nehmen Sie sich wichtig?»

«Donnerstags», antwortete ich. «Wenn ich mir die Fußnägel schneide.»

Mausi lächelte und nahm einen beträchtlichen Schluck Martini. Sie streckte ihre linke Hand aus und drückte meinen Arm.

«Mann», sagte sie, «wir haben ja ganz schön Muskeln.»

Ich ließ es im Raum stehen. Alle Antworten, die mir in den Sinn kamen, klangen ein bißchen dämlich, sogar *ja* und *nein*.

«Müssen Detektive sich prügeln, Mr. Marlowe?» fragte sie.

«Manchmal», sagte ich. «In der Regel weisen wir den Verbrecher mit einer geschliffenen Bemerkung zurecht.»

«Tragen Sie eine Waffe?»

Ich schüttelte den Kopf. «Ich wußte nicht, daß Sie kommen würden.»

Ein lederiges Exemplar der Spezies Mensch mit kurzem grauem Haar näherte sich uns und legte eine Hand auf ihren Ellbogen. Sie lächelte vollkommen unbeschwert und ohne jede Verlegenheit, als sie sich ihm zuwandte.

«Mr. Marlowe, das ist mein Mann, Morton Fairchild.»

Morton nickte mir desinteressiert zu.

«Sehr erfreut», sagte er und dirigierte seine Frau von der Bar weg in Richtung Tanzfläche.

«Ich glaube nicht, daß dieser Mann mich mochte», sagte ich zu Tino.

«Das ist es nicht, Mr. Marlowe», erwiderte Tino. «Ich schätze, er möchte nur seine Frau nicht neben einem Mann und einer Bar stehen sehen.»

«Ihnen entgeht nicht viel, oder, Tino?»

«Nein, Mr. Marlowe, nur die Dinge, die mir entgehen sollen.»

Linda tauchte mit einem Gast auf.

«Darling», sagte sie, «ich möchte dir gerne Cord Havoc vorstellen. Cord, das ist mein Mann, Philip Marlowe.»

«Bei Gott, Marlowe, ich bin froh, Sie kennenzulernen», sagte Havoc. Er holte eine große eckige Hand heraus. Ich erwiderte seinen festen Händedruck. Ich wußte schon, wer er war. Ich hatte ihn in drei oder vier schlechten Filmen gesehen. Er war ein Traummann, einsachtzig groß, glatte Gesichtszüge, ein kräftiger Kiefer, klare, weit auseinanderstehende Augen. Seine Zähne waren absolut ebenmäßig. Seine Kleidung paßte zu ihm wie der Smoking zu Tino.

«Ich bin verdammt froh, Marlowe, daß dieses kleine Mädchen schließlich doch den richtigen Kerl gefunden hat. Hat mein Herz und eine Menge anderer gebrochen, daß es passiert ist, aber es ist verdammt noch mal gut, sie glücklich zu sehen.«

Ich lächelte ihn höflich an. Während ich lächelte, hielt er sein Glas in Tinos Richtung, ohne überhaupt hinzusehen, und Tino füllte es mit Bourbon auf. Havoc verringerte den Inhalt mit einem Schluck um ein gutes Drittel.

«Cords neuer Film läuft nächste Woche an», sagte Linda.

«Gangstergeschichte», erklärte Havoc und trank ein weiteres Drittel seines Drinks. «Wird Ihnen wahrscheinlich ziemlich zahm vorkommen, Marlowe.»

«Bestimmt», sagte ich. «Normalerweise erwürge ich um diese Tageszeit immer einen Alligator.»

Havoc warf den Kopf zurück und lachte schallend. Dann trank er seinen Drink aus.

«So ist's richtig, Phil.» Er hielt das leere Glas von sich, und Tino füllte es wieder auf. «Sie können sich bei mir bedanken, Junge. Bevor sie Sie getroffen hat, habe ich die ganze Zeit ständig einen Blick auf sie gehabt.» Wie schon zuvor, lachte er wieder mit zurückgeworfenem Kopf.

«Cord, du weißt, daß du nicht auf mich aufgepaßt hast», widersprach Linda. «Du hast versucht, mich ins Bett zu kriegen.»

Cords Schnauze steckte in seinem Drink. Er nahm sie heraus, gab mir einen leichten Stoß mit dem Ellbogen und sagte: «Können Sie mir das übelnehmen, Phil?»

Während er redete, wanderte sein Blick durch den Raum. Er war nicht der Typ, der eine Chance verpassen wollte. Bevor ich ihm sagen konnte, ob ich es ihm übelnahm, hatte er schon jemanden entdeckt.

«Hey, Manny», rief er und stürzte durch das Eßzimmer auf einen wieselähnlichen kleinen Glatzkopf zu, der tiefbraun war, das Hemd offen trug und die Krawatte sorgfältig unter dem Aufschlag seines cremefarbenen karierten Jacketts verstaut hatte.

«Muß schwer gewesen sein», sagte ich zu Linda, «nicht mit ihm ins Heu zu purzeln.»

«Meistens kippt er sofort aus den Latschen, wenn er ins Heu purzelt.»

Sie beugte sich zu mir herüber und küßte mich zart auf den Mund.

«Vor all den Leuten?»

«Ich möchte allen zeigen, wer hier zu wem gehört», sagte sie.

«Am wichtigsten ist, daß wir beide das wissen.»

Sie lächelte und tätschelte meine Wange. «Und das wissen wir, Darling, nicht wahr?»

Ich nickte, und sie rauschte wieder los, um einen neuen Gast zu begrüßen, als wären beide von den Toten auferstanden. Mausi Fairchild schien ihren Mann für einen Moment abgeschüttelt zu haben und kam mit einem schlanken, finsteren Kerl in teurem Anzug auf mich zu. Sie blieb stehen, bestellte bei Tino einen weiteren Martini und sagte zu dem finsteren Kerl im teuren Anzug: «Ich darf Ihnen den Glückspilz vorstellen.»

«Mr. Marlowe», sagte sie zu mir, «das ist Mr. Steele.»

Steele streckte mir die Hand entgegen. Seine Augen waren unbewegt und ausdruckslos, sein Gesicht wirkte gesund und war glatt. Er sah aus wie ein Mann, der sich schnell bewegen konnte, und bei dem man sich besser auch schnell bewegte. Wir begrüßten uns. Mausis Gatte kam herangestampft und nahm sie wieder ins Schlepptau.

Ich sagte: «Gab mal einen Kerl namens Steele, Arnie Steele, der in San Berdo und Riverside Dinger gedreht hat.»

«Tatsächlich? Hab gehört, Sie seien ein Privatbulle.»

«Wenn ich nicht gerade Appetithäppchen verteile oder nach Bridgeparties saubermache.»

«Nettes kleines Geschäft», sagte Steele, «in soviel Kohle einzuheiraten.»

«Ganz toll», bestätigte ich. «Ich hörte, dieser Steele sei vor etwa vier, fünf Jahren aus dem Geschäft ausgestiegen. Hat sich ein Häuschen in der Wüste zugelegt.»

«Wußte, wann er aussteigen muß, was?» sagte Steele.

«Mh mmh», machte ich.

Der wieselähnliche kleine Glatzkopf mit der intensiven Bräune und dem offenen Hemd näherte sich Steele.

«Arnie», sagte er, «entschuldige, aber ich möchte dir jemanden vorstellen. Cord Havoc, den Filmstar, das Größte, was dieses Land in diesem Jahr zu bieten hat. Wir überlegen, ob wir was zusammen aufziehen, an dem du auch interessiert sein könntest.»

Steele nickte mir ausdruckslos zu, als das Wiesel ihn von mir wegschob. Während er ging, warf Steele mir noch einen Blick über die Schulter des Wiesels zu.

«Schön locker bleiben, Fersenkleber», sagte er.

Ich nickte. Tino kam näher und frischte meinen Drink mit einem netten kleinen, sparsamen Schlenker auf. Als ich mich wieder von der Bar abwandte, stand ich Nase an Nase und auch noch an anderen Stellen einem übertrieben dekolletierten blonden Etwas gegenüber, das voller war als zwei Strandhaubitzen. Ihre Augen waren sehr groß und sehr blau.

«Sind Sie beim Film, Mr.`Marlowe?»

«Ich hab's nicht geschafft», sagte ich. «Man hat sich statt dessen für das Pferd entschieden.»

«Irgend jemand hat gesagt, daß Sie beim Film sind.» Jedes einzelne S in dem Satz taumelte. Sie lehnte sich gegen mich und rammte mir ihren Hoch-mit-den-Dingern-Draht-Büstenhalter in den Brustkorb.

«Ich bin beim Film.»

«Das wußte ich.»

«Ich bin Schauschpielerin.» Die S's fielen ihr zunehmend schwerer. «Ich mache 'ne Menge Piratensachen.

Spiele ’ne Schlampe. Verstehen Sie? Ich trage tief ausgeschnittene Kleider und verbeuge mich dauernd vor der Kamera. Der Regisseur sagt zu mir, mach jetzt deinen Diener, Süße. Weiß jeder, daß ich das kann.»

«Jetzt weiß ich’s auch», sagte ich. Sie lehnte sich nicht aus Leidenschaft an mich, sie brauchte nur eine Stütze.

«Sind Sie mit jemandem hier?» fragte ich.

«Klar, Mr. Steele hat mich hergebracht. Ich würde nie in so’n feines Haus wie das hier kommen, wenn mich nicht Mr. Steele oder sonst irgend jemand mitbringen würde.»

«Ach, ich wette, Sie kommen überall rein», sagte ich.

Sie lächelte mich an und stieß auf und begann zu Boden zu sinken. Ich packte sie unter den Armen und stellte sie wieder aufrecht hin, legte meinen linken Arm um ihren Rücken, meinen rechten unter ihre Knie und hievte sie in genau dem Moment in meine Arme, als sie die Kräfte verließen und sie bewußtlos wurde.

Tino kam hinter der Bar hervor.

«Sir?»

«Sagen Sie Mr. Steele, daß ich ihn sprechen möchte, Tino.»

Tino nickte, glitt durch den Raum und durchquerte die Menge ohne erkennbare Mühe, ohne irgend jemanden anzustoßen. Ich sah ihn mit Steele sprechen, der sich umdrehte und mich anstarrte. Sein Gesichtsausdruck veränderte sich nicht, aber er nickte kurz, sah hinüber zur Haustür und zuckte mit dem Kopf in meine Richtung.

Ein lustloser blonder Mann mit halblangen Haaren

löste sich von der Wand, an der er gelehnt hatte, und näherte sich mir.

«Ich nehme sie», sagte er.

«Sie ist ziemlich schwer», entgegnete ich. «Kommen Sie mit ihr klar?»

Er grinste und streckte die Arme aus. Ich übergab sie ihm, und er schlenderte weg, durch die Haustür nach draußen in die Dunkelheit. Nach etwa zwei Minuten war er wieder zurück.

«Im Wagen», sagte er, «Rücksitz, auf der Seite. Hab sie auf den Rücken gelegt, und jetzt pennt sie.»

«Danke», sagte ich. Er nickte und bezog wieder Posten neben der Haustür. Steele würdigte weder ihn noch mich eines weiteren Blickes.

«Ist die Dame in Ordnung, Mr. Marlowe?»

«Sie schläft ihren Rausch im Wagen aus, Tino.»

«Die Dame hat vielleicht mehr Glück als Sie, Sir.»

«Denken Sie an all die spannenden Dinge, die sie verpaßt», erwiderte ich.

«Ja, Sir», sagte Tino.

12

Ich war unterwegs, bevor die Hitze unerträglich wurde, und fuhr westwärts nach Los Angeles. Marlowe, der pendelnde Schnüffler. Arbeitet in L. A., wohnt in Poodle Springs. Ist täglich zwanzig Stunden auf Achse.

So früh am Morgen war die Wüste leer, abgesehen von

Steppenläufern, Kakteen und gelegentlich auftauchenden Falken, die im Luftstrom schwebten und nach ihrem Frühstück Ausschau hielten. Ich fuhr an einem Laden vorbei, der Dattel-Shakes anbot. Es gelang mir nicht, mir einen Dattel-Shake vorzustellen. Meine einzige Gesellschaft auf dem Weg nach L. A. waren die großen fünfachsigen Laster, die bei Gefälle in einer Staubwolke an einem vorbeirauschten und an den Steigungen beim Runterschalten die Straße blockierten.

Der Himmel war klar und blau, als ich in L. A. eintraf. Ich bog vom Freeway in die Spring Street ein und parkte. Im Rathaus fand ich neben dem Ordnungsamt ein kleines Zimmer unter der großen Haupttreppe. Auf der trostlosen Glastür stand in schwarzen Buchstaben *Ordnungsamt, Abteilung Verkehrsstrafen*. Ich ging hinein. Entlang der Vorderseite des Raums stand ein langer Tresen, hinter einem Geländer saßen drei ältliche Beamtinnen, rechts hinter dem Geländer waren drei enge Sprechkabinen. Vor jeder stand eine Schlange. Ich stellte mich vor dem Tresen an. Die Schlange bewegte sich langsam vorwärts; alte Menschen in abgetragener Kleidung bezahlten ihre Strafzettel mit Postanweisungen, todschicke Burschen in auffälligen Anzügen zahlten in bar und versuchten so auszusehen, als sei all dies nur eine lästige Störung, die einen Tag voller wichtiger Besprechungen unterbrach. Die Beamtin, die meine Schlange abfertigte, war ausgesprochen fett, so daß ihr Kopf unmittelbar auf ihren Schultern zu ruhen schien und ihr Doppelkinn direkt ins Brustbein überging. Sie hatte weiße Haare mit einem ausgeprägt blauen Ton, und sie atmete pfeifend, während sie sehr langsam die Strafzettel bearbeitete.

Als ich an der Reihe war, fragte sie: «Zahlen Sie Ihren Strafzettel bar? Als Scheck? Oder als Bankanweisung?»

Ich lächelte sie an wie jemand, der im Begriff ist, einen Heiratsantrag zu machen.

«Vielleicht können Sie mir helfen», sagte ich.

Sie sah nicht auf. «Nicht, solange Sie mir nicht Ihren Strafzettel geben.»

Ich schob ihr ein Papier über den Tresen zu. Darauf stand die Nummer von Les Valentines' Strafzettel aus L. A.

«Können Sie mir sagen, wo dieses Vergehen passiert ist?» fragte ich.

«Falls Sie eine Beschwerde vorzubringen haben oder Widerspruch einlegen möchten, gehen Sie bitte hinter das Geländer und warten dort auf den für die Anhörung zuständigen Beamten.»

«Ich will mich nicht beschweren», sagte ich. «Ich versuche die Adresse herauszufinden, an der dieser Strafzettel ausgestellt wurde. Ich versuche, einen Vermißten zu finden.»

In der Schlange hinter mir begannen die Leute ärgerlich zu murmeln.

Die Frau sah zu mir auf. Sie hatte kleine Augen und eine kleine Hakennase, genau wie ein Huhn.

«Wollen Sie einen Strafzettel bezahlen oder nicht?» fragte sie. «Da warten noch mehr Leute.»

«Na prima», sagte ich. «Zwei Möglichkeiten? Ich habe die Wahl?»

«Wollen Sie mir etwa komisch kommen, Freundchen?»

«Himmel, nein! Das wäre Zeitverschwendung.»

Ich wandte mich ab und schob mich durch die Menge nach draußen. In einer Ecke neben der Eingangstür stand eine Reihe von Telefonkabinen. Ich betrat eine, warf eine Münze ein und rief die Strafzettelabteilung des Ordnungsamtes an. Eine ältliche, weibliche Stimme war am Apparat.

«Jaa», sagte ich. «Hier spricht Marlowe, Büro des Sheriffs in Encino. Ich brauche eine Information über einen Strafzettel.»

«Wir sind beschäftigt», erwiderte die ältliche Stimme. «Fordern Sie es auf dem Dienstweg an.»

«Hör mal, Schwester», knurrte ich, «glaubst du, du redest hier mit irgendeinem Arschkeks aus Fresno? Das hier ist dienstlich, also beweg dein breitestes Körperteil und besorg mir die Adresse.»

Am anderen Ende der Leitung war ein kurzes Japsen zu hören. Dann sagte die Stimme: «Welche Nummer hat der Vorgang?»

Ich las ihr die Strafzettelnummer vor und sagte: «Hopp, hopp, Schwester. Ich hab nicht den ganzen Tag Zeit.»

Für einige Minuten war die Leitung tot, dann war sie wieder dran, jetzt sehr distanziert. «Der Verstoß wurde vor dem Haus Western Road 1254 aufgenommen. Allerdings muß ich sagen, daß ich für Ihr Benehmen kein Verständnis aufbringe.»

Ich sagte: «Warum erzählst du das nicht deinen Parkuhren, Schwester», und hängte ein.

Western Avenue 1254 lag auf der Westseite des Häuserblocks zwischen dem Hollywood und dem Sunset Boulevard, genau neben einem Tortilla-Imbiß. Es war eines dieser dreistöckigen Häuser, die man direkt nach dem Krieg gebaut hatte, bevor irgend jemand ahnen konnte, daß Hollywood sich in ein schäbiges Nest verwandeln würde, und alle noch dachten, sie seien die Vorreiter moderner Architektur. Das Haus war eckig und voller Fenster, die eine Wäsche gebrauchen konnten. Die Verblendung bestand aus großen Quadraten aus einer Art aufgerauhtem Aluminium, so daß das Haus wirkte wie eine häßliche Frühstücksdose, die schon bessere Zeiten gesehen hatte. Im Erdgeschoß befand sich hinter einer dicken Glasscheibe ein Büro, das Immobilien und Versicherungen anbot. Ein alter Mann, der der Bruder der Dame im Strafzettelamt hätte sein können, saß mit hochgekrempelten Ärmeln über ein altmodisches Hauptbuch gebeugt. Eine Rothaarige, die vielleicht in zehn Jahren wie die Schwester der Strafzetteldame aussehen würde, saß an ihrem Schreibtisch und lackierte sich die Nägel.

Die Eingangshalle lag links von dem Immobilienbüro, und das Treppenhaus führte an der linken Seite nach oben. Es gab keinen Fahrstuhl. An der neben dem Immobilienbüro gelegenen Wand hing ein Verzeichnis, eins dieser schwarzen Filzdinger mit Schlitzen, in die man weiße Buchstaben hineinschiebt. Die darüberliegende Scheibe war von Fliegen verdreckt und fleckig von jahrealtem Rauch. Es war kein Les Valentine aufgeführt. Von den zehn Mietern in den drei Stockwerken war nur einer Fotograf. *Larry Victor*, stand da, *Porträtfotograf*. Die gleichen Initialen, dachte ich. Warum nicht?

Ich stieg zwei Treppenabsätze hinauf. Das ganze Gebäude roch, als lebten Katzen in den Treppenschächten. Larry Victors Büro war im zweiten Stock, auf der Rückseite des Hauses. Durch die rauhe Glasscheibe seines Büros schimmerte etwas Licht. Es hatte den weißen Glanz von Tageslicht, als befände sich an der gegenüberliegenden Seite ein Fenster oder ein Oberlicht. Die Beschriftung lautete *Larry Victor, Fotograf, Werbe- und Industriefotos. Spezialisiert auf Porträtaufnahmen*. Ich klopfte; nichts passierte. Ich drückte auf die Klinke; verschlossen. Meine Hauptschlüsselsammlung hatte ich nicht mitgenommen, aber ich trug ein Werkzeug in der Innentasche bei mir, das ich vor einiger Zeit einem Safe- und Einbruchsexperten abgenommen hatte. Es sah ein bißchen so aus wie die Zahnarztinstrumente, mit denen diese Techniker einem in den Zähnen herumkratzen. Nur, daß die Nadelspitze länger war. Ich führte die Spitze in den Türspalt und drehte sie so, daß sie Druck auf die Schloßzunge ausübte. Es war ein Schnappschloß, das sofort nachgab. Ich war drin. Ich machte die Tür hinter mir zu und blickte mich um.

Es sah aus wie die Art Büro, in der ich mein halbes

Leben verbracht hatte. Ein alter Rolltürenschreibtisch, ein wackliger Drehstuhl mit einem abgenutzten Kissen auf der Sitzfläche, ein Aktenschrank aus Eiche und an einer der Wände ein großer weißer, an der Wand befestigter Papierbogen sowie ein Haufen Kameras auf Stativen und einige davor aufgereihte Fotoleuchten. Ich sah mir die Kameras an. Auf einem der Stative war eine Rolleiflex, auf dem anderen eine 35-Millimeter-Leica befestigt. Das Tageslicht fiel durch ein schmutziges, mit feinmaschigem Draht bedecktes Oberlicht in den Raum. Auf dem Schreibtisch befanden sich ein Telefon, ein Onyx-Füller und ein Bleistiftset.

Ich ging um den Tisch herum und setzte mich in den Drehstuhl. Es mußte natürlich nicht dieses Haus sein. Valentine konnte seinen Wagen hier abgestellt haben und dann den Hollywood Boulevard hinaufgegangen sein, um nach Filmstars Ausschau zu halten. Oder runter zum Sunset, in der Hoffnung, etwas Aufregendes zu sehen. Oder er konnte im Taxi nach Bakersfield gefahren sein, wo er annähernd gleich gute Chancen hatte, beides zu finden.

Trotzdem war der Wagen vor diesem Gebäude abgestellt worden, und es gab einen Fotografen mit den gleichen Initialen. Ich untersuchte den Schreibtisch. Auf der Schreibplatte stand das Foto einer hübschen schwarzhaarigen, ungefähr fünfundzwanzigjährigen Frau mit großen dunklen Augen. Die meisten der Fächer waren mit größtenteils unbezahlten Rechnungen vollgestopft, darunter drei weitere Strafzettel. In der mittleren Schublade befand sich eine Straßenkarte von L. A. und Umgebung, in der linken unteren lagen Telefonbücher von L. A., in der rechten unteren eine Flasche billiger Scotch, die jemand um ungefähr einen Zehntelliter erleichtert hatte. Ich stand auf und ging hinüber zum Aktenschrank. Die oberste Schublade enthielt eine Autoversicherungspolice, eine ungeöffnete Flasche des gleichen Scotch, eine Rolle Pappbecher und einen großen braunen Umschlag, der am oberen Ende mit einer kleinen Metallklammer verschlossen war. Ich öffnete den Umschlag. Er enthielt eine Sammlung von 13 × 18 Zentimeter großen Hochglanzfotos von Frauen, die eine ganze Reihe von teilweise schon sehr alten Kunststückchen hinlegten. Die beiden anderen Schubladen waren leer.

Ich nahm den großen Umschlag mit zum Schreibtisch, setzte mich wieder hin und begann das, was ich in der Hand hielt, etwas sorgfältiger zu begutachten. Es war größtenteils Pornographie, in ziemlich guter Qualität, vermutlich teilweise vor dem sehr weißen Hintergrund geschossen, der rechts von mir hing. Es war schon einige Zeit her, daß Bilder von kopulierenden Menschen meine Libido stimuliert hatten, und dieses Zeug änderte auch nichts daran. Selbst wenn es stimulierend gewesen wäre, hätte die schlichte Menge an dargestellter, übertriebener Ungezügeltheit jede Form von Geilheit im Keim erstickt.

Die Bilder waren nicht nur ausgesprochen gut belichtet und gestochen scharf, sie zeigten auch durchgehend attraktive Modelle. Zweifellos Schauspielerinnen, die nach Hollywood kamen, um umgehend zu Stars oder Starlets zu werden, und auf die richtige Rolle warteten. Die Männer auf den Bildern waren nicht mehr als Requisiten für die Frauen, verschwommen, in der Regel gesichtslos und nicht auffälliger als die Lampe im Hintergrund oder der nackte Metallpfosten der Bettcouch, auf der die Veranstaltung stattfand.

Ich blätterte die Bilder durch und blieb an einem hängen. Da lag, zwar jünger, aber genauso nackt wie vor wenigen Tagen, Sondra Lee und posierte allein, aufreizend, mit dem gleichen abwesenden Lächeln. Ich zog das Foto aus dem Bündel, rollte es zusammen, umwickelte es mit einem Gummiband und ließ es in die Innentasche meines Mantels gleiten. Dann blätterte ich die restlichen Bilder durch, ohne weitere bekannte Gesichter zu entdecken, stand auf und legte den Umschlag wieder in die Schublade im Aktenschrank. Ich ging zurück, setzte mich in den Drehstuhl, legte meine Füße hoch und machte mir meine Gedanken über die ganze Geschichte. Die Zufälle häuften sich: Fotograf, gleiche Initialen, ein Bild von Sondra Lee.

Während ich über diese Dinge nachdachte, hörte ich einen Schlüssel am Schloß kratzen und dann ins Schlüsselloch gleiten. Es gab keine Möglichkeit, sich zu verstecken. Also blieb ich sitzen, die Füße auf den Schreibtisch gelegt. Der Schlüssel drehte sich, die Tür ging auf, und herein kam ein Kerl, der aussah wie einer der Finalteilnehmer des Mr.-Süd-Kalifornien-Wettbewerbs. Er hatte halblanges, blondes Haar, das glatt zurückgekämmt war. Sein Gesicht war sonnengebräunt, sein Körper schlank, mittelgroß und durchschnittlich gebaut. Er trug ein beiges, legeres Jackett, eine weiße Hose und ein schwarzes Hemd mit einer großen Krawatte, die über den Kragen hinausragte.

Als er mich entdeckte, blieb er stehen, legte seinen Kopf leicht in den Nacken, hob die Augenbrauen und starrte mich an.

«Nur nicht verwirrt sein», sagte ich. «Ich bin nicht Sie.»

«Das sehe ich selbst, Freundchen», erwiderte er. «Aber wer zum Teufel sind Sie?»

«Sie zuerst.»

«Ich zuerst? Das hier ist mein Büro.»

«Ah-ha», sagte ich, «Sie müssen Larry Victor sein.»

«Ja, muß ich wohl. Aber ich weiß noch immer nicht, wer Sie sind. Oder warum Sie auf meinem Stuhl sitzen, oder wie Sie hier reingekommen sind.»

«Klingt irgendwie nach Kinderreim, finden Sie nicht?»

Victor stand für den Fall, daß er flüchten müsse, in der noch immer geöffneten Tür.

«Erzählen Sie's mir?»

«Marlowe», sagte ich. «Ich suche nach einem Kerl namens Les Valentine.»

«Sind Sic Bullc?»

«Nein. Ich habe Valentine bei einem Kartenspiel getroffen und mit zwei Pärchen mitgehalten. Er hatte einen Flush. Er hat einen Schuldschein über einen halben

Riesen von mir angenommen und mir diese Adresse gegeben.»

«Und die Tür?» fragte Victor. «Die war wohl offen, was?»

«Ja», sagte ich, «genaugenommen war sie das.»

Victor nickte. «Stört's Sie, wenn ich mich an meinen Schreibtisch setze, Marlowe?»

Ich erhob mich, trat zur Seite, und er setzte sich.

«Schätze, ich könnte einen Schnaps vertragen», sagte Victor. «Sie auch?»

«Klar», sagte ich. Er kramte den billigen Scotch aus der Schublade und goß etwas davon in zwei Pappbecher. Ich nahm einen Schluck. Es schmeckte wie das Zeug, das man gegen Räude anwendet. Victor kippte es runter und goß sich den Pappbecher wieder ein paar Zentimeter hoch voll. Dann lehnte er sich in seinem Drehstuhl zurück und versuchte, locker auszusehen. Während er locker aussah, riskierte er einen kurzen Blick auf den Aktenschrank. Dann sah er mich wieder an.

«Komische Geschichte», begann Victor. «Ich kenne Les Valentine.»

«Erstaunlich», sagte ich.

«Nein, eigentlich nicht. Wir sitzen im gleichen Boot. Wir machen beide eine Menge Pressefotos für Filme, Publicity halt, dieses ganze Zeug. Und eine Menge Modesachen.»

Ich ließ einen Blick durch das Büro wandern.

«Hey», sagte er, «vergeuden Sie Ihr Geld nicht für aufgeputzte Fassaden, kapiert? Sie haben etwas anzubieten, da brauchen Sie all diesen todschicken, halbseidenen Kram nicht, Sie wissen schon, dieses Hollywoodgeglitzer.»

«Ich sehe jedenfalls, daß Sie damit keine Zeit verschwenden.» Ich spülte mir mit einem weiteren Schluck seines Scotch den Mund aus. Wenn ich das Zeug schon trinken mußte, konnte ich wenigstens versuchen, zukünftige Zahnfüllungen im voraus zu verhindern. Victor schien es überhaupt keine Probleme zu bereiten. Er schenkte sich bereits zum dritten Mal einen Schluck ein. Vielleicht war er härter, als er aussah.

«Ich kenne Les jedenfalls, wie ich schon sagte. Guter Fotograf.»

«Wo ist er im Moment?» fragte ich.

«Ich habe gehört, er war außer Landes.»

Ich glaubte das genauso wie ich glaubte, daß ich Chivas Regal trank.

«Irgendein Job für die Regierung. China, glaube ich.»

Er lehnte sich zurück und genoß seinen Scotch, ganz der fröhliche Bursche, der die Zeit Zeit sein läßt und einen Drink mit dem Kerl nimmt, der in sein Büro eingebrochen ist. Er war so echt wie das Lächeln eines Starlets.

«Schon mal von einem Model namens Sondra Lee gehört?» fragte ich.

«Sonny? Natürlich, jeder Fotograf kennt Sonny. Sie ist das Topmodell hier an der Küste.»

«Haben Sie sie jemals fotografiert?»

«Nein, hatte nie das Vergnügen. Das heißt, man ist an

mich herangetreten, aber Sie wissen ja, wie das ist, Marlowe. Sie haben Verpflichtungen, sie hat Verpflichtungen. Wir haben es nie geschafft, zusammenzukommen.»

«Nicht mal, als sie jünger war?» fragte ich. Ich wußte nicht, worauf ich hinauswollte. Ich wollte es einfach am Laufen halten. Möglicherweise käme dabei irgend etwas an die Oberfläche.

Er schüttelte den Kopf. «Als sie jung war, Freund, war ich noch nicht im Geschäft. Sonny ist schließlich kein kleines Mädchen mehr.»

Ich nickte und bequemte einen weiteren kleinen Schluck Scotch in meinen Mund, nachdem ich ihn lange unschlüssig vom Rand aus umschlichen hatte. Es schmeckte noch immer faulig.

«Wie sieht's mit Manny Lipshultz aus?»

Wenn ihn das kalt erwischt hatte, dann zeigte er es nicht. Er zog leicht die Lippen kraus und sah noch oben in die Zimmerecke. Dann schüttelte er den Kopf.

«Nein, kein Manny Lipshultz», sagte er. «Aber ein toller Name, finde ich.»

Ich stimmte ihm zu. Der Name war toll. Wir waren alle toll. Er und ich waren besonders toll, einfach zwei tolle Burschen, die an einem freundlichen Nachmittag herumsaßen und sich gegenseitig das Blaue vom Himmel herunterlogen.

13

Ich ging runter zur Western Avenue, setzte mich in meinen Wagen und wartete. Während ich wartete, versuchte ich mir darüber klar zu werden, was ich eigentlich vorhatte. Ich wußte, daß ich dabei war, einen Mann zu verfolgen, der nicht der war, den ich suchte, aber ein Foto von Sondra Lee besaß und sein Büro in genau dem Haus hatte, vor dem der Kerl, den ich suchte, einen Strafzettel bekommen hatte. Es gab keinen Grund, es zu tun, außer, daß der Bursche vorne und hinten nicht stimmte. Wenn man in sein Büro kommt und einen Kerl dort vorfindet, dann setzt man sich nicht hin und trinkt einen mit ihm. Man ruft die Plakettenträger.

Nachdem ich zwanzig Minuten im Wagen gesessen hatte, kam Victor aus dem Bürohaus und ging zu Fuß die Western Avenue hinunter. Ich wartete, bis er die Ecke erreicht hatte und nach rechts in den Sunset eingebogen war, stieg dann aus dem Olds, jagte hinter ihm her und legte erst auf dem Sunset einen gemütlicheren Gang ein. Ich überquerte die Südseite des Sunset und marschierte westwärts. Victor ging auf der anderen Straßenseite, mir ungefähr fünfzig Meter voraus. Seine Art zu gehen hatte etwas Heimlichtuerisches, aber das mochte instinktiv sein. Er sah sich nicht um. Nachdem er einen halben Block weiter gegangen war, betrat er eine Bar namens Reno's. Ich ließ ihm eine Eingewöhnungszeit, schlich mich dann selbst hinein und drückte mich in eine Nische nahe des Eingangs. Die Kellnerin sah mich finster an; ein Kerl in einer Nische für vier.

«Ich gehöre zur Abwehrreihe der Southern Cals», erklärte ich, «meine Teamkollegen kommen gleich nach.»

«Hier draußen scheint jeder irrsinnig lustig zu sein», sagte sie. «Möchten Sie etwas trinken?»

Ich bestellte einen Gimlet mit Eis, trank ihn langsam und ließ ihn gegen den Geschmack von Victors mörderischem Scotch wirken. Victor saß auf einem Hocker an der Bar, vornübergekrümmt über etwas, das – seinem Scotch nach zu urteilen – vermutlich schmeckte wie alter Pfeifenreiniger.

Neben ihm saß eine Blondine in sehr knappem Rock mit übereinandergeschlagenen Beinen seitlings auf einem Barhocker und beugte sich zu Victor herüber. Sie hatte grünen Lidschatten und stark leuchtenden roten Lippenstift aufgetragen, und ihr Rock, der gut zu ihrem grün-roten Pullunder paßte, klaffte in dieser Haltung etwas auf. Die einzige andere Person an der Bar war eine ältere Rothaarige mit gewaltigem Busen, der von einem weißen, paillettenbesetzten und an den Ärmeln ausgefransten Pullover im Zaum gehalten wurde. Sie trank Manhattans, und während ich sie beobachtete, brachte ihr der Barkeeper einen und zeigte auf Larry Victor. Sie nahm den Drink, nickte Victor dankend zu und tauchte ein. Larry grüßte kurz zurück, indem er seine Stirn mit zwei Fingern berührte, und wandte seine Aufmerksamkeit dann wieder La Blondie zu.

La Blondie bestand auf etwas. Ich konnte sie nicht hören, aber aus der Intensität ihrer Bewegungen und der Geschwindigkeit, mit der ihr Mund sich bewegte, war klar ersichtlich, daß sie außer sich vor Wut war. Victor schüttelte immer wieder den Kopf und murmelte ihr irgendwelche Antworten entgegen.

Die Einrichtung des Reno's bestand aus imitierter, astiger Kiefer, verziert durch ein paar an die Wände montierte Longhorns und einige alte, gerahmte Drucke von Frederick Remington, die unregelmäßig verteilt hier und da an den Wänden hingen. Drinnen war es nicht besonders hell, und im von draußen hereinfallenden grellen Licht der kalifornischen Sonne wirkte es noch düsterer. Es war kühl und wäre vermutlich auch ruhig gewesen, wenn die Rothaarige am Ende der Bar nicht fortwährend die Jukebox mit Geld gefüttert hätte. Eine kühle Bar an einem heißen Nachmittag kann zuweilen ein sehr gemütlicher Ort sein.

Die Blondine holte etwas, das nach einem Foto aussah, aus ihrer Handtasche und schob es Victor zu. Victor nahm eine randlose Brille aus der Brusttasche seines legeren Jacketts und setzte sie auf, um das Bild zu betrachten. Als er es sah, bedeckte er es hastig mit der Handfläche und blickte sich unbehaglich im Raum um. Dann schob er der Blondine das Bild wieder zu, setzte seine Brille ab und steckte sie weg. Die Blondine nahm das Foto an sich und ließ es wieder in der Handtasche verschwinden. Victors Verwandlung hatte wahrscheinlich nicht länger gedauert als zwanzig Sekunden, aber nach dem kurzen Blick, den er durch seine randlose Brille in das Lokal geworfen hatte, wußte ich, was mich an ihm gestört hatte. Abgesehen von der Frisur glich er haargenau dem Bild, das ich von Les Valentine gesehen hatte. Und Frisuren konnte man verändern.

Victor stand plötzlich auf, knallte einen Zehner auf den Tresen und marschierte aus der Bar wie ein Mann, der seine Frau ein für allemal verläßt. Die Blondine saß da und starrte ihm hinterher. Ich stand ebenfalls auf und folgte Victor, achtete aber sorgfältig darauf, dem Blick der Blondine zu entgehen. Er hätte Löcher in meinen Brustkorb gebohrt.

Er war halb an der Ecke zur Western, als ich aus der Bar kam. Bis er seinen Wagen vom Bordstein in der Nähe seines Büros befördert hatte, saß ich schon wieder in meinem Olds und wartete mit laufendem Motor. Er fuhr nach Westen zum Freeway und dann südlich zum Venice Boulevard. Um diese Zeit, am frühen Nachmittag eines schönen Tages, war der Verkehr nicht besonders stark. Ich hielt einen Abstand von zwei oder drei Wagen zu Victor und wechselte von Zeit zu Zeit die Spur. Er rechnete nicht damit, verfolgt zu werden, ihn beschäftigten andere Dinge. Ich hätte ihm in einem Riesenrad hinterherfahren können.

Dann ging es zum Strand hinunter. Als er in eine enge Parklücke hinter einem Strandbungalow einbog, fuhr ich an ihm vorbei und parkte unter einem Olivenbaum, zwischen zwei Mülltonnen und unter einem Schild mit der Aufschrift *Privatparkplatz, Parken verboten*. Ich ging zurück zu dem Strandbungalow, an den Rückseiten moderiger Schindelhäuser vorbei, hinter denen jeweils ein Wagen wie von der Straße gequetscht in die Hausrückseite gerammt parkte. Einst hatte jemand entlang dieser Straße Olivenbäume gepflanzt, und an einigen Stellen, dort, wo der salzige Wind sie noch nicht umgebracht hatte, wuchsen sie verkümmert und mißgebildet und bedeckten den Boden mit zerquetschten Oliven, die aussahen wie Exkremente.

Der herbe Geruch ihrer Blätter vermischte sich mit dem Geruch des Meeres und Küchendünsten, während sich unter ihnen der schwere, flüchtige Gestank verdorbenen Abfalls aus den überfüllten Mülleimern den winzigen Hinterhof mit den Autos teilte.

Hinter Victors Haus, neben dem schmalen Weg aus Zementplatten, der um das Haus herum zur Vordertür führte, war ein Briefkasten. Er war beschriftet mit *Larry und Angel Victor*. Ich ging weiter, an zwei Häusern vorbei, und dann wieder über einen schmalen Zementplattenweg, auf dem Unkraut zwischen den Platten aus dem Sand wucherte. Vor den Häusern lag ein Strandweg, daran anschließend der Strand und dann der träge Pazifik, der gegen die Küste schwappte.

Zwei Häuser entfernt saß Larry Victor auf seiner Veranda, die Füße auf ein Geländer hochgelegt. An seiner Seite war die schwarzhaarige junge Frau mit den großen dunklen Augen, die ich von dem Bild auf seinem Schreibtisch kannte. Sie trug ein locker sitzendes Hawai-Kleid, kleine weiße, hochhackige Schnallenschuhe und hatte, die Beine ebenfalls hochgelegt, das Kleid bis zur Mitte ihrer Oberschenkel hinaufrutschen lassen. Sie tranken mexikanisches Bier aus Flaschen und hielten Händchen. Es war genau die Art häuslicher Szene, die Versicherungen benutzen, wenn sie einem weismachen wollen, daß genügend Lebensversicherungen das Leben sichern. Ich stand halbverdeckt von einem Beet mit riesigen Geranien an der Ecke des zwei Nummern entfernten Strandhauses und sah zu.

Marlowe, der Alles-Sehende, sieht alles, späht nach allem. Das Mädchen beugte sich vor und küßte Victor, und der Kuß dauerte an und entwickelte sich. Als der Kuß und der sich daraus ergebende Ringkampf vorbei waren, griff Victor wie automatisch nach oben und ordnete seine Frisur. Ich lächelte. Volltreffer. Les Valentine mit einem Haarteil.

14

Ich kam rechtzeitig nach Springs zurück, um das verspätete Abendessen zu mir zu nehmen, das Tino mir in der Küche bereitgestellt hatte. Linda war im Tennisclub und kam erst nach Hause, als ich mit dem letzten Rest des Salates fertig war, auf dessen Servieren im Anschluß an das Essen Tino bestanden hatte.

«So ist es üblich, Mr. Marlowe», sagte Tino. «Jeder hier in Poodle Springs macht es so.»

«Jeder außer mir, Tino. Ich esse meinen Salat vor den Mahlzeiten.»

Tino schüttelte den Kopf. «Mrs. Marlowe sagte, daß wir niemals einen kultivierten Menschen aus Ihnen machen werden, Mr. Marlowe.»

«Ich bin so kultiviert, wie ich es für richtig halte.»

«Es reicht ja auch vollkommen, so wie Sie sind, Mr. Marlowe.»

An diesem Punkt des Gesprächs erschien Linda.

«Na, Darling», sagte sie, «wie ich sehe, bist du von einem harten Schnüffeltag heimgekehrt.»

Sie näherte sich mir und gab mir einen zarten Kuß. Ich konnte den Alkohol in ihrem Atem riechen.

«Möchten Sie auch etwas essen, Mrs. Marlowe?»

«Nein, Tino, bitte nur einen großen Scotch, etwas Soda und Eis.»

Linda nahm mir schräg gegenüber in der Küche Platz. Tino brachte ihr den Drink.

«Hast du heute irgend etwas sehr Wichtiges herausgefunden, Darling?»

«Ich habe Les Valentine gefunden.»

«Wie aufregend für dich. Das ersetzt dir sicherlich sogar unser Abendessen mit Mausi und Morton im Club, das du verpaßt hast.»

«Perfekt», sagte ich. «Myrna Loy hätte es nicht besser ablesen können.»

«Sei nicht so grob, Darling. Du weißt, daß du mich versetzt hast.»

«Weiß ich. Und es tut mir leid, daß ich nicht anders konnte. Aber für mich pfeift die Sirene nicht zur Cocktailzeit.»

«Und das wußte ich ja, als ich dich geheiratet habe», sagte Linda. Es war nichts, dem ich hätte widersprechen können, also ließ ich es im Raum stehen.

«Darling, es wäre ermutigend für mich, wenn du dich manchmal vor deinem Job drücken würdest, um mit mir zusammen zu sein.»

«Das ist leider nicht möglich», sagte ich. «Dein alter Herr hat ungefähr fünfhundert Millionen Mäuse. Wenn ich anfange, deinetwegen meinen Job zu vernachlässigen, werde ich ziemlich bald herumliegen und mir die Augenbrauen zupfen lassen.»

«Du bist ein so gottverdammter Narr.»

«Wahrscheinlich.»

Linda nippte wieder an ihrem Drink.

«Willst du denn nicht mit mir zusammensein?»

«Verdammt noch mal, das ist doch genau der Punkt. Natürlich möchte ich mit dir zusammensein. Ich möchte am liebsten die ganze Zeit mit dir im Bett liegen, mit dir am Pool Cocktails trinken und dir helfen, deine Garnituren zu sortieren. Aber wenn ich das täte, was wäre ich dann? Du könntest mir ein kleines, mit Edelsteinen besetztes Halsband kaufen und mit mir Gassi gehen.»

Linda stand auf und wandte sich ab, das halb geleerte Glas in der Hand. Sie machte zwei Schritte auf die Tür zu, blieb stehen und warf das Glas in die Spüle. Es verfehlte sein Ziel, knallte gegen den Schrank, zerbrach, und Scotch und Scherben landeten auf dem Vorleger. Sie taumelte, ließ sich in meinen Schoß fallen und drückte ihren Mund auf meinen.

«Du Miststück», sagte sie und hielt mir ihren geöffneten Mund entgegen. «Du unbeugsames Miststück.»

Ich hob sie hoch und machte mich auf den Weg ins Schlafzimmer. Geld hatte seine Vorteile. Tino würde alles wieder in Ordnung bringen.

Am Morgen hatte Linda Kopfschmerzen, also blieben wir im Bett, tranken Orangensaft und Kaffee und warteten darauf, daß die Kopfschmerzen nachließen.

«Zuviel Scotch», sagte ich.

«Bestimmt nicht», widersprach Linda. «Ich gehe zu einer ruhigen Feier und nehme ein paar Kinderdrinks und komme müde nach Hause, und ... also, ich habe bestimmt nicht viel geschlafen.»

«Das habe ich bemerkt.»

Tino klopfte sanft an die Schlafzimmertür und kam dann mit einem Frühstückstablett herein.

Sie wandte den Kopf ausgesprochen schnell ab.

«Aber Mrs. Marlowe», sagte Tino lächelnd, «ich schätze doch, daß Mr. Marlowe seine Portion und auch den größten Teil der Ihren aufessen wird.»

Tino stellte das Tablett auf meiner Seite des Bettes ab und ging hinaus. Ich machte mich an die Arbeit, seine Äußerung zu bestätigen.

«Wie kannst du nur, du Bestie», sagte Linda.

«Übungen», sagte ich. «Allnächtliche wohltuende Übungen im Haus. Die machen hungrig.»

Ohne hinzusehen, tastete Linda nach dem Tablett, fand eine halbe Toastscheibe und biß einmal zaghaft ab.

Sie kaute vorsichtig. Dann lehnte sie sich zum Ausruhen wieder zurück in ihr Kissen und ließ das Essen wirken.

«Du hast letzte Nacht gesagt, daß du Muffy Blackstones Mann gefunden hast», sagte Linda sanft und mit noch immer geschlossenen Augen.

«Ja. Er wohnt unter dem Namen Larry Victor in Venice und hat ein Fotoatelier in Hollywood.»

«Mr. Lipshultz wird sicherlich sehr stolz auf dich sein, Darling.»

«Wenn ich's ihm erzähle.»

«Warum solltest du nicht?» fragte Linda.

Ich betrachtete ihr Profil und das Pulsieren der feinen Äderchen in ihren geschlossenen Augenlidern.

«Es scheint eine Mrs. Victor zu geben.»

Linda rollte ihren Kopf auf dem Kissen herum, bis sie mir frontal gegenüberlag, und öffnete langsam beide Augen.

«Ach nein, wirklich», sagte sie. «Diese kleine, schüchterne Wasserwanze von einem Mann?»

«In L. A. trägt er einen Bettvorleger und keine Brille. Ein richtiger Zuchthengst.»

«Einen Bettvorleger?»

«Ein Toupet, lang, blond, glatt zurückgekämmt», sagte ich. «Kleidet sich wie der Agent eines B-Movie-Starlets.» Ich beugte mich zu meinem Nachttisch, griff nach dem aufgerollten Bild von Sondra Lee und gab es Linda.

«Er ist spezialisiert auf Bilder dieser Art.»

Linda sah sich das Foto an und legte es schnell mit der Rückseite nach oben in ihren Schoß.

«Oh», sagte sie. Dann drehte sie das Bild vorsichtig wieder um und warf einen verstohlenen Blick darauf. Ihre Augenbrauen trafen sich in der wundervollsten Sorgenfalte, die ich je gesehen hatte. Sie studierte das Foto erneut.

«Ihre Brüste sind furchtbar klein», sagte Linda, «und sie hat einen kleinen Spitzbauch.»

«Das ist ja wohl kaum ein Spitzbauch.»

«Mögen Männer solche Bilder?»

«Gewisse Männer.»

Sie sah mich an und schob wortlos die Bettdecke zurück.

«Ich mag das Echte», sagte ich.

Sie nickte langsam, als sei sie mit der Antwort zufrieden, und deckte sich wieder zu.

«Muffys Mann macht solche Bilder?»

«Hunderte.»

«Wie hast du sie gefunden?» fragte Linda.

«Ich bin in sein Büro eingebrochen», sagte ich. «Erzähl's nicht weiter.»

Sie rümpfte die Nase.

«Mußt du diese Arbeit machen?»

Ich antwortete nicht. Sie legte die Hand auf meinen Arm.

«Ja», sagte sie, «natürlich mußt du. Es ist nur so . . .»

«Ja-ah, das ist es.»

Wir schwiegen für einen Moment. Linda studierte das Bild etwas genauer.

«Und warum erzählst du es dann nicht Mr. Lipshultz?»

«Ich weiß nicht. Es ist nur so, er und diese andere Frau ... Ich bin ihm nach Hause gefolgt. Sie war glücklich, ihn zu sehen ...» Ich zuckte mit den Achseln.

«Und was ist mit Muffy?»

«Tja», sagte ich.

«Oh», sagte Linda.

Sie betrachtete das Bild noch einmal. Dann legte sie es auf ihren Nachttisch, wandte sich mir zu und hielt inne. Sie drehte sich wieder auf den Rücken, streckte sich und legte das Bild mit der Vorderseite nach unten, bevor sie sich erneut mir zuwandte.

«So fühle ich mich schon wesentlich besser», sagte sie.

15

Ich begann langsam, mich wie eine Flipperkugel zu fühlen, die zwischen Poodle Springs und L. A. hin- und zurückprallte. Diesmal kam ich aus dem Tal in die Stadt und fuhr über die Cahuenga stadteinwärts. Der Hollywood Boulevard sah so aus, wie er am Morgen schon immer ausgesehen hatte, wie eine billige Hure ohne Make-up.

Ich parkte am Hollywood Boulevard in der Nähe der Wilton und ging zurück zur Western. Sondra Lees Bild trug ich in der Tasche bei mir. Es war Zeit, mit Larry/Les zu reden.

Der dicke Mummelgreis saß noch immer an seinem Schreibtisch im Immobilienbüro, als ich das Gebäude betrat. Und auch das Treppenhaus roch noch immer nach muffiger Feuchtigkeit und verbittertem Leben, als ich hinaufstieg. Die Tür zu Victors Büro war unverschlossen, also ging ich hinein. Er war nicht da, aber dafür etwas anderes.

Sie saß nach hinten geneigt in seinem Bürostuhl, den Kopf zurückgelegt, die Arme steif herabhängend. In der Mitte ihrer Stirn war ein kleines Loch, um das herum das Fleisch etwas aufgequollen und verfärbt war. Ich konnte das Blut nicht sehen, aber ich konnte es riechen. Wahrscheinlich auf dem Boden hinter ihr zu einem dunklen Fleck geronnen. Ihr Mund stand offen, und ihre starr gewordenen Lippen krümmte das schroffe, klaffende Lächeln, das ich schon zu oft gesehen hatte.

Ich spürte, wie sich mein Magen zusammenzog. Durch den Geruch des getrockneten Blutes konnte ich den noch immer in der Luft hängenden Korditgeruch ausmachen. Ich schloß die Bürotür hinter mir, trat näher an den Tisch heran und blickte hinunter in das tote Frauengesicht. Ich hatte es schon mal gesehen, aber ich brauchte einen Moment, um herauszufinden, wo. Es war die Blondine, die sich in Reno's Bar mit Victor gestritten hatte. Ich berührte ihre Wange. Die Haut war kalt. Ich bewegte einen ihrer Arme. Er war steif. Auf dem Boden hinter ihrem Stuhl war eine Pfütze aus getrocknetem Blut.

Ich wußte, was ich letztendlich tun mußte, aber zuerst ging ich zum Aktenschrank und öffnete ihn. Die Bilder waren verschwunden. Ich überprüfte den Rest des Büros. Sonst schien nichts zu fehlen. Noch einmal sah ich in das tote Gesicht der Blondine, holte tief Luft und rief die Bullen an.

Zuerst erreichten zwei Hilfssheriffs aus dem Sheriffbüro in West Hollywood den Tatort. Sie trugen den üblichen argwöhnischen Gesichtsausdruck hinter den üblichen Sonnenbrillen, als sie hereinkamen. Einer von ihnen kniete sich hin, um den Körper zu untersuchen, der andere redete mit mir.

«Irgend etwas berührt?» fragte er. Seine Stimme war hart.

«Das Telefon», sagte ich.

«Warum?» Es klang so, als sollte ich besser einen guten Grund dafür haben.

«Um Sie anzurufen.»

Er nickte. Der andere stand auf. «Ist schon 'ne Weile tot», sagte er.

Der erste grunzte. «Was hatten Sie hier zu suchen?» fragte er mich.

«Ich bin Privatdetektiv», erklärte ich. «Ich bin hergekommen, um Larry Victor zu treffen.»

«Ein Detektiv? Was sagst du dazu, Harry. Haben wir Glück? Jemand kreischt um Hilfe, und am anderen Ende ist ein Detektiv.»

«Prima», sagte Harry.

«Warum wollten Sie mit Victor sprechen?» fragte der erste Bulle.

«Wegen des Falles, an dem ich arbeite.»

«Können Sie sich ausweisen?»

«Klar», sagte ich. Ich holte die Brieftasche heraus und

zeigte ihm meinen Ausweis. Die Adresse auf der Lizenz war noch immer meine alte in L. A.

«Was ist das für ein Fall?» fragte Harry.

Ich schüttelte den Kopf. «Keine Chance. Ich werde das alles euren Vorgesetzten erzählen müssen. Warum alles zweimal durchgehen?»

«Du wirst es so oft erzählen, wie wir es für richtig halten, Schnüffler», sagte der erste Bulle. «An welchem Fall arbeitest du?»

«Im Augenblick deutet nichts darauf hin, daß mein Fall irgendwas mit eurem zu tun hat. Wenn es so wäre, müßte ich's euch erzählen. Aber im Moment tue ich das nicht.»

«Paß auf, Klugscheißer, nicht du entscheidest, was mit unserem Fall zusammenhängt. Sondern wir.»

«Wir?» sagte ich. «Ihr Jungs seid Babysitter. Sobald sich das hier als Mord herausstellt, seid ihr wieder draußen und protokolliert Verkehrsverstöße an Parkuhren.»

«Alles klar, Großmaul», sagte Harry, «Hände auf den Rücken.»

In diesem Moment betrat Bernie Ohls den Raum; er rauchte eine seiner Spielzeugzigarren und wirkte wie ein Mann, der gut gefrühstückt hatte und über eine Menge Erfahrung verfügte. Er war Hauptermittler des Bezirksstaatsanwalts.

«Ärgern Sie wieder einmal die Streifenwagenfahrer, Marlowe?» fragte er.

Die beiden Hilfssheriffs standen zwar nicht direkt

stramm, nahmen aber sichtlich Haltung an. Harry ließ die geöffneten Handschellen an seinem Gürtel hängen.

«Ohls», sagte Bernie. «Büro des Staatsanwalts.»

«Ja, Sir, Lieutenant, das wissen wir», erwiderte der erste Bulle.

Bernie lächelte nichtssagend und nickte in Richtung der Tür. «Wir übernehmen das jetzt», erklärte er, und die beiden Hilfssheriffs verließen das Büro. Ohls ging rüber zum Schreibtisch und sah hinunter auf die tote Frau. Er war ein mittelgroßer Bursche mit blondem Haar und dichten weißen Augenbrauen. Seine Zähne waren regelmäßig und weiß, und seine hellblauen Augen wirkten sehr ruhig. Er sprach mit angenehmer, bullenfreundlicher Stimme, die ständig um ein Haar zu beiläufig klang, um Vertrauen zu erwecken. Zwei andere Beamte begleiteten ihn, beide in Zivil. Sie schenkten mir überhaupt keine Aufmerksamkeit.

«Kurze Distanz», stellte Ohls fest, als er auf den Körper hinuntersah, «kleinkalibrige Waffe, wahrscheinlich präparierte Kugel, hat beim Austritt ein wesentlich größeres Loch verursacht als beim Eintritt, würde ich sagen.»

«Der Leichenbeschauer wird gleich hier sein, Lieutenant», sagte einer der Beamten.

Ohls nickte abwesend. «Sie kennen sie?» fragte er mich.

«Nein.»

Er blickte auf und sah mich hart an. «Versuchen Sie irgendwelche Spielchen?»

«Im Moment nicht.»

Er nickte wieder. Der Leichenbeschauer tauchte auf, ein kurzer, fetter Kerl in Anzug mit Weste und mit einer im rechten Mundwinkel festgeklemmten Zigarre. Zwei Jungs aus dem Labor kamen hinter ihm her und begannen Fingerabdrücke zu bestäuben.

«Kommen Sie», sagte Ohls und ging voraus in den schmalen Flur. «Erzählen Sie mir Ihre Geschichte.» Er sog ein bißchen Zigarrenrauch ein und atmete ihn sanft in den düsteren Flur aus.

«Ein Vermißter aus Poodle Springs», begann ich. «Die Spur führte hierher. Ich habe mit dem Kerl aus dem Büro gesprochen, aber er erklärte, er könne mir nicht helfen. Sagte, er würde meinen Mann kennen, aber der sei irgendwohin verschwunden und komme nicht zurück. Ich bin gegangen, hab mich noch ein bißchen umgesehen, habe ein paar Dinge gefunden, die keinen Sinn ergaben, und bin zurückgekommen, um noch mal mit dem Kerl zu sprechen. Die Tür war offen. Ich bin reingegangen und habe sie gefunden.»

«Der Mann heißt Larry Victor?»

«Der Name steht auf der Tür.»

«Wissen Sie, wo er jetzt ist?»

«Nein», sagte ich.

«Können Sie uns noch irgendwas anderes erzählen, das uns weiterhelfen könnte?» fragte Ohls.

«Nein.»

«Und den Namen Ihres Klienten verraten Sie mir vermutlich nicht», sagte Ohls.

«In meinem Beruf, Bernie, kommt ein Mann nicht weiter, wenn er den Bullen erzählt, für wen er arbeitet, ohne es zu müssen.»

«Und wer entscheidet, ob er muß?»

Ich zuckte mit den Achseln. «Wird sich zeigen.»

«Ganz bestimmt», sagte Ohls. Er nahm die Spielzeugzigarre aus dem Mund und betrachtete sie einen Augenblick gelassen, ließ sie dann auf den Boden fallen und zertrat sie mit dem Fuß.

«Bleiben Sie erreichbar.» Mit diesen Worten drehte sich Ohls um und kehrte ins Büro zurück. Ich blickte ihm einen Moment lang nach und sah, daß hier für mich nichts mehr zu tun blieb. Also ging ich.

16

Ich fuhr mit durchgedrücktem Gaspedal die Western Avenue hinunter und auf dem Santa Monica Boulevard nach Westen. Die Plakettenträger würden nicht sehr lange brauchen, um Larry Victors Adresse herauszufinden, und dann würde irgendwer zu ihm rausfahren und ihn einsammeln. Ich wollte zuerst da sein, obwohl ich nicht einmal genau wußte, warum. Ich schaffte es in fünfundzwanzig Minuten zum Strand von Venice, und mein rechtes Bein war ein bißchen wacklig, als ich es schließlich vom Gaspedal nahm und hinter Victors Strandhäuschen aus dem Olds kletterte. Es war keine Streife in Sicht. Ich ging zur Vorderseite des Strandhauses und über die Terrasse und klopfte an die Glasschiebetür. Die dunkelhaarige junge Frau, die ich schon am Vortag mit Victor gesehen hatte, kam zur Tür und ließ sie einen Spalt breit aufgleiten.

«Ja?»

«Marlowe», sagte ich. «Ich muß kurz mit Larry Victor sprechen.«

Sie lächelte und schob die Tür weiter auf.

«Kommen Sie rein, Mr. Marlowe. Ich bin Angel. Larry macht uns gerade in der Küche ein paar Drinks. Möchten Sie auch einen?»

«Wir werden gleich alle einen brauchen. Sagen Sie Larry, es sei dringend.»

Während ich sprach, kam Victor mit einem Krug und zwei Gläsern aus der Küche. Er sah mich an.

«Was zum Teufel wollen Sie?»

«Ich habe keine Zeit für Erklärungen», sagte ich. «Sie müssen mir einfach nur glauben. In Ihrem Büro liegt eine tote Frau, Victor, und die Bullen sind auf dem Weg hierher.»

Angels Augen weiteten sich, und Victor sagte: «Eine tote Frau?»

«Ja, kommen Sie, steigen Sie in meinen Wagen. Angel, Sie erzählen den Bullen, Sie wüßten nicht, wo er ist.» Die beiden standen wie angewurzelt da. Ich griff nach Victors Arm.

«Entweder ich oder eine lange Nacht in der Innenstadt», sagte ich. «Angel, bewahren Sie die Gläser und die Drinks auf. Wir kommen wieder.»

Ich zog Victor mit und wandte mich der Haustür zu.

«Larry», rief Angel uns nach, «ruf mich an.»

«Schaffen Sie die zwei Gläser weg», sagte ich. Dann hatte ich Victor in meinem Wagen, und wir rollten über die Lincoln Avenue und den Venice Boulevard in Richtung Osten.

«Was zum Teufel soll das alles, Marlowe?» fragte Victor. Ich hielt ihm eine Zigarette hin. Er nahm sie und zündete sie mit dem Zigarettenanzünder aus meinem Armaturenbrett an. Der Wagen füllte sich mit dem Geruch, den Zigaretten nur verströmen, wenn man sie mit einem Zigarettenanzünder ansteckt.

Er inhalierte tief und ließ den Rauch in zwei Strömen aus seinen Nasenlöchern austreten.

«Okay», sagte er, «was ist eigentlich los?»

Ich erzählte es ihm, alles.

«Ich habe sie nicht getötet», beteuerte Victor. «Ich weiß nicht mal, was sie in meinem Büro gemacht hat.»

«Aber Sie kannten sie.»

«Das haben Sie gesagt.»

«Sie war die Blondine, mit der Sie gestern in Reno's Bar eine kleine Auseinandersetzung hatten.»

Victor starrte mich einen Moment lang an. Sein Mund öffnete und schloß sich wie der eines tropischen Fischs.

«Woher wissen ...» sagte er und ließ es in der Luft hängen.

«Ich bin Ihnen gefolgt.»

«Mir gefolgt?»

«Versuchen Sie mal, nicht alles zu wiederholen, was

ich sage. Ich bin Ihnen zu Reno's gefolgt, und dann bin ich Ihnen nach Hause gefolgt. Ist Angel Ihre Frau?»

«Ja.»

«Und ist Muriel Valentine Ihre Frau?»

«Muriel Valentine?»

«Ich hab Ihnen gesagt, Sie sollen das lassen.»

«Wer ist Muriel Valentine?»

«Les Valentines Frau», sagte ich. «Ich habe in ihrem Haus ein Bild von ihm gesehen. Wenn Sie Ihre Brille aufsetzen und den Bettvorleger abnehmen, sehen Sie genauso aus wie er.»

Er schwieg für einen Moment, während er an seiner Zigarette zog. An deren Ende begann sich ein langes rotes Kohlestück zu bilden, wie es geschieht, wenn mehrere Leute eine herumgehen lassen. Er schüttelte den Kopf, öffnete das Fenster und warf den glühenden Stummel raus auf den Gehweg. Einige Funken schlugen hoch, während wir weiterfuhren. Ich spürte seinen Blick.

«Was wollen Sie also?» fragte er. Er klang niedergeschlagen.

«Soll ich Sie Larry oder Les nennen?»

Er gab keine Antwort.

«Sind Sie rechtmäßig mit Angel verheiratet?»

Er gab noch immer keine Antwort.

«Es ist wirklich angenehm», sagte ich, «Selbstgespräche zu führen. Keine Bemerkungen von Klugscheißern, keine Lügen, nur der beruhigende Klang meiner eigenen Fragen.» Ich nahm das Bild von Sondra Lee aus meiner Innentasche, zog das Band ab und entrollte es mit einer

Hand, während ich mit der anderen lenkte. Das war gar nichts im Vergleich zu Gehirnchirurgie.

«Ich nehme an, daß sie gerade angefangen hat, als Sie das hier aufgenommen haben.» Ich drückte ihm das Bild in die Hand. Er nahm es, noch immer wortlos. Dann stöhnte er: «Großer Gott, Marlowe!»

«Also klären Sie mich mal auf.»

Er stöhnte wieder: «Großer Gott!»

«Die Dinge geraten aus den Fugen», sagte ich. «Wegen eines Mordes. Man hat alles fein aufgerollt und säuberlich zusammengefaltet, und dann passiert ein Mord, und alles löst sich wieder auf.»

«Was soll ich jetzt machen?» fragte Larry.

«Sie werden mir erzählen, was los ist», sagte ich. «Vielleicht kriege ich irgendeinen Sinn rein.»

«Die Bullen wissen über mich Bescheid?» fragte er.

«Von mir nicht. Als ich sie verließ, waren sie gerade mit der Leiche in Ihrem Büro beschäftigt.»

«Sie waren da?»

«Ich habe die Leiche entdeckt.»

Wir fuhren jetzt auf der Sepulveda nordwärts.

«Sie?»

«Marlowe, Leichen auf Bestellung», sagte ich. «Ich bin hingegangen, um mit Ihnen über Larry Victor und Les Valentine zu reden. Ich werde Sie in diesem Zusammenhang Larry nennen. Die Tür war offen, sie war drin. Saß auf Ihrem Stuhl. Jemand hat sie aus kurzer Distanz mit einem kleinkalibrigen Revolver erschossen.»

«Und Sie haben das Bild aus meinem Aktenschrank genommen?»

«Nein, das hab ich mitgenommen, als ich letztesmal da war. Diesmal war Ihr Aktenschrank leer.»

«Keine Bilder?»

«Keine Bilder», sagte ich.

«Haben Sie noch eine Zigarette?»

Ich reichte ihm die Packung. Auf der rechten Seite war Von's Supermarkt. Der Parkplatz war voller Kombis und Frauen und Einkaufswagen. Ich bog von der Sepulveda ab und parkte zwischen ihnen ein.

Victor hatte sich eine Zigarette angesteckt. Er gab mir die Packung zurück, und ich legte sie auf das Armaturenbrett.

«In was für einer Branche arbeiten Sie, Marlowe? Als Erpresser?»

Ich schüttelte den Kopf. «Privatdetektiv. Ich wurde engagiert, um Sie zu finden.»

«Von wem? Muriel?»

«Lipshultz», sagte ich.

Seine Augen weiteten sich. «Lippy?»

Ich nickte.

«Wegen des Schuldscheins?»

«Mmh-mh.»

«Ich habe versucht, mir etwas zurückzulegen.»

Ich kommentierte die Bemerkung nicht.

«Sie haben verdammt schnell verdammt viel herausgefunden.»

«Ich bin ein neugieriger Kerl», sagte ich. «Sie haben

versucht, viel zu gewinnen, um Springs hinter sich lassen zu können?»

«Ja. Springs, Muriel, ihren alten Herrn, einfach alles.»

«Sie sind mit Angel verheiratet?»

«Ja.»

«Vor oder nach Muriel?»

«Vorher.»

«Prima», sagte ich. «Lassen Sie mich raten. Sie haben Muriel irgendwo getroffen, vermutlich beim Fotografieren.»

«Ja.»

«Und Sie gefielen ihr, und Sie haben plötzlich den großen Goldesel gesehen, nachdem Sie Ihr ganzes Leben lang für Kleingeld getanzt hatten. Weiß Angel, daß Sie sie geheiratet haben?»

«Nein, sie glaubt, ich erledige Fotoaufträge, wenn ich weggehe.»

«Also haben Sie versucht, ihre Finger an Muriels Treuhandvermögen zu bekommen», sagte ich, «und wenn Sie genug gehabt hätten, wären Sie nach L. A. abgehauen und mit Angel verschwunden.»

«So was in der Art.»

«Nur, daß Sie nicht an die Kohle rankamen.»

Er schüttelte den Kopf. «Keine Chance. Kein einziges Bündel.»

«Also haben Sie Ihre Gewinne im Agony Club wieder auf den Tisch gelegt und festgestellt, daß es ausgesprochen schwierig ist, abzuräumen.»

«Ich spiele viel. Ich bin gut. Ich glaube, das Spiel war abgekartet.»

«Klar», sagte ich. «Andernfalls hätten Sie abgeräumt. Da bin ich ganz sicher. Die spielen nicht öfter als fünfzig, hundert Mal am Tag gegen solche Trottel wie Sie.»

«Ich gewinne oft.»

«Soviel, wie Sie verlieren?»

Er gab keine Antwort. Er wandte sich ab und betrachtete die Einkäufer auf dem Parkplatz, die beschäftigt waren und darüber nachdachten, ob sie zum Essen Schmorbraten oder Lammkeulen kaufen sollten. Kein Gedanke an Leichen in ihren Büros. Schließlich sprach er, ohne sich wieder mir zuzuwenden.

«Warum haben Sie dann den Bullen nichts erzählt?»

«Was würde mir das bringen?»

«Sind Sie ein gesetzestreuer Bürger?»

«In vernünftigen Grenzen», sagte ich.

«Woran liegt's also, daß Sie denen nichts erzählt haben? Woran liegt's, daß Sie vor den Bullen aus Hollywood hier rausgerast gekommen sind?»

«Ich bin ein Romantiker», sagte ich.

«Ein was?»

«Ich habe Sie und Angel gestern abend zusammen gesehen. Sie sahen glücklich aus.»

Er starrte mich an.

«Sie sind wirklich einzigartig, Marlowc.»

«Und dafür ausgesprochen preiswert», sagte ich.

17

Die Sonne war in Richtung des Strandes westwärts gewandert und warf ihre Strahlen jetzt flacher auf den Parkplatz, so daß die Schatten lang und verwegen wirkten. Die Kundenmenge hatte sich gelichtet, nachdem die Hausfrauen nach Hause gegangen waren, um das Essen vorzubereiten und auf den Tisch zu stellen, bevor Männe seinen dritten Manhattan intus hatte. Ein erstes Rinnsal des Pendlerstroms begann auf der Sepulveda entlangzukriechen und sich nordwärts in den Westteil von L. A. und ins Tal zu bewegen. Victor weidete sich an meinen Zigaretten wie eine Ziege an einem Kleefeld. Ich nahm meine Pfeife aus der Manteltasche, stopfte sie, zündete sie an und lehnte mich schräg in meinem Sitz gegen die Tür zurück.

«Ich habe sie nicht umgebracht», sagte Victor.

«Nehmen wir für den Moment mal an, daß Sie das nicht getan haben. Sagen wir mal, daß Sie ein zwielichtiger Bastard und ein Bigamist und ein zwanghafter Spieler und ein Pornograph und ein Gigolo sind, aber nehmen wir mal an, ich traue Ihnen keinen Mord zu. Erklären Sie mir dann mal, wieso sie mit einem Loch in der Stirn auf einem Stuhl hinter Ihrem Schreibtisch endet.»

«Das ist ziemlich hart, Marlowe.»

«Klar ist es das, aber es ist nirgendwo so hart, wie es sein wird, wenn Sie im Hinterzimmer des Gerichtssaals sitzen, wo die Bullen rumhängen und ihre Füße auf dem Geländer haben.»

«Wenn sie mich finden», sagte er.

«Sie finden? Sie armer Trottel, ich habe Sie nur aufgrund eines nicht bezahlten Schuldscheins innerhalb von drei Tagen gefunden. Glauben Sie, die Bullen könnten Sie nicht sofort finden, wenn Sie unter Mordverdacht stehen? Glauben Sie, ich war der einzige, der Ihren Streit mit der Blondine in Reno's Bar beobachtet hat? Wie hieß sie?»

«Ich weiß es nicht. Lola, Lola irgendwas. Ich kannte sie kaum.»

«Worüber haben Sie sich gestritten?»

«Sie war betrunken.»

«Worüber haben Sie sich gestritten?»

«Ich hab sie früher ab und zu getroffen», sagte Victor.

«Hm-hmm, aber Sie kennen Ihren Nachnamen nicht.»

Er zuckte mit den Achseln. «Sie wissen doch, wie so was läuft, Marlowe.»

«Nein», sagte ich, «weiß ich nicht.»

«Man trifft eine Menge einsame Herzchen, man schläft mit ihnen, und sie fangen an zu glauben, es sei ernster, als man selbst es nimmt.»

«Aber nicht ernst genug, um Ihnen ihren Nachnamen mitzuteilen.»

«Na, sie hat ihn mir vermutlich gesagt, aber, he, ich kann schließlich nicht jeden Namen behalten, oder?» Er fing sich wieder, die Angst wich ein bißchen von ihm, zurück in den Schatten. Ich würde ihm schon auf die Sprünge helfen.

«Erinnern Sie sich an *diesen*, Freund, oder ich bringe Sie direkt runter in die Stadt.»

«Großer Gott», sagte er wieder. Die Angst war erneut zurück. «Tun Sie das nicht. Ich erinnere mich, ihr Name war, äh ...»

Er versuchte so auszusehen, als dächte er nach.

«Sie hieß Faithful, Lola Faithful. Sie hat ihn wahrscheinlich benutzt, um ein bißchen damit herumzutingeln.»

«Lola Faithful», wiederholte ich.

«Ja, wahrscheinlich ein Künstlername, aber so hieß sie jedenfalls, als ich mich mit ihr getroffen habe. Ich schwöre bei Gott.»

«Und sie war wütend, weil Sie sich nicht mehr mit ihr verabreden wollten.»

«Ja, genau. Sie war wahnsinnig wütend, Marlowe.»

«Wie lange sind Sie mit Angel verheiratet?»

«Drei Jahre und, äh, sieben Monate.»

«Haben Sie vorher mit Lola Schluß gemacht?»

«Klar, zum Teufel, was glauben Sie denn, was für eine Art Mann ich bin?»

«Möchte ich gar nicht wissen.»

«Ja», sagte Victor, «hab lange bevor wir heirateten mit Lola Schluß gemacht. Gleich nachdem ich Angel kennengelernt habe, hab ich sie aufgegeben.»

«Mh-mmh», machte ich. «Also, Sie haben Lola Faithful vor ungefähr vier Jahren abgelegt, und vor ein paar Tagen laufen Sie ihr in einer Bar über den Weg, und sie fängt an, Sie anzuschreien?»

«Sie ist verrückt nach mir, Marlowe, dafür kann ich doch nichts.»

Ich paffte meine Pfeife weiter und warf ihm durch den Rauch einen Blick zu. «Ich hab schon Seeleute philippinischen Barmädchen bessere Geschichten erzählen hören.»

«Na, wenn Sie mir nicht glauben, warum zum Teufel sitzen Sie dann hier mit mir herum?»

«Zwei Gründe, vielleicht drei», sagte ich. «Erstens, Sie sind nicht der Typ eines Mörders. Sie sind ein Heiratsschwindler, ein kleiner Dieb, ein Kerl, der immer ein krummes Ding am Laufen hat; aber ich glaube nicht, daß Sie das notwendige Eisen in den Knochen haben, um einen Menschen zu töten.»

«Haben Sie schon mal jemanden umgebracht, harter Mann?» fragte Victor.

«Zweitens», sagte ich, «warum sollten Sie sie in Ihrem Büro umbringen und sie dort zurücklassen und nicht mal die Tür abschließen? Sie würden die Bullen geradezu einladen, Sie zu schnappen und Ihnen die Geschichte anzuhängen.»

«Genau. Ich bin ja nicht dumm.»

«Werden wir sehen.»

«Sie sagten, vielleicht drei Gründe. Was ist der dritte?»

Er fischte die letzte Zigarette aus meiner Packung, zerknüllte sie und warf sie aus dem Seitenfenster. Dann drückte er auf den Zigarettenanzünder und wartete darauf, daß er wieder heraussprang.

«Wie ich schon sagte, bin ich Romantiker.»

Victor wandte sich mir zu. «Ich habe sie nicht getötet, Marlowe. Sie müssen mir einfach glauben.»

«Das muß ich nicht. Wir nehmen es für den Moment als Arbeitshypothese. Haben Sie für heute nacht irgendwas, wo Sie ungestört sind?»

«Wie wär's bei Ihnen?» fragte Victor.

«Mein Haus ist besetzt.»

«Ja, sicher, aber ich würde ja nicht viel Platz in Anspruch nehmen.»

«Besetzt», sagte ich, «von meiner Frau und von mir. Sie sind nicht eingeladen.»

«Gott, Marlowe, ich kann nirgendwo hingehen, wo mich die Bullen nicht suchen würden.»

«Wissen die von Muriel?»

«Gott, nein, niemand weiß von ihr.»

«Gehen Sie dahin», sagte ich.

«Zu Muriel?»

«Warum nicht? Sie glaubt, sie sei Ihre Frau. Es ist Ihr Haus.»

Er schüttelte den Kopf. «Das Haus gehört Muriel», sagte er. «Ihr und ihrem alten Herrn.»

«Sie möchten die Nacht lieber mit dem Rücken an einer Zellenwand verbringen?»

Victor schwieg. Die Zigarette war bis auf einen Stummel zwischen seinen Fingern heruntergebrannt. Er nahm einen weiteren Zug, vorsichtig, um sich nicht die Lippen zu verbrennen.

«Wie soll ich hinkommen?» fragte er.

«Ich fahre Sie.»

«Die ganze Strecke nach Poodle Springs?»

«Ja, ich wohne da. Liegt auf meinem Nachhauseweg.»

«Sie leben in Springs?»

«Klar», sagte ich. «Beachten Sie meine Kieferform, meine ausgeprägte Kinnlade.»

«Marlowe», stieß er hervor. «Herr im Himmel, sind Sie der Kerl, der Harlan Potters Tochter geheiratet hat?»

«Sie hat mich geheiratet.»

«Um Himmels willen, Sie wohnen nur eine Straße von mir entfernt.»

«Die Welt ist klein», sagte ich.

18

Wir legten einen Großteil der Strecke schweigend zurück. Victor sagte ungefähr alle fünfzehn Minuten, er wünschte, er hätte eine Zigarette. Als wir die Grenze nach Bakersfield überquerten, sagte ich: «Erzählen Sie mir was über Muriels Vater.»

«Clayton Blackstone?» Ich konnte Victor Luft holen und durch die Nase wieder ausstoßen hören.

«Ja.»

Die Sonne war jetzt untergegangen, und im Scheinwerferlicht durchschnitt die Straße die leere Wüste wie ein blasses Band.

«Reich», sagte Victor.

Ich wartete, während der Highway sich unter uns in der gleichbleibenden Dunkelheit abspulte.

«Reich und geizig», sagte Victor.

«Auf die Art wird man reich», erwiderte ich.

«Er ist auf eine Menge Arten reich geworden», sagte Victor, «und die waren nicht immer legal.»

Ich wartete noch ein bißchen.

«Die meisten von ihnen waren nicht legal», fuhr er fort. «Aber das ist alles schon eine Weile her, also gehört er heute zur Oberschicht, und seine Tochter ist eine Prinzessin.»

«Es ist ein großes, rauhes Land. Passiert ständig.»

«Ja, aber nicht mir.»

«Sie haben es nicht anders gewollt», sagte ich, nur um etwas zu sagen.

«Blackstone hat sein Geld mit Glücksspielen verdient, mit Schiffen vor der Küste, außerhalb der Dreimeilenzone», sagte Victor. «Da draußen bekam man alles, was man wollte. Karten, Würfeln, Roulette, Pferdewetten, separate Zimmer für private Spielchen. Man konnte Mädchen, Alkohol, Marihuana und Kokain bekommen, und das zu einer Zeit, als die Kids von der Highschool noch nie davon gehört hatten.»

«Klar», sagte ich, «und man wurde mit Wassertaxis am Pier in Bay City eingesammelt.»

«Heute gehören ihm Banken, Hotels, Clubs und Restaurants, aber sein Geld hat er so gemacht. Er hat noch immer einige dieser Leute um sich.»

«Schläger?»

«Kerle, die einem die Zähne austreten und einen dann fürs Nuscheln erschießen.»

«Irgendwelche Verbindungen zum Agony Club?» fragte ich.

«Nein, den leitet Lippy.»

«Lippy sagt, sein Boss sei ein Kerl namens Blackstone, und daß Blackstone knallhart ist, was die Bücher betrifft.»

«Herrgott», stieß Victor hervor, «das wußte ich nicht.» Er rieb sich mit den Innenseiten seiner Handknochen die Augen. «Na, der alte Clayton wird mich wohl kaum in Stücke reißen, solange ich mit seiner Tochter verheiratet bin.»

«Solange er nicht herausfindet, daß Sie auch noch mit Angel verheiratet sind», sagte ich.

«Großer Gott, Marlowe.»

Die Ausfahrt nach Poodle Springs zeichnete sich gegen den Nachthimmel ab. Ich bog in das tiefere Schwarz der Wüstenlandstraße ein. Es waren gelegentliche Lichtschimmer in den Canyons zu sehen, dort, wo irgend jemand in die schlackigen Uferhänge des Flusses gebaut hatte und siedelte und tat, was immer Wüstensiedler tun. Ich fühlte mich wie eine Million Meilen von jedem Ort der Welt entfernt, der Zivilisation nicht näher als die Sterne, die ohne Wärme über mir schimmerten. Allein in der Dunkelheit mit der gejammerten Litanei eines Mannes, der versucht hatte, clever zu sein.

«Wie kommen Sie mit Blackstone klar?» fragte ich.

«Mit einem Mann wie Blackstone kommt man nicht klar», sagte Victor. «Er toleriert einen, oder er tut es nicht. Mich toleriert er, weil ich zu seiner kleinen Muffy gehöre.»

Mir entging der bittere Unterton nicht, der seine Stimme klingen ließ, als habe er in eine unreife Orange gebissen.

«Für mich sieht das Ganze so aus», sagte ich, «Lippy sucht Sie, weil Sie ihm Geld schulden. Die Bullen suchen Sie, weil Sie Lola Faithful umgebracht haben könnten. Blackstone toleriert Sie, aber wenn er von Angel erfährt, dann könnte er Ihnen ein paar Luftlöcher in den Schädel verpassen wollen.»

«Ja-ah.» Victor hielt die Hände vor der Brust gefaltet und starrte hinunter auf seine Daumen. «Was mit mir passiert, ist mir egal, Marlowe. Aber wir müssen Angel schützen.»

«Darauf hab ich gewartet», sagte ich. «Soweit ich Sie kenne, hätte ich mir denken können, daß Ihr Leben eine lange, ununterbrochene Folge von Selbstaufopferung und Sorge um andere ist.»

«Ich schwöre es, Marlowe. Ich liebe Angel. Vielleicht ist sie das einzige, das ich je geliebt habe. Richtige Männer würden wahrscheinlich lachen, wenn sie mich so reden hörten, aber ich würde mich von heute an ändern, wenn es ihr helfen würde. Das kann ich aber nicht, denn wenn Blackstone über mich und Angel Bescheid weiß, dann wird er sie auch umbringen lassen.»

«Gut, wenn Sie Ihre Leidenschaft zur Aufopferung unterdrücken und den Mund halten könnten und bei Ihrer Poodle Springs-Frau versteckt blieben, bis ich die Geschichte geklärt habe . . .»

Ich ließ es so stehen. Ich wußte selbst keinen Abschluß

für den Satz. Er wußte auch keinen. Wir schwiegen, bis ich vor Muriels Haus hielt. Er nahm sein Toupet ab, legte es in mein Handschuhfach und ging unsicher den Weg hinauf. Als er die Tür erreicht hatte, sah ich, wie er sich straffte. Ich setzte den Olds in Gang und fuhr weiter in Richtung des Hauses, das ich mit Linda teilte.

19

Clayton Blackstone ist ein sehr angesehener Mann», sagte Linda. «Ich glaube kein Wort von all dem Zeug, das Muffys Ehemann dir erzählt hat.»

Wir saßen am Pool und frühstückten in der bereits massiven Hitze des Wüstenmorgens. Der Duft von Bougainvillea lag in der Luft, und es waren Vögel zu hören, die sich ihr Futter am Morgen zusammensuchten, bevor die Hitze unerträglich wurde.

«Es ist eine rechtliche Frage, ob er ihr Ehemann ist», sagte ich. «Ich denke, die erste Ehe schließt die Rechtmäßigkeit aller folgenden aus.» Ich nahm einen Schluck von meinem Kaffee, einem Kona roast, den Tino sich per Schiff bringen ließ. «Allerdings bin ich nicht auf dem laufenden, was die Bigamiegesetze betrifft.»

«Clayton Blackstone ist ein Freund von Daddy», sagte Linda. Sie trug ein hellblaues Seidending, das genug von ihr verbarg, um gesetzlich erlaubt zu sein, aber mehr auch nicht.

«Ich weiß nicht, woher dein Daddy sein Geld hat, aber

wenn man so viel davon hat, muß ein gewisser Anteil einfach schmutzig sein.»

«Du glaubst, mein Vater sei unehrlich gewesen?»

«So einfach ist es nicht.»

«Also, was denkst du?»

«Ich denke, er hat wahrscheinlich zumindest ein bißchen Unehrlichkeit gebilligt.»

«Oh, pfui», sagte Linda.

Tino kam und räumte die leeren Saftgläser ab.

«Ganz offensichtlich ist Les, oder Larry, oder wie er sich auch immer nennt, ein notorischer Spieler. Offensichtlich ist er ein Mitgiftjäger. Offensichtlich ist er unehrlich. Warum nimmst du ihn in Schutz? Warum übergibst du ihn nicht einfach der Polizei?» fragte Linda. «Berichte Mr. Lipshultz, wo er ist, und nimm dir dann die Zeit, ein paar Nachmittage mit mir zu verbringen, Gimlets zu trinken und Händchen zu halten und, tja ... was auch immer.»

«Genau das versteht er auch nicht», sagte ich.

«Les? Ich kann mir gut denken, daß er das gar nicht will, dieser Wurm; was muß das für ein Mann sein, der sich selbst in eine derartige Klemme bringt.» Lindas Augen leuchteten vor Widerwillen.

«Er ist süchtig», sagte ich.

«Nach Drogen?»

«Nach Risiko. Er ist vermutlich ein krankhafter Spieler, und er muß aus allem ein Spiel machen.»

«Warum in aller Welt sollte ein Mensch so etwas tun wollen? Warum sollte jemand so am Spielen hängen?»

«Es ist nicht das Spiel», erklärte ich. «Es ist das Risiko, die Gefahr, alles zu verlieren, die das Blut in Wallung bringt.»

«Es gefällt ihm zu verlieren?» fragte Linda. Das verärgerte Funkeln war aus ihren Augen gewichen, und sie runzelte leicht die Stirn, so daß die niedliche kleine Linie senkrecht zwischen ihren makellosen Augenbrauen auftauchte. Sie beugte sich leicht zu meiner Liege herüber, wobei sie ihre kleine blaue Andeutung von einem Kleidungsstück am Hals zusammenhielt, um den Anschein von Anstand zu wahren und dabei gleichzeitig zu verhindern, daß ich außer Kontrolle geriet.

«Nein, aber ihm gefällt die Möglichkeit zu verlieren», sagte ich. «Es erregt ihn.»

«Und deswegen spielt er und begeht Bigamie und nimmt pornographische Bilder auf und bringt vielleicht auch noch jemanden um?»

«Die Dinge geraten außer Kontrolle. Jetzt ist es zu gefährlich. Es hat für ihn keinen Reiz mehr. Er hat Angst. Und ich glaube nicht, daß er die Frau in seinem Büro umgebracht hat.»

Linda lehnte sich auf der Liege zurück und kaute ein bißchen am äußersten Rand ihrer Unterlippe, wobei sie mich seitlich aus den Augenwinkeln ansah.

«Du denkst nach», sagte ich.

«Mhm.»

«Du bist wunderschön, wenn du nachdenkst.»

«Du verstehst diesen Mann ausgesprochen gut», sagte Linda.

«Ich bin Detektiv, Lady. Ich treffe auf eine Menge Leute, die Schwierigkeiten haben.»

«Vielleicht bist du ein bißchen wie er. Vielleicht tust du das, was du tust, weil es gefährlich ist.»

«Wie Larry Victor? Mich reizt die Gefahr?»

«Es muß einen Grund dafür geben, daß du nicht zu Hause bleibst und mir hilfst, zehn Millionen Dollar auszugeben.»

«Vielleicht könnte ich mir einen kleinen Goldring in den Nacken implantieren lassen», sagte ich, «dann könntest du mich als Anhänger am Armband tragen.»

«Du bist wirklich unmöglich, weißt du das? Zum Glück finde ich dich zum Anbeißen.»

«Das weiß ich», sagte ich.

20

In Hollywood herrschte ein heißer Santa-Ana-Wind, der den Smog aus der Stadt in Richtung Catalina geblasen hatte. Der Himmel war so blau wie eine Kornblume, und die Temperatur lag bei zwanzig Grad, als ich am Sunset parkte und die Western hinauf zurück zu Reno's Bar ging. Es war früher Nachmittag, und die meisten der Huren machten gerade Mittagspause. Im Norden und Westen, längs des Tals in Richtung Pasadena, konnte ich den Schnee auf den Spitzen der San-Gabriel-Berge sehen.

Ich betrat das Reno's. Es roch, als hätten sie den Grill

seit längerer Zeit nicht gesäubert. Ich ging zur Bar und nahm am einen Ende Platz. Am anderen Ende saßen zwei Burschen in karierten Anzügen über ein Notizbuch gebeugt, und in der Nische, in der ich am Vortag gesessen hatte, verabreichte ein weißhaariger Mann in einem schwarzen westernartigen Hemd Drinks an eine grimmige alte Frau, deren Haarfarbe nur noch schwach an Blond erinnerte. Sie trug eine hellblaugefärbte, mit Bergkristallen besetzte Harlekinbrille. Die Zähne des alten Kerls waren von der absolut ebenmäßigen Sorte, die man nur künstlich hinbekommt.

Sonst war niemand da. Der Barkeeper rutschte von der Bar, als habe er mehr Zeit als irgend jemand sonst. Er war ein großer schlanker Bursche mit Glatze. Einige Haarsträhnen hatte er sorgfältig darübergeklebt, um es noch schlimmer aussehen zu lassen. Seine Zähne waren gelb, und seine Hautfarbe war die eines Mannes, der nur nachts nach draußen geht.

«Was darf's sein, Freund?» fragte er.

«Whiskey», sagte ich. «Ohne alles.»

Er nahm eine Flasche aus dem offenen Regal hinter sich und schenkte mir einen Schuß Old Overholt ein, tippte den Betrag in die Kasse und legte die Rechnung vor mir auf die Bar.

«Kommt Lola Faithful oft her?» fragte ich.

Der Barkeeper zuckte mit den Achseln und machte sich auf den Weg zum anderen Ende der Bar. Ich nahm einen Zwanzig-Dollar-Schein aus der Tasche, faltete ihn längs zusammen und ließ ihn wie ein kleines grünes Zelt vor mir auf der Bar stehen. Der Barkeeper bewegte sich darauf zu.

«Dachte, Sie wollten bezahlen.»

«Tue ich.»

Er sah den Zwanziger an und befeuchtete sich die Lippen mit einer Zunge, die die Farbe einer rohen Auster hatte.

«Kommt Lola Faithful oft her?» fragte ich.

«Oh, Lola, klar, ich hab Sie beim ersten Mal nicht verstanden. Teufel, Lola kommt dauernd her. Jesus, das tut sie wirklich. Sie kommt her.»

Er grinste mit seinen gelben Zähnen wie ein altes Pferd. Er betrachtete den Zwanziger. Ich hob ihn am einen Ende hoch und sah ihn beim Balancieren zwischen meinen Fingerspitzen zu.

«Was können Sie mir über sie erzählen?»

«Sie trinkt Manhattans.»

«Noch was?»

«Ich glaube, sie war so 'ne Art Bauchtänzerin.»

«Und?»

«Und nichts», sagte er. «Mehr weiß ich nicht.»

Ich nickte.

«Schon mal von einem Kerl namens Larry Victor gehört?»

«Nee», sagte der Barkeeper. Seine Augen folgten der Bewegung des Zwanzigers. «Kenn nur'n paar von den Stammgästen. Die meisten Leute sind keine Stammgäste.» Er hörte für einen Moment auf, den Zwanziger anzusehen, und ließ seinen Blick durch den Raum wandern.

«Zum Teufel», sagte er, «würden Sie hier Stammgast werden?»

«Les Valentine?» fragte ich. Er schüttelte den Kopf.

Ich entließ den Zwanziger aus meinen Fingern und schob ihn ihm über die Bar zu. Er nahm ihn mit langen Fingern, faltete ihn gekonnt und steckte ihn in die Uhrentasche seiner hellbraunen Popelinehose. Dann griff er zur Whiskeyflasche und füllte mein Glas auf.

«Auf Kosten des Hauses», sagte er.

Ich nickte, und er ging wieder zum anderen Ende der Bar und begann Gläser mit einem Handtuch zu polieren, das sich besser zu anderen Zwecken geeignet hätte.

Ich wartete.

Die beiden karierten Burschen schlossen ihr Notizbuch und gingen, um ihr Glück zu machen. Der alte Kerl in der Nische kam fast zu gut bei seiner Verabredung voran. Sie war bereits betrunken und betatschte ihn. Ein mexikanischer Junge, vielleicht zehn Jahre alt, betrat die Bar.

«Schuheputzen, Mister?» fragte er.

«Nein, danke», erwiderte ich.

«Hey, Chico!» rief der Barkeeper. «Raus hier! Wie oft soll ich dir das noch sagen?» Er machte sich auf den Weg um die Bar herum.

«Fotos?» sagte der Kleine zu mir.

Ich schüttelte den Kopf.

«Einen Joint vielleicht? Koks?»

Der Barkeeper kam und schlug mit seinem Handtuch nach dem Jungen.

«Na los, Junge, zisch ab!»

Ich nahm einen Dollar aus der Tasche und gab ihn dem Kleinen.

«Hier», sagte ich. «Als Dank für die Fragen.»

Der Junge nahm den Schein und stürzte auf die Tür zu.

«Wenn du weiter hierherkommst, Junge, wirst du noch im Besserungsheim enden, verdammt noch mal.»

Der Barkeeper ging kopfschüttelnd zurück hinter seinen Tresen.

«Bohnenfresser», murmelte er.

Ich nippte an meinem Whiskey. Der Barkeeper zerschnitt einige Limonen und Zitronen und verstaute sie in einem großmäuligen Behälter.

Das alte Pärchen in der Nische bestellte eine weitere Runde. Sie hatte jetzt den Kopf auf seiner Schulter, die Augen halb geschlossen, den Mund aufgeklappt. Eine Fliege setzte langsam zur Landung in dem feuchten Fleck an, den mein Glas hinterlassen hatte. Sie schwirrte mit verschwommenen, durchsichtigen Flügeln in der Nähe des Flecks herum, landete dann, nahm eine Kostprobe und rieb anerkennend ihre Vorderfüße aneinander. Ich nahm einen weiteren Schluck Whiskey.

Eine Rothaarige betrat die Bar, sah sich um, entdeckte mich und setzte sich zwei Stühle von mir entfernt an die Theke. Es war dieselbe Frau, die während Lolas Auseinandersetzung mit Victor die Jukebox in Gang gehalten hatte.

«Weißwein, Willie», sagte sie.

Der Barkeeper nahm einen großen Weinkrug aus dem

Kühlschrank unter der Bar, goß etwas in ein Glas und stellte es auf einer Serviette vor ihr ab. Den Krug tat er in ein mit Eis gefülltes Becken, um ihn in Reichweite zu haben, tippte den Betrag in die Kasse ein und legte die Rechnung dicht neben ihr auf die Bar. Sie hob das Glas, sah den Wein einen Moment lang an und trank dann behutsam ungefähr die Hälfte aus. Danach stellte sie das Glas zurück auf die Bar, ohne den Stiel loszulassen, und sah den Barkeeper an.

«Ach, Willie», sagte sie, «auf dich kann man sich immer verlassen, nicht wahr?»

«Klar, Val.»

Sie lächelte, holte eine lange dünne Zigarette mit braunem Blättchen heraus und sah in ihre Handtasche. Dann wandte sie sich mit der von zwei Fingern in Position gehaltenen Zigarette im Mund mir zu.

«Haben Sie Feuer?» fragte sie.

Ich holte ein Streichholz aus meiner Manteltasche und schaffte es, es gleich beim ersten Versuch an meinem Daumennagel zu entzünden. Ich hielt es für einen Moment hoch, während sie sich vorbeugte und die Spitze der Zigarette in die Flamme hielt. Sie nahm einen tiefen Zug und atmete den Rauch langsam wieder aus, während sie sich aufrichtete.

Ihre Haare waren rot, strahlender als irgendein Gott es jemals hinbekommen hätte, aber vermutlich eine Variation des ursprünglichen Farbtons. Ihr Gesicht war sanft, und aus den Falten in ihren Mundwinkeln waren mit den Jahren tiefe Einkerbungen geworden. Sie hatte sämtliches bekannte Make-up aufgelegt, und vielleicht noch etwas anderes, von dem niemand sonst etwas wußte. Außerdem hatte sie falsche Wimpern und grünen Lidschatten, und ihr Mund war durch einige dicke Lippenstiftstriche über die Lippen hinaus verbreitert. Am Kragen ihrer Bluse, dort, wo das Make-up aufhörte, befand sich eine Linie, und die zarte Haut unter ihrem Kinn ließ ihre Halslinie mit der Kinnlinie verschmelzen. Sie trug eine weiße Bluse mit Rüschenkragen und einen schwarzen Rock, der bis über die Knie reichte. Ihre Fingernägel waren sehr lang und spitz und in dem gleichen grellen Rot bemalt wie ihre Lippen. An ihren Ohrläppchen baumelten zwei goldene Ohrringe. Sogar in der düsteren Bar konnte ich die feinen, senkrechten Linien auf ihrer Oberlippe und die feine Linienschraffur um ihre Augen herum erkennen.

«Wein, Zigaretten und ein guter Mann», sagte sie. «Mehr kann man vom Leben nicht verlangen.»

Sie trank den restlichen Wein aus und bedeutete dem Barkeeper mit dem Kopf, ihr nachzuschenken.

«Die ersten beiden klingen annehmbar», sagte ich.

«Sie wollen keinen guten Mann?» Sie lachte ein heiseres, kratzendes, männliches Lachen, das in einem Keuchen endete.

«Sie stehen vermutlich nicht auf Männer», keuchte sie, als sie das Lachen wieder unter Kontrolle hatte. Sie hustete kurz und trank etwas Wein. Ich lächelte aufmunternd.

«Ich wünschte, ich könnte dasselbe sagen. Ist einfach,

Wein und Zigaretten zu bekommen. Aber verteufelt schwer, einen guten Mann zu finden.»

Sie hustete wieder und trank erneut, nahm die kleine Papierserviette, die sie mit dem Wein bekommen hatte, und betupfte sich damit die Lippen.

«Und ich habe weiß Gott eine Menge von ihnen ausprobiert.»

Ihr Glas war leer. Sie warf einen kurzen Blick auf den Barkeeper, aber der betrachtete gerade das alte Pärchen in der Nische.

«Willie», sagte ich, «die Dame braucht eine Nachfüllung. Das geht auf meine Rechnung.»

Willie füllte den Wein aus der Karaffe kommentarlos um und setzte es auf meine Rechnung.

«Danke», sagte sie. «Sie scheinen zu nett zu sein, um hier herumhängen zu müssen.»

«Das wollte ich gerade über Sie sagen.»

«Klar wollten Sie das. Und dann wollten Sie mich zum Film bringen, oder?»

«Wenn ich vor ein paar Jahren im Filmgeschäft gewesen wäre.» Ich konnte mein Gesicht in der Bar sehen. Es hatte den unschuldigen, aalglatten Ausdruck eines Kojoten beim Hühnerstehlen.

«Sie schauen so aus, als könnten Sie alles hinbekommen, wenn Sie wollen.»

«Ich war gestern hier und habe Sie gesehen», sagte ich. «Es gab einen Streit. Ein Mann und eine Frau haben sich angebrüllt, und Sie haben die Jukebox bedient.»

Val nahm einen Schluck von ihrem Wein. Ihre Zigarette war im Aschenbecher bis auf einen unrauchbaren Stummel heruntergebrannt. Sie kramte eine weitere aus ihrer Handtasche, und ich hielt ihr ein Streichholz hin. Marlowe, der Lakai. Ich hätte einen großartigen Kammerdiener abgegeben.

«Ja», sagte sie, «Lola und Larry. Sind die beiden ein Fehlschlag? Ich meine, wenn man bedenkt, was ich von Männern halte.»

«Worüber haben sie sich gestritten?» fragte ich. Sie kippte etwas Wein nach. Sie trank ihn, als habe jemand die vier apokalyptischen Reiter in Encino gesichtet.

Vals Achselzucken war einstudiert. Alles an ihr war übertrieben, wie bei einem Frauenimitator.

«Wie heißt du, Schätzchen?»

«Marlowe.»

«Waren Sie mal verliebt, Marlowe?»

«Bin ich gerade», sagte ich.

«Na, warten Sie, bis es Sie anödet.»

Ich nickte Willie zu, und er füllte ihr Weinglas auf.

«Wenn es beginnt, Sie anzuöden, ist es wie vergammelte Rosen. Es stinkt.»

«Lola und Larry?» fragte ich.

«Eine Zeitlang; ist etwas her.» Sie schüttelte den Kopf mit langsamen, theatralischen Bewegungen. «Aber er hat sie fallen lassen.»

«Um was genau ging es in dem Streit gestern?»

«Sie wußte irgend etwas», sagte Val. «Vermutlich wollte sie es ihm heimzahlen.»

Sie trank.

«Eine verschmähte Frau», sagte sie ernst. «Wir sind zur Liebe geschaffen. Wir können ausgesprochen giftig werden, wenn es umschlägt.»

Sie trank erneut. Etwas von dem Wein tropfte aus ihrem Mundwinkel. Sie betupfte sich wieder mit der Serviette.

«Sie hatte also irgendwas gegen ihn in der Hand.»

«Bestimmt», sagte Val. «Und sie hat versucht, ihn zur Kasse zu bitten.»

«Und was war das?» fragte ich.

«Zum Teufel, Marlowe, das weiß ich nicht. Es gibt immer irgendwas. Wahrscheinlich sogar bei Ihnen, wenn man lange genug sucht.» Sie lachte wieder ihr keuchendes Lachen und gestikulierte mit dem Weinglas in meine Richtung.

«Prosit», sagte sie und lachte etwas heftiger. Der Rand des Weinglases war von ihrem Lippenstift verschmiert.

«Sie kennen Larry auch?» fragte ich.

Sie nickte, kramte in ihrer Tasche und nahm den Inhalt heraus. Taschenspiegel, Lippenstift, ein zerknülltes Taschentuch, Kaugummi, einen Rosenkranz, eine Nagelfeile.

«Haben Sie Vierteldollarstücke, Marlowe?»

Ich schob Willie einen Fünfer zu.

«Vierteldollar.»

Er wechselte und stellte die Vierteldollar in fünf ordentlichen Türmen zu je vier Münzen vor mir auf der Bar auf.

«Sie sind ein Gennleman», sagte Val mit taumelnder Stimme, nahm einen der Türme und ging zur Jukebox.

Kurz darauf kam sie zurück und setzte sich wieder auf ihren Hocker, als gerade ein gejammerter Countrysong über eine Frau, die einen Mann geliebt hatte, der sie verstoßen hatte, einsetzte. Stimmungsmusik.

«Was haben Sie mich vorhin gefragt?»

«Kannten Sie Larry sehr gut?» sagte ich behutsam. Betrunkene sind zerbrechliche Wesen. Man muß sie behandeln wie sehr volle Gläser; eine Bewegung nach der falschen Seite, und sie verderben alles. Ich kannte mich aus mit Betrunkenen. Ich hatte mein halbes Leben damit verbracht, in Bars wie dieser mit Betrunkenen zu sprechen. Wen haben Sie gesehen, was haben Sie gehört? Trinken Sie noch einen. Klar, geht auf mich, Marlowe, den großzügigen Spender, den Kumpel der Säufer, trink aus, Säufer. Du bist einsam, und ich bin dein Freund.

«Klar kenne ich Larry. Jeder kennt Larry. Der Mann mit der Kamera. Der Mann mit den Bildern.»

Sie trank ihren Wein aus. Willie schenkte nach. Er war nicht der Mann, der seine große Chance verpaßte, der gute Willie. Sie brauchte noch eine Zigarette. Ich nahm eine aus der Packung auf der Bar, zündete sie an und reichte sie ihr. Vielleicht wäre aus mir doch kein guter Kammerdiener geworden. Vielleicht hätte ich einen guten Gigolo abgegeben. Vielleicht hatte ich keine Lust, darüber nachzudenken. Vielleicht traf das den Nagel zu genau auf den Kopf.

«Ich hab Larry nämlich Modell gestanden.»

«Kann ich mir vorstellen.»

Val nickte und starrte mich an. «Ist noch nicht so lange her, daß ich ohne meine Sachen gut aussah.»

«Das kann ich mir auch vorstellen», sagte ich.

«Stimmt jedenfalls.»

«Macht Larry normalerweise nur Bilder von unbekleideten Frauen?»

«Klar», sagte Val. «Larry hat mehr nackte Frauen gesehen als mein Gynäkologe.»

Sie war höllisch erfreut, das gesagt zu haben, und lachte und keuchte, bis sie zu husten begann und ich ihr auf den Rücken klopfen mußte, um sie wieder zu beruhigen.

«Der weise alte Dr. Larry», stieß sie hervor. «Hat das Zeug auf der Straße verkauft, als es noch schwieriger zu bekommen war. Aber heute vertreibt er es nicht selbst, vermute ich. Ich weiß es nicht. Wer interessiert sich heute noch für schmutzige Fotos? Wissen Sie's?»

«Kriegt man an jedem Zeitungsstand», sagte ich. «Hat er auch irgendwann normale Fotos geschossen? Modesachen?»

Val unterdrückte ein Aufstoßen und berührte ihre Lippen automatisch mit den Fingerspitzen.

«'tschuldigung», sagte sie heiter. Die Jukebox stöhnte eine weitere, traurige Countryballade. Das alte Pärchen in der Nische erhob sich und torkelte hinaus, einander die Arme um die Hüften gelegt, ihre Hand in seiner hinteren Tasche, ihr Kopf an seiner Schulter. Val lächelte mich noch immer an.

«Hat er irgendwann mal Modesachen gemacht?»

«Wer?»

«Larry.»

«Oh, jaah, Modesachen.» Sie legte eine lange Pause ein. Ich wartete. Für Betrunkene gehen die Uhren anders.

«Neiiin. Er hat nie welche gemacht. Hat er zwar behauptet, aber ich hab nie welche gesehen oder jemanden kennengelernt, den er fotografiert hätte.»

Sie hatte Schwierigkeiten mit *fotografiert*.

«Wo hat Lola gewohnt?» fragte ich.

«Lola?»

«Ja.»

«Was ist mit ihr?»

«Wo hat sie gewohnt?»

«Kenmore. Kenmore 222, direkt unterhalb der Franklin.»

«In letzter Zeit in Schwierigkeiten gewesen?»

«Nee, Lola, der ging's gut. Hat jeden Monat ihre Unterhaltszahlungen bekommen. Ich, ich muß immer vor Gericht ziehen, um meine zu kriegen. Ich bin öfter bei Gericht als der Richter, Herrgott noch mal.»

«Es war niemand wütend auf sie oder so was?»

Val grinste. Ihr Lippenstift war durch die häufigen Ausflüge auf den Glasrand verwischt.

«Nur Larry», sagte Val.

«Wegen des Streits, den sie hatten.»

«Mh mmh.»

Val trank noch etwas Wein. Ein bißchen davon tropfte über ihr Kinn. Sie beachtete es nicht. Sie begleitete jetzt die klagende Musik mit sanftem Gesang.

«Wollen Sie tanzen?» fragte sie. «Hab früher getanzt wie ein Schwan.»

«Sind gute Tänzer», sagte ich.

«Sie müssen nicht, wenn Sie nicht wollen.» Sie bewegte sich ein bißchen zur Musik.

«Solange es langsam ist», erwiderte ich. Ich stand auf und streckte die Arme aus. Sie rutschte vom Hocker und schwankte ein bißchen, kam ins Gleichgewicht und trat dicht an mich heran. Sie hatte genug Parfüm aufgetragen, um ein wildgewordenes Nashorn zu bremsen, und es war bestimmt nicht aus einem kleinen Kristallflakon getropft. Sie legte ihre linke Hand in meine und ihre rechte leicht auf meine linke Schulter, und wir begannen uns zu den einsamen Countryklängen in der leeren Bar zu bewegen.

«Das ist hier nicht zum Tanzen gedacht», sagte Willie hinter der Bar. Nur sagte er es unsicher, und keiner von uns beachtete ihn. In der Bar war es düster, und der Großteil des Lichts wurde vom Barspiegel und der strahlenden, davor befindlichen Flaschensammlung reflektiert. Wir tanzten zwischen den Tischen und vor den Nischen auf die Vorderseite zu, an der etwas Sonnenlicht durch die dreckigen Scheiben sickerte. Zusätzlich zu dem abgestandenen Küchengeruch ließ der frische, irreführende Geruch von Alkohol die Luft kühler erscheinen. Val legte den Kopf auf meine Schulter, während wir uns mit kleinen Drehungen durch den Raum bewegten, und sie sang das Lied, zu dem wir tanzten. Sie kannte den Text. Sie kannte wahrscheinlich sämtliche Texte sämtlicher traurigen Lieder, genauso wie sie wußte, wie viele Viertellitergläser Weißwein in eine Zweiliterkaraffe passen. Die Musik endete. Die Münzen, die sie eingeworfen hatte, waren aufgebraucht, aber wir tanzten noch immer, sie mit dem Kopf an meiner Schulter. Sie sang das Lied noch ein bißchen weiter und schwieg dann, und das einzige Geräusch war das Schlurfen unserer Füße in dem leeren Raum. Val begann zu weinen, leise, ohne ihren Kopf von meiner Schulter zu nehmen. Ich sagte nichts. Draußen auf dem Sunset quälte irgend jemand seinen mit Doppelauspuff bestückten Wagen durch sämtliche Gänge, und die fauchenden Tonlagenwechsel bohrten sich durch unser Schweigen. Ich tanzte Val sanft auf einen Tisch mit vier Stühlen zu, als sie plötzlich in meinen Armen erschlaffte.

Ich spreizte meine Beine, beugte die Knie, ließ beide Arme unter ihre gleiten und beförderte sie vorsichtig zu einer Nische. Sie war so schlaff wie eine verkochte Nudel, ihre Beine pendelten und schleiften hin und her. Ich beugte mich vor, hievte sie in die Nische und legte sie so würdevoll hin, wie es bei ihr noch möglich war. Willie sah von seinem Standort hinter der Bar aus kommentarlos zu.

«Bemühen Sie sich nicht», sagte ich. «Sie wiegt bestimmt nicht mehr als ein zweitüriger Buick. Ich komme schon klar.»

«Betrunkene sind schwer», erwiderte Willie.

Ich holte einen weiteren Zwanziger heraus; in meiner Brieftasche wurden sie langsam knapp. Ich ging zur Bar und gab Willie den Schein.

«Wenn sie wieder bei sich ist, setzen Sie sie in ein Taxi», sagte ich.

«Wenn sie wieder bei sich ist», sagte Willie, «wird sie noch vier Liter Wein trinken wollen, bis sie schließlich wieder umkippt.»

«Okay. Dann lassen Sie sie das tun, wenn sie zu sich kommt.»

«Sie geben einen verdammten Haufen Kohle für alte Flittchen im Weinsuff aus.»

«Ich habe eine reiche Frau», sagte ich.

Ich bezahlte die Rechnung mit meinem letzten Zwanziger und ging hinaus in das heiße, harte, lieblose Licht der Sonne.

21

Nummer 222 lag auf der linken Seite, wenn man die Kenmore in Richtung Franklin hinauffuhr. Das Haus stand auf einem kleinen Rasenstück, und die Haustür war durch das tiefhängende Verandadach kaum zu sehen. Es war einer dieser angenehm kühlen Bungalows mit großen Veranden davor, die man zu jener Zeit gebaut hatte, als L. A. noch ein wildwuchernder, gemütlicher Ort mit einer Menge Sonne und ohne Smog war. Die Leute pflegten am Abend auf diesen Veranden zu sitzen, Eistee zu trinken und den Nachbarn zuzusehen, wie sie ihren Rasen mit langem Strahl aus einem Schlauch wässerten. Sie pflegten bei offener Haustür zu schlafen, und die Fliegentür wurde nur von einem einfachen Haken gehalten. Und sie pflegten Radio zu hören und manchmal an Sonntagen mit einem der städteverbindenden Züge zu einem Picknick zum Strand rauszufahren. Ich parkte an der Ecke Franklin und wanderte zurück. Der Rasen vor dem Haus war nicht mehr zu gebrauchen. Das Gras war so hoch, daß es angefangen hatte, Samenstände zu bilden. Das Haus brauchte einen Anstrich, das Fliegennetz hatte sich an mehreren Stellen aus der vorderen Fliegentür gelöst, und das Netz hatte sich gekräuselt wie die Kragenpunkte an einem alten Oberhemd. Die Haustür war verschlossen, aber der Rahmen hatte sich etwas verzogen, so daß es kein Problem war, reinzukommen. Ich legte meine Schulter gegen den Rahmen und meine Handfläche gegen die Tür, drückte gleichzeitig in beide Richtungen, und war drin.

Die Wohnung roch, wie Wohnungen oft riechen, wenn sie eine Zeitlang leer und verschlossen waren. Rechts, durch einen Torbogen abgetrennt, lag das Wohnzimmer. In ihm war eine gefederte Couch mit gehäkelter Überdecke, die umgeschlagen war, als ob jemand unter ihr gelegen habe und gerade aufgestanden sei. Gegenüber stand ein großer alter Fernseher auf Stelzen, darauf ein eckiges Apothekerglas voller kleiner, bunter Bonbons, die einzeln in Zellophan verpackt waren. Der dünne blaue Navaho-Läufer auf dem Boden war abgewetzt, und ein Kaffeetisch aus gebogenem Bambus war dicht an die Kopfseite der Couch geschoben. Es gab einige Film-Magazine und einen Groschenroman über wahre Liebe und einen Aschenbecher voller Filterzigarettenkippen.

Das Licht des späten Nachmittags, das durch die staubigen Musselinvorhänge rieselte, pickte Staubfäden aus der Luft.

Die Bullen hatten all dies auch gesehen. Und sie hatten bestimmt wie gewöhnlich alles untersucht, und alles, was eine Rolle spielte, würde beschlagnahmt in einer Kiste mit einem Etikett lagern. Trotzdem wußten sie bisher nicht alles, was ich wußte, und ich hoffte etwas zu entdekken, das für sie bedeutungslos gewesen war. Im Wohnzimmer gab es nichts. Ich ging weiter in die Küche. Es war dunkel geworden. Ich knipste eine Lampe an. Wenn die Bullen das Haus überwachten, hätten sie mich hereinkommen sehen und wären schon längst aufgetaucht. Die Nachbarn würden einfach denken, ich sei ein weiterer Bulle.

Ein halber Laib Brot und ein ungeöffnetes Paket Butter lagen auf einem Teller im Kühlschrank. Im Kühlfach war eine Flasche Wodka. Auf dem Küchentisch lagen drei oder vier langsam gelb werdende Limonen in einer Schale aus Hartglas, und in einem Regal stand ein Glas mit etwas löslichem Kaffee. Auf dem Rand des Waschbeckens entdeckte ich außerdem ein geschrumpftes Stück Seife. Das war alles. Kein Mehl, kein Salz, kein Fleisch, keine Kartoffeln. Die Limonen waren wahrscheinlich gegen Skorbut. Ich schaute hinter den Kühlschrank und unter das Waschbecken und in die leeren Schränke. Ich nahm das Sieb aus der Spüle und sah hinunter in den Abfluß, so gut ich konnte. Ich überprüfte den Ofen, untersuchte das Linoleum in den Ecken, um zu sehen, ob etwas daruntergesteckt worden war. Ich entrollte die Jalousien und holte mir einen Stuhl, kletterte drauf und blickte in die Glaskuppel der Küchenlampe.

Während ich das tat, sagte eine Stimme hinter mir: «Bleiben Sie so stehen, Seemann.»

Ich hatte einen Revolver in meinem Schulterhalfter, aber er hätte genausogut im Kofferraum meines Wagens liegen können, soviel wie er mir hier, mit erhobenen Händen auf einem Stuhl stehend, nützte. Ich blieb bewegungslos stehen.

«Jetzt legen Sie die Hände auf den Kopf und kommen Sie da runter», sagte die Stimme. Es war eine gedämpfte Stimme ohne Akzent, aber mit einem leichten ausländischen Tonfall.

Es gelang mir, meine Hände auf den Kopf zu legen und von dem Stuhl herunterzusteigen, ohne mir die Kniescheibe auszukugeln.

«Umdrehen», sagte die Stimme. In der Gedämpftheit lag nichts Freundliches; es war die Gedämpftheit eines Schlangenzischens. Ich drehte mich um.

Es waren zwei. Der eine war ein kalifornischer Beachboy, jede Menge Bräune, jede Menge Muskeln, gerade genug Hirn, um zu wissen, an welcher Seite man einen Totschläger anfaßt. Er trug eine weiße Hose und ein geblümtes Hemd und hatte einen .45 Colt Automatik, den die Army auszugeben pflegte, in der Hand. Er hielt ihn auf die zwanglose kalifornische Art, halb in die Handfläche gelegt, ohne auf irgend etwas Bestimmtes zu zielen, aber insgesamt in meine Richtung. Der andere

Kerl war kleiner und schlanker. Er trug einen schwarzen Anzug, ein schwarzes Hemd, eine schmale schwarze Krawatte, und er bewegte sich ausgesprochen anmutig. Obwohl er beinahe reglos dastand, wirkte er wie ein Tänzer. Er hatte einen dichten schwarzen Schnurrbart, und die halblangen Haare waren streng zurückgekämmt. In seinen dunklen Augen lag absolut kein Gefühl. Die Stimme gehörte zu ihm.

«Also, Seemann, warum erzählst du mir nicht mal, wer du eigentlich bist und wie's kommt, daß du hier in der Küche auf einem Stuhl stehst. So was in der Art.»

«Wer will das wissen?» fragte ich.

Er lächelte ohne jedes Gefühl und zeigte auf die Automatik des Beachboys.

«Oh», sagte ich, «er. Dem bin ich schon mal begegnet. Beeindruckt mich nicht.»

«Knallhart.» Er sah den Beachboy an. «Jeder ist knallhart». Er wäre beeindruckter gewesen, wenn ich mit den Ohren gewackelt hätte.

«Soll ich ihn irgendwo anschießen, Eddie? Damit er weiß, daß wir's ernst meinen?»

Eddie schüttelte den Kopf.

«Mein Name ist Garcia», sagte er, «Eddie Garcia.» Er nickte in Richtung des Beachboys. «Das ist J. D. Niedlich, nicht?»

«Wunderschön», sagte ich. «Trifft er, worauf er zielt, wenn er den Abzug an dem Ding zieht?»

«Aus dieser Nähe?» Eddie lächelte. Es sah aus, als werde eine flache Steinoberfläche kurz von einem Lichtschimmer überflutet. Die Oberfläche selbst veränderte sich nie.

«Wir sind im Auftrag einer sehr bedeutenden Persönlichkeit hier, die sich für dieses Haus und seine Bewohnerin interessiert, und wir würden ihm gern berichten, was Sie hier tun, und warum. Jedenfalls wäre uns das lieber, als Ihre Leiche im Kofferraum unseres Wagens zu verstauen und bei ihm abzuliefern.»

Ich nickte. «Wer ist der Mann?»

Garcia schüttelte den Kopf. J. D. zog den Hahn des Colts mit dem Daumen zurück. Ich sah Garcia an. J. D. spielte keine Rolle. Garcias leere Obsidianaugen erwiderten meinen Blick ausdruckslos. Ich wußte, daß er es ernst meinte.

«Mein Name ist Marlowe», sagte ich. «Ich bin Privatdetektiv und arbeite an einem Fall. Was haltet ihr davon, mich zu eurer bedeutenden Persönlichkeit zu bringen, damit ich ihr den Rest erzählen kann. Möglich, daß sich unsere Interessen überschneiden.»

«Sie wissen, wem dieses Haus gehört?» fragte Garcia.

«Einer Frau namens Lola. Sie ist tot.»

Garcia nickte. Er sah mich an. Sein Gesicht blieb unbewegt. Ich vermutete, daß er nachdachte.

«Okay», sagte er. «Sie tragen eine Waffe unter Ihrem linken Arm. Ich muß sie Ihnen abnehmen. Und ich möchte irgendeine Lizenz sehen.»

«Die Brieftasche ist in meiner linken Hüfttasche.»

Garcia glitt auf mich zu, nahm mir den Revolver aus dem Schulterhalfter, zog die Brieftasche heraus und glitt wieder weg, scheinbar mit einer einzigen nahtlosen Bewegung. Er ließ die Waffe in seiner Seitentasche verschwinden und klappte meine Brieftasche auf. Einen Moment lang betrachtete er die Kopie meiner Lizenz, schloß dann die Brieftasche und gab sie mir zurück. Ich nahm die Hände vom Kopf, griff nach meiner Brieftasche und steckte sie wieder ein.

«Okay, Seemann», sagte er. «Sie fahren mit uns.»

Wir gingen im Gänsemarsch hinaus: Garcia, ich und J. D. Garcia kletterte hinter das Lenkrad eines viertürigen Lincoln mit abgetrenntem Passagierraum. J. D. und ich stiegen hinten ein. Wir rollten mit geschlossenen Fenstern und eingeschalteter Klimaanlage auf der Franklin westwärts. Niemand sagte etwas. Am Laurel Canyon fuhren wir hinunter auf den Sunset und dann auf dem Sunset weiter, während auf dem Weg über West Hollywood und Beverly Hills nach Bel Air die Häuser größer und die Rasenflächen immer leerer wurden. Wir passierten das Tor nach Bel Air und das Häuschen des Wachmanns und schlängelten uns durch Bel Air, bis Garcia den Lincoln vor einem aus drei Meter hohen Eisenstangen mit vergoldeten Spitzen bestehenden Tor anhielt. Er kurbelte das Fenster herunter, während ein Kerl in blauem Blazer und grauer Freizeithose aus dem Wachhäuschen neben dem Tor trat. Er schaute in das Wageninnere, sah Garcia und ging zum Wachhäuschen zurück. Ich konnte ihn einen Telefonhörer abnehmen sehen, und nach einem Moment öffnete sich das Tor lautlos, und Garcia fuhr hindurch. Bisher war noch kein

Haus zu sehen. Nur eine gewundene Auffahrt, die mit einem weißen Material befestigt war, das wie Austernschalen aussah. Das Scheinwerferlicht tanzte über einen Wald aus blühenden Sträuchern und kleinen Bäumen, die ich in der Dunkelheit nicht identifizieren konnte. Wir fuhren einen kurzen Hügel hinab, schlängelten uns auf einen etwas höheren hinauf und bogen um eine Ecke. Das Haus, das sich vor uns erhob, war nicht annähernd groß genug, um ganz Kalifornien zu beherbergen. Wahrscheinlich nicht mehr als die Gesamtbevölkerung von Los Angeles, ohne besonders eng zu werden. Es wurde von außen von Punktstrahlern beleuchtet: weißes Mauerwerk mit Giebeln und Türmen und schmalen Tudor-Fenstern mit rautenförmigen Fensterscheiben. Vor dem Eingang war eine riesige Anfahrtzone, und als wir da einbogen und anhielten, erschienen zwei weitere Burschen in Blazern, um uns die Türen aufzuhalten.

«Arbeitet ihr für Walt Disney?» fragte ich.

«Es ist ein bißchen protzig», erwiderte Garcia. Er stieg aus dem Wagen, ich auch. Und dann J. D.

«Warte hier, J. D.», sagte Garcia.

«Wie lange wird das dauern, Eddie? Ich hab heute abend noch was zu tun.»

Garcia hielt inne, wandte den Kopf langsam nach hinten und sah J. D. an. Er sagte nichts. J. D. trat von einem Fuß auf den anderen. Dann versuchte er ein Lächeln.

«Eilt nicht, Eddie. Alles andere, was ich heute abend noch vorhabe, kann warten.»

Garcia nickte und marschierte auf die Eingangstür zu. Das Gehen schien ihm keinerlei Mühe zu bereiten; er schien zu schweben. Ich folgte ihm. Einer der Blazer öffnete die rechte Hälfte der zweiteiligen Eingangstür. Sie war drei Meter hoch und mit schmiedeeisernen Nagelköpfen beschlagen.

Dahinter lag ein Steinflur von der Länge des Hauses, mit weit entfernten Verandatüren, die zu irgend etwas Belaubtem führten. Es gab ein riesiges, kurviges Treppenhaus an der linken Seite des Hauptkorridors, und nach rechts und links gingen Türen ab. Die Decke erreichte eine Höhe von zehn oder zwölf Metern, und von ihr hing ein gewaltiger eiserner Kronleuchter herab, in dem Kerzen flackerten. Echte Kerzen, auf einem riesigen Eisenrad. Es waren ungefähr hundert Stück – die einzige Lichtquelle im Flur. Auf dem Steinboden befand sich ein orientalischer Läufer, der sich über die Länge des Flurs erstreckte, und an den Wänden hingen Gobelins, die mittelalterliche Ritter auf stämmigen Pferden mit zerbrechlichen Beinen zeigten.

Die Eingangstür schloß sich hinter uns. Ein Butler erschien. Er öffnete eine der Türen in der rechten Wand und hielt sie uns auf.

«Bitte folgen Sie mir», sagte er.

Wir gingen durch eine mit bis zur fünf Meter hohen Decke mit Bücherregalen gefüllte Bibliothek, in der riesige Kerzen in zweieinhalb Meter hohen Kerzenständern brannten. Es gab einen Kamin, in den man mit einem Pferd hätte hineinreiten können. Rechts neben dem

Kamin öffnete der Butler eine weitere Tür, und wir folgten ihm durch einen Raum, der, wäre er dreimal kleiner gewesen, jemandes Büro hätte sein können. Die gegenüberliegende Wand war vollständig verglast und gab den Blick auf einen Pool und die dahinterliegende, beleuchtete Gartenanlage frei. Den Pool hatte man so angelegt, daß er wie ein Dschungelschwimmbad aussah; mit Wein und anderen Pflanzen, die praktisch in ihn hineinwucherten, und einem Wasserfall am anderen Ende, der über Felsbrocken in das Lapislazuli-Wasser hineinstürzte. An einer anderen Wand war eine Bar, es gab ein Fernsehgerät, einen beleuchteten Globus, der fast so groß war wie das Original, mit grünem Leder bezogene Möbel, bestehend aus einem Protz-Sofa und einem Sortiment von Klubsesseln, die über den grünen Marmorboden verteilt waren, und hier und da ein Orientteppich, um darauf herumzustehen, wenn einem die Füße einschliefen. An der rechten Wand saß hinter einem Schreibtisch, der groß genug war, um einen Hubschrauber darauf zu landen, ein Mann in modischer roter Samtjacke mit schwarzen Seidenaufschlägen; sein eisgraues Haar war kurz geschnitten, und sein scharfkantiges Gesicht hatte die unecht wirkende Bräune, die sich jeder in Kalifornien zulegt, um zu beweisen, daß er in einer smogfreien Gegend lebt. Ich hatte sein Bild einst an einer Wand hängen sehen.

Kantengesicht rauchte eine weiße Tonpfeife mit einem ungefähr dreißig Zentimeter langen Stiel; eine von der Art, die man auf alten holländischen Gemälden sieht. Er blickte mich an wie ein Wolf das Lammkotelett, nahm die Pfeife in den Mund und paffte.

«Wenn man Leute trifft, die beim Kegeln in den Bergen eine Zehn werfen», sagte ich, «sollte man nichts von dem trinken, was sie einem anbieten.»

Kantengesicht änderte seinen Gesichtsausdruck nicht. Vielleicht konnte er nicht.

Garcia sagte: «Der Kerl heißt Marlowe, Mr. Blackstone. Er hält sich für hart, und er hält sich für komisch.»

Blackstones Stimme klang, als gieße jemand Sand durch einen Trichter.

«Ich glaube, er ist keins von beidem», entgegnete er. Es war nichts, dem ich hätte widersprechen wollen; also ließ ich es im Raum stehen.

«Wir haben ihn in dem Haus an der Kenmore erwischt», erklärte Garcia. «Er hat es auf den Kopf gestellt.»

Blackstone nickte. Er hatte den langen Stiel noch immer im Mund und wiege den Pfeifenkopf in der rechten Hand.

«Warum?» fragte er.

«Behauptet, er sei Privatdetektiv. Hat eine kalifornische Lizenz und hatte eine Waffe.»

«Und weiter?»

«Wollte er nicht sagen. Meinte, er wolle mit Ihnen reden. Ich dachte mir, daß Sie vielleicht auch mit ihm sprechen möchten.»

Blackstone nickte einmal. Es war ein billigendes Nikken. Garcia sah nicht aus, als kümmere es ihn, ob Blackstone etwas billigte oder nicht. Aber auch Blackstone sah nicht aus, als kümmere es ihn, ob es Garcia kümmerte. Diese Leute gingen mit ihren Gefühlen nicht hausieren. Blackstone wandte mir seinen Blick zu. Seine Augen waren von ausgesprochen blassem Blau, beinahe grau.

«Was noch?» sagte er mit seinem sandigem Flüstern.

«Man hat mir erzählt, eine gewisse Lola lebe dort. Sie ist plötzlich in einem Fall aufgetaucht, an dem ich arbeite.»

«Und?»

«Und ich dachte, ich durchsuche das Haus mal, um zu sehen, was es hergibt.»

Blackstone wartete. Eddie Garcia wartete. Bei Eddie wurde man die Vermutung nicht los, daß er ewig warten könne.

«Und?»

«Und woran sind Sie interessiert?»

Blackstone sah von mir zu Garcia und wieder zurück.

«Vielleicht sollte ich Ihnen von Eddie erst einmal Manieren beibringen lassen.»

«Vielleicht sollten Sie aufhören, mich zu Tode zu ängstigen und einige Informationen mit mir teilen. Vielleicht sind wir keine Kontrahenten.»

«Kontrahenten.» Blackstone machte ein Geräusch, das er wahrscheinlich für ein Lachen hielt. «Ein intellektueller Spanner.»

«Meine Frau liest mir manchmal laut Geschichten vor.»

Blackstone machte wieder sein Geräusch. «Mit einer Frau, die lesen kann», sagte er. «Wissen Sie, daß Lola Faithful tot ist?»

«Ja, mit einem kleinkalibrigen Revolver aus kurzer Distanz in den Kopf geschossen, in einem Fotografenstudio an der Western Avenue.»

«Und was hat das Ganze mit Ihnen zu tun?» fragte Blackstone.

«Ich habe die Leiche gefunden.»

Blackstone lehnte sich etwas in seinem Stuhl zurück. Er schob seine Unterlippe ungefähr einen Millimeter vor.

«Sie», sagte er.

«Ja, und das hat mich irgendwie ins Grübeln darüber gebracht, wer sie erschossen hat.»

«Haben Sie eine Theorie?»

«Nichts, was man Theorie nennen könnte.»

Blackstone starrte mich einen Moment lang an, sah dann zuerst Garcia und dann wieder mich an.

«Ich wüßte auch gern, wer sie ermordet hat.»

«Ich ahnte, daß Sie daran interessiert sind», sagte ich. «Ungefähr seitdem Ihre Jungs mich in Lolas Haus überrumpelt haben. Und ich denke, daß Sie nicht viel über die Geschichte wissen, denn warum sollten Sie sonst das Haus von zwei Jungs überwachen lassen. Außerdem denke ich, daß es für Sie verdammt wichtig ist, sonst wäre nicht einer dieser Burschen Ihr Spitzenmann.»

«Was denken Sie denn noch so?» flüsterte Blackstone.

«Wichtig ist, was ich nicht denke. Ich denke nicht, daß

Sie wegen Lola wissen wollen, wer Lola getötet hat, oder wegen desjenigen, der sie getötet hat.»

Blackstone sah mich wieder mit dem gleichen ausdruckslosen Blick an. Und erneut wanderte dieser Blick zu Garcia, was für ihn vermutlich das Höchstmaß an Unentschlossenheit darstellte.

«Ich kenne Lola Faithful nicht», sagte er.

«Also machen Sie sich Sorgen um denjenigen, der sie umgebracht hat», erwiderte ich.

«Die Bullen tippen auf den Fotografen.»

«Die Bullen tippen auf das Naheliegende», sagte ich. «Normalerweise haben sie da recht.»

«Tippen Sie auf ihn?»

«Nein.»

«Warum nicht?»

«Er scheint nicht der Typ zu sein.»

«Ist das alles?»

«Ja.»

«Waren Sie mal Bulle?»

«Ja-ah», sagte ich. «Jetzt bin ich's nicht mehr. Bullen können nicht entscheiden, daß irgendwer nicht der Typ ist. Sie haben zu viele Axtmörder gesehen, die wie Chorknaben aussahen. Sie haben keine Zeit, darüber nachzudenken, ob jemand der Typ ist. Sie müssen alles in den Trichter werfen und nehmen, was durchsickert.»

«Sie scheinen ein Romantiker zu sein, Mr. Marlowe.»

«Und Sie nicht, Mr. Blackstone.»

«Nicht oft», sagte Blackstone.

«Wußten Sie, daß ich Ihre Tochter kenne?» fragte ich.

Blackstone sagte zunächst nichts. Das war seine Art zu zeigen, daß er überrascht war.

«Das wußte ich nicht», erklärte er dann.

«Sie ist mit dem Fotografen verheiratet», sagte ich.

Im Zimmer war kein Geräusch zu hören, außer dem beinahe unhörbaren Seufzer, den Blackstone durch seine Nase ausstieß. Es war nur ein einziger Seufzer. Dann wieder Stille. Es war riskant, ihm das zu erzählen. Möglicherweise kannte er die Verbindung zwischen Les und Larry nicht. Er konnte natürlich genausogut in Wirklichkeit die Gute Fee sein. Früher oder später hätte er herausgefunden, daß ich Muriel und sowohl Les als auch Larry kannte. Und wenn es schon gefährlich war, es ihm jetzt zu erzählen, dann wäre es später, wenn er wüßte, daß ich ihm etwas vorenthalten hatte, noch gefährlicher. Ich spürte Garcia hinter mir, mit meiner Waffe in seiner Tasche. Blackstone tat die lange, alberne Pfeife beiseite, legte seine beiden höckerigen Hände unters Kinn und sah mich ruhig an.

«Mr. Marlowe», sagte er, «vielleicht sollten Sie und ich einen Drink zusammen nehmen.»

22

Ich saß in einem der grünen Ledersessel.

«Les schuldet einem Kerl Geld», sagte ich. Ich hatte einen großen Scotch mit Soda bekommen, den Scotch aus einer geschwungenen Kristallkaraffe, die Soda aus einem Siphon. Blackstone trank dasselbe. Garcia trank nichts; er stand lässig gegen die Wand neben der Bar gelehnt, als sei die Zeit stehengeblieben und würde erst weiterlaufen, wenn er es anordnete. Er hörte nicht zu, aber auch nicht weg. Er existierte einfach nur, völlig entspannt neben der Bar.

«Und der Kerl hat mich engagiert, um Les für ihn aufzutreiben.»

«Wer ist der Kerl?» fragte Blackstone.

Ich schüttelte den Kopf. «Klienten haben das Recht, anonym zu bleiben.»

«Wo zum Teufel glauben Sie, sind Sie hier, Marlowe? Vor irgendeinem Gericht?»

«Ein Mann in meiner Branche hat nicht viel anzubieten: ein paar Muskeln, ein bißchen Mumm, ein bißchen Verschwiegenheit.» Ich schlug ein Bein über das andere und stellte meinen Drink auf dem Knie ab. «Wenn ich in diesem Geschäft bleiben will, dann kann ich nicht rumlaufen und jedem Taugenichts, den ich treffe, meine gesamte Lebensgeschichte vorsingen.»

«Ich bin wohl kaum ein Taugenichts, Marlowe.»

«Natürlich nicht», sagte ich. «Sie sind ein Pfundsbürger. Eine der Säulen der Gemeinde, oder was immer in der Art es hier draußen gibt. Könnte wetten, daß Sie an vielen wichtigen Stellen im Vorstand sitzen.»

Blackstone nickte.

«Was der Grund dafür ist, daß Eddie Garcia Ihnen überallhin auf Schritt und Tritt folgt.»

«Man schafft sich Feinde, Marlowe.»

«Und Eddie kümmert sich um sie.»

«Wenn es nötig ist.»

«Klar», sagte ich.

Eddie rührte sich nicht. Wir hätten den Preis für einen Stadtratsvorsitzenden diskutieren können, und es hätte ihm nicht weniger ausgemacht.

«Wie dem auch sei», ich nahm einen Schluck Scotch; er sickerte in meinen Mund und begann sich dort sanft auszubreiten. Wahrscheinlich konnte man meine wöchentlichen Einnahmen für eine Flasche von diesem Zeug ausgeben. «Es schien jedenfalls ganz einfach zu sein, Les zu finden.»

«Nur war es das nicht», sagt Blackstone.

«Nein. Ich begann mit seiner Frau, Ihrer Tochter. Sie sagte, er sei an einem Drehort, um Fotos für eine Filmgesellschaft zu machen. Während ich bei ihr war, bemerkte ich ein Modefoto von einem Model und erkannte Les' Unterschrift darunter wieder.»

«Sie haben die Filmgesellschaft überprüft», sagte Blackstone. «Die haben nie von ihm gehört. Sie haben die Frau auf dem Foto überprüft. Und auch sie hat nie von ihm gehört.»

«Eddie war fleißig», sagte ich.

Blackstone knabberte kaum wahrnehmbar an seinem Drink.

«Also ging ich zurück und durchsuchte sein Haus.»

«Das Haus meiner Tochter», stellte Blackstone richtig.

«Wahrscheinlich ihr Haus. Ich könnte wetten, daß der gute Les es nicht gekauft hat.»

«Ich habe es ihr geschenkt», sagte Blackstone.

Ich nickte. «Dort fand ich einen Strafzettel. Ich verfolgte ihn zurück, bekam die Adresse heraus und stieß in dem zu der Adresse gehörigen Haus auf einen Fotografen namens Larry Victor. Ich stellte ihn zur Rede. Er sagte, er kenne Les, aber Les sei nicht in der Stadt. Ich folgte ihm in eine Bar und beobachtete seinen Streit mit Lola Faithful. Später verlor ich Larry aus den Augen und ging zurück, um sein Büro zu durchsuchen.»

Blackstone unterbrach mich. «Warum?»

«Warum nicht?» sagte ich. «Ich hatte nichts anderes. Er sagte, er kenne Valentine.»

Blackstone nickte.

«Ich ging hin und fand Lola mit rausgepustetem Gehirn.»

«Und dieser Larry?» fragte Blackstone.

«Ist Valentine, mit Perücke und Kontaktlinsen.»

«Wo ist er?»

«Weiß ich nicht.»

«Schön, Sie haben viel zustande gebracht, aber nicht genug. Wissen Sie, warum Valentine sich als Victor verkleidet?»

«Oder andersrum. Nein, keine Ahnung.»

Blackstone nickte.

«Zwei Dinge wüßte ich gerne», sagte ich.

Ich trank noch etwas Scotch und hielt inne, um ihn zu genießen.

«Erstens, warum suchen Sie nach Valentine, und zweitens, warum ließen Sie Garcia Lolas Haus beobachten?»

«Sie scheinen mir gegenüber ganz offen gewesen zu sein, Marlowe, bis auf einen Punkt. Ich suche nach Valentine, weil er verschwunden ist und meine Tochter sich Sorgen macht. Was Lola Faithful betrifft, hat eine Frau dieses Namens versucht, meine Tochter zu erpressen.»

«Weswegen?»

Blackstone schüttelte den Kopf.

«Sie hat es mir nicht erzählt, und ich habe nicht gefragt. Ich habe meiner Tochter gesagt, daß ich Eddie mit Lola reden lassen würde. Eddie war geschäftlich für einen oder zwei Tage weg, und als er zurückkam, um sich mit Lola in Verbindung zu setzen, mußte er feststellen, daß man sie ermordet hatte.»

Blackstone kostete seinen Scotch. Er schien ihn nicht zu verblüffen. Er war an ihn gewöhnt.

«Sie begreifen sicherlich mein Interesse», sagte er.

Ich nickte. «Und Ihre Tochter?»

«Ich habe ihr nur erzählt, daß die Frau gestorben ist. Ich habe ihr keine Fragen gestellt.»

Wir schwiegen daraufhin, atmeten den Scotch ein und dachten beide über die Absichten des anderen nach.

Schließlich fragte ich: «Was halten Sie von Les Valentine, Mr. Blackstone?»

Blackstone hielt das Scotchglas zwischen den Handflächen, sah hinein und drehte es, als wolle er es aus allen möglichen Winkeln bewundern. Er atmete langsam durch die Nase ein und ließ die Luft noch langsamer wieder entweichen.

«Er ist ein Lügner, ein Schürzenjäger, ein schäbiger Dieb, ein Opportunist, ein Narr, ein erfolgloser, vielleicht zwanghafter Spieler, und er hat nicht mehr Rückgrat als Löwenzahn. Und meine Tochter liebt ihn. Solange sie das tut, ist er für mich ein natürlicher Adliger. Ich werde ihn unterstützen. Ich werde mich für diejenigen einsetzen, die seine kranken Launen ertragen müssen. Solange er mit meiner Tochter verheiratet ist, gehört er zur Familie.»

«Obwohl er ein kleiner Gauner ist.»

«Ich bin kein besonders guter Vater, Mr. Marlowe. Ich habe nur meine Tochter. Ihre Mutter ist schon vor langer Zeit von uns gegangen. Ich verwöhne meine Tochter sehr, zweifellos aus eigennützigen Motiven. Wenn sie einen kleinen Gauner heiraten möchte, dann wird er, sozusagen, auch mein kleiner Gauner.»

«Der kleine Gauner ist zu Hause. Ich hab ihn selbst dort abgeliefert.»

«Also haben Sie mir nicht alles erzählt.»

«Hab nie gesagt, daß ich das täte.»

«Sie sind ein interessanter Mann, Marlowe. Sie hätten mir das nicht mitgeteilt, solange Sie nicht sicher waren, was ich mit dieser Information anfangen würde.»

Ich sagte nichts.

«Das finde ich bewundernswert, Marlowe. Aber machen Sie nicht den Fehler, Bewunderung mit Geduld zu verwechseln. Ich kann Sie durch ein einfaches Kopfnikken beseitigen lassen. Und wenn es meinen Zwecken dient, dann werde ich es tun.»

«Jeder kann jeden beseitigen, Mr. Blackstone. Wenn man das erst mal begriffen hat, bekommt alles wieder das richtige Gewicht.»

«Wo haben Sie ihn gefunden?»

«In seinem Büro», log ich. «Ich erzählte ihm, die Bullen würden in einer Minute hinter ihm her sein, also hat er mich begleitet.»

«Wo war er?»

Ich zuckte mit den Achseln. «Hat er nicht gesagt.»

Blackstone hob das Glas an die Lippen, bemerkte, daß es leer war, und gestikulierte, ohne hinzusehen, in Garcias Richtung. Eddie war sofort mit der Karaffe und dem Siphon zur Stelle. Er sah mich an. Ich schüttelte den Kopf. Eddie stellte sich wieder an die Bar.

«Seien Sie vorsichtig, Marlowe. Ich bin kein verspielter Mensch. Seien Sie also sehr vorsichtig.»

«Klar», sagte ich. «Macht Ihnen hoffentlich nichts aus, wenn ich mir ab und zu die Zeit damit vertreibe, an alten Taschenuhren herumzubasteln.»

«Bring ihn nach Hause, Eddie», befahl Blackstone. «Und wenn ihr da seid, gibst du ihm seine Waffe zurück.»

«Lolas Haus wäre mir lieber», sagte ich. «Ich bin noch nicht fertig mit dem Durchsuchen.»

Blackstone lächelte fast.

«Bring ihn dorthin, wo er hin will, Eddie.»

Diesmal fuhr J. D., und Eddie saß neben mir auf dem Rücksitz. Als wir die Kenmore erreichten, griff Eddie in seine Seitentasche und holte meine Waffe heraus. J. D.

hielt vor Lolas Haus. Es war still. Die Straße war dunkel. Ein hoher, blasser Mond schien direkt auf uns herunter. Garcia reichte mir die Waffe.

«Sie sind ein harter Brocken, Marlowe», sagte er. «Das muß man Ihnen lassen.»

Ich verstaute die Waffe unter meinem Arm und stieg aus dem Wagen.

J. D. setzte ihn in Bewegung. Ich schickte ihnen einen Revolverheldengruß mit Daumen und Zeigefinger hinterher, als sie losfuhren.

23

Dem Mondlicht nach war es auf meiner Armbanduhr 3 Uhr 37, als ich Lola Faithfuls Haus verließ. Ich hatte nichts gefunden, aber es war auch niemand gekommen und hatte eine Kanone auf mich gerichtet. Um nach Hause zu fahren, war es zu spät. Ich fuhr langsam. Hollywood war leer, die Häuser glatt und konturlos, alle Farben durch das strahlende Mondlicht verfälscht. Nur die Neonlichter am Sunset waren noch wach. Sie waren immer wach. Strahlend, herzlich und täuschend, voller Hollywood-Versprechen. Die Tage kommen und gehen. Das Neon bleibt.

Ich versuchte mir darüber klarzuwerden, warum ich hier war, allein, und mitten in der Nacht auf dem Sunset Betrachtungen über Neon anstellte. Ich hatte einen Auftraggeber, aber der hatte mich ganz bestimmt nicht engagiert, um Valentine zu beschützen und herauszufinden, wer Lola umgebracht hat. Ich hatte längere Zeit nicht geschlafen, ich hatte längere Zeit nichts gegessen, und der Whiskey zum Mittagessen und der Scotch zum Abendessen waren aufgezehrt, also fühlte ich mich wie irgend etwas, das um 3 Uhr 30 am Morgen auf den Sunset Boulevard gehörte, ohne zu wissen, wo es hingehen sollte. Ich hatte zu Hause, in einem bequemen Bett, eine wunderschöne Frau, die mit einem Arm über der Stirn und mit leicht geöffnetem Mund schlief. Wenn ich jetzt zu ihr ins Bett ginge, würde sie sich zu mir umdrehen und den Arm um mich legen.

Was zum Teufel spielte es für eine Rolle, ob das Bett ihr gehörte? Was zum Teufel spielte es für eine Rolle, ob Les Valentine Lola Faithful umgebracht hatte? Sollten die Bullen das herausbekommen. An der Western Avenue bog ich in den Hollywood Boulevard ein. Ich hatte kein Ziel. Was spielte es schon für eine Rolle, wohin ich fuhr? Ich kam an Larrys Bürohaus vorbei. Zehn Meter weiter verlangsamte ich das Tempo, wendete und fuhr wieder zurück. Im Eingang des Gebäudes hatte sich etwas bewegt. Wahrscheinlich nur ein Penner, der sich vom Mondlicht fernhielt. Aber warum sollte ich nicht noch mal nachsehen?

Ich hielt vor dem Gebäude, nahm eine Taschenlampe aus dem Handschuhfach und leuchtete in den Eingang. Da saß, zusammengekauert, um dem Licht zu entgehen, Angel, Victors andere Frau. Ich schaltete die Lampe aus und stieg aus dem Wagen, und als ich das tat, stürzte sie aus dem Eingang und lief die Western hinauf in Richtung des Hollywood Boulevard. Genau das, was ich brauchte: ein Wettrennen. Ich holte tief Luft und rannte hinter ihr her. Sie war gerade um die Ecke zum Hollywood Boulevard gebogen und wollte weiter nach Westen laufen, als ich sie einholte. Vielleicht hätte ich es überhaupt nicht geschafft, aber einer der hohen Hacken ihrer Schuhe war abgebrochen.

«Ich bin es», sagte ich, «Marlowe, der Mann, der mit Larry weggefahren ist.»

Sie atmete sehr schwer und weinte ein bißchen vor Angst und begriff noch immer nicht richtig, wer ich war. Ich hielt sie an den Armen fest, als sie versuchte, sich loszureißen.

«Marlowe», sagte ich. «Ihr Kumpel, Ihr Beschützer, Ihr Vertrauter. Ich tue Ihnen nicht weh.»

Sie wehrte sich weniger, dann noch weniger, und stand schließlich still, schwer ein- und ausatmend, mit zitternden Schultern, und Tränen liefen ihr über das Gesicht. Ich hielt sie noch immer an den Handknöcheln fest, aber sie hatte den Versuch aufgegeben, mich zu schlagen, und sie machte auch keine Anstalten mehr, sich loszureißen.

«Ich bin es», sagte ich noch einmal, «Marlowe, der Mondscheinritter. Der räudige Retter von Frauen in Hauseingängen.»

Ich war völlig umnachtet vor Müdigkeit.

«Wo ist Larry?» fragte sie.

Ich antwortete nicht. Statt dessen sah ich in das Scheinwerferlicht, das mich plötzlich blendete. Der Wagen war von der Western um die Ecke gebogen und neben uns auf den Bordstein gefahren.

«Bleiben Sie, wo Sie sind», sagte eine Stimme. Es war eine Bullenstimme, ein bißchen gelangweilt, ein bißchen hart. Sie kamen aus dem Scheinwerferlicht von beiden Seiten auf mich zu.

«Hände auf den Wagen, Meister», sagte einer von ihnen.

Ich legte meine Hände auf das Wagendach. Dann trat einer meine Beine auseinander und klopfte mich ab. Er nahm die Waffe unter meinem Arm heraus. Ich fragte mich, warum ich sie überhaupt trug, wenn sie mir doch ständig von irgendwelchen Leuten weggenommen wurde. Danach ging der Kerl wieder etwas zurück.

«Haben Sie eine Lizenz?» fragte er.

Ich fischte meine Brieftasche heraus, reichte sie ihm, und der Bulle sah sich den Inhalt im Scheinwerferlicht an. Sie waren beide in Zivil, ein dicker mit gemütlich um den Nacken gewickelter, aber schief hängender Krawatte. Der andere, derjenige, der das Reden besorgte, war ein großer, schlaksiger Kerl mit Brille. Er trug Jeans und ein T-Shirt und hatte seine Waffe vorne im Gürtel seiner Jeans stecken.

«Mein Name ist Bob Kane», stellte er sich vor, als er mir die Brieftasche zurückgab. «Würden Sie mir sagen, warum Sie diese Dame verfolgt haben?»

«Ich wollte sie nach Hause fahren.»

Kane lächelte fröhlich.

«Hast du gehört, Gordy?» sagte er zu seinem fetten Partner. «Der Kerl wollte sie nur nach Hause fahren.»

Gordy hatte die Waffe noch in der Hand, hielt sie aber an seiner Seite nach unten auf den Boden gerichtet.

«Verscheißer uns nicht», sagte Gordy. Er trug einen breitkrempigen Panamahut mit einem großen, geblümten Band.

«Sie scheint nicht nach Hause fahren zu wollen», sagte Kane. «Es sah eher so aus, als sei sie wie der Teufel gerannt, um Ihnen zu entkommen.»

«Sie hat mich nicht erkannt.»

«Kennen Sie diesen Mann?» fragte Kane. Seine Brille hatte große runde Gläser, und die Augen dahinter, ein bißchen vergrößert, waren zuvorkommend und herzlos.

Angel nickte. «Ja.»

«Warum sind Sie dann weggelaufen?» fragte Kane.

«Wie er schon sagte; ich habe ihn nicht erkannt.»

«Woher kennen Sie ihn?» bohrte Kane weiter.

«Er ist . . . ein Freund meines Mannes.»

«Tatsächlich? Stimmt das, Marlowe?»

«Ich kenne ihn», sagte ich.

«Ach ja?» Kane trat zurück und lehnte sich gegen die Tür des zivilen Polizeiwagens. Er verschränkte seine langen Arme und sah uns einen Augenblick an.

«Marlowe», sagte er. «Sind Sie nicht der Kerl, der die Leiche im Büro ihres Mannes gefunden hat?»

«Stimmt», gab ich zu. Es lief nicht besonders gut, und ich hatte so eine Ahnung, daß es nicht besser werden würde.

«Und jetzt sind Sie hier und hängen in der Nähe seines Büros herum und treffen zufällig seine Frau und verfolgen sie, und sie läuft weg, weil sie Sie nicht erkennt.»

«Exakt», sagte ich.

«Wenn ich ein cleverer Bulle wäre, wäre ich nicht um vier Uhr morgens hier draußen, um ein Haus zu überwachen. Also ist mir das hier wahrscheinlich zu hoch, obwohl es nach einem eigenartigen Zusammentreffen von Umständen aussieht, wenn Sie mir folgen können.»

«Sie sind zu bescheiden», sagte ich.

«Ja, bin ich wahrscheinlich, war schon immer eine meiner Schwächen. Sie haben nicht vor, weiter weg zu verreisen, nicht wahr, Marlowe?»

Ich zuckte mit den Achseln.

«Möchten Sie, daß dieser Mann Sie nach Hause fährt, Mrs. Victor?»

Angel nickte.

«Gut, dann mal los.»

«Bob», sagte Gordy, «du solltest sie festnehmen.»

«Wozu?» fragte Kane.

«Na, zum Vernehmen, halte sie bis morgen früh fest und laß den Lieutenant mit ihnen reden.»

«Die Dame macht sich Sorgen um ihren Mann», sagte Kane. «Lassen wir ihn sie nach Hause bringen.»

«Verdammt noch mal, Bob!»

«Gordy», sagte Kane, «einer von uns ist Sergeant und der andere nicht. Weißt du noch, wer der Sergeant ist?»

«Du, Bob.»

Kane nickte.

«In Ordnung, warum hauen Sie jetzt nicht ab und fahren Mrs. Victor nach Hause, Mr. Marlowe. Wir werden hinterhertrödeln, nur, um Sie nicht aus den Augen zu verlieren.»

Er gab mir meine Waffe zurück, und ich steckte sie unter meinen Arm, damit sie da wäre, wenn der nächste Kerl sie mir wegnehmen wollte. Angel und ich gingen runter zu meinem Wagen und fuhren los. Im Rückspiegel sah ich die Scheinwerfer des nicht gekennzeichneten Wagens hinter uns einscheren.

24

Wo ist Larry?» fragte Angel. Sie saß zusammengekauert auf dem Beifahrersitz neben mir. Die Uhr im Armaturenbrett stand auf 4 Uhr 7.

«Er ist in Sicherheit.»

«Ich kann es nicht erwarten, ihn wiederzusehen.»

«Geht nicht», sagte ich. «Sie würden die Bullen direkt zu ihm hinführen.»

«Wo ist er?»

«Es ist besser, wenn Sie das nicht wissen.»

«Ich bin seine Frau, Mr. Marlowe.» Sie wandte sich mir zu.

«Deshalb folgen Ihnen die Bullen ja auch.»

«Folgen?»

«Glauben Sie, die sind zufällig vorbeigekommen?» sagte ich. «Die beschatten Sie.»

Sie drehte sich im Sitz um und starrte zurück in die Scheinwerfer hinter uns.

«Sie folgen mir?»

Es war, als habe die letzte halbe Stunde nicht stattgefunden.

«Ja, Ma'am.»

«Geht es ihm gut?» fragte sie. Sie wandte sich wieder von dem Verfolgerlicht ab, schlug die Beine übereinander und lehnte sich mit dem Arm auf die Sitzlehne. Während sie sprach, beugte sie sich ein wenig in meine Richtung.

«Ihm geht's gut, Angel. Er ist in Sicherheit. Er vermißt Sie.»

Sie nickte. «Ich vermisse ihn auch.»

Während der ganzen Fahrt hinaus nach Venice sahen wir keine anderen Autos. Die Bullen zuckelten in einem Abstand von drei oder vier Wagenlängen hinter uns her.

«Wer sind Sie?» fragte Angel.

«Ich bin Privatdetektiv und arbeite an einem Fall.»

«Sind Sie ein Freund von Larry?»

«Ich hab ihn vor dem Abend, an dem wir vor den Bullen abgehauen sind, nur einmal getroffen.»

«Warum helfen Sie ihm dann?»

«Ist mir auch ein Rätsel.»

«Das ist keine Antwort», sagte sie. Die Bullenscheinwerfer hinter uns beleuchteten den größten Teil des Innenraums meines Wagens. Im Licht waren ihre Augen groß und dunkel und voller Liebenswürdigkeit.

«Da haben Sie recht. Ich glaube nicht, daß er die Frau getötet hat, aber er scheint mir der Typ Mann zu sein, der einige Schwierigkeiten in seinem Umfeld haben könnte. Kein harter Typ, und keine Verbindungen. Einer von denen, den die Bullen festnageln. Sie werden ihn bei einer Nachtsitzung in Bay City abklopfen und ihn dann für zwanzig Jahre bis lebenslänglich nach Chino schikken, ohne daß er je herausbekommen wird, wie er da eigentlich hingekommen ist.»

«Larry würde niemanden umbringen.»

«Nein», sagte ich, «das glaube ich auch nicht. Sind Sie mit ihm verheiratet?»

Angel nickte. In ihrem Nicken lagen Stolz und Zufriedenheit und noch etwas mehr, etwas Beschützendes, das man im Nicken einer Mutter entdeckt, wenn man sie fragt, ob das ihr Baby sei.

«Fast vier Jahre.»

«Jemals von einem gewissen Les Valentine gehört?»

«Nein.»

«Einer Frau namens Muriel Blackstone?»

«Nein.»

Wir befanden uns auf der Wilshire, bogen, als die Straße zum Pazifik hinausführte, nach links ab und fuhren am leeren Strand entlang. Das Mondlicht auf den Wellen betonte die Leere des Ozeans und die Endlosigkeit seines langen Herüberrollens von Sansibar.

«Larry ist in Schwierigkeiten, oder?»

«Er wird wegen Mordes gesucht», sagte ich.

«Aber er hat es nicht getan. Er ist in irgendwelchen

anderen Schwierigkeiten. Solchen, die Sie zu ihm geführt haben.»

Im Mondlicht wirkten die Gebäude würdevoll, wie maurische Schlösser; die abblätternde Farbe und der bröckelnde Stuck glatt angeschmiegt.

«Das ist er doch, oder, Mr. Marlowe?»

«Es gibt da einen Spieler namens Lipshultz», sagte ich. «Larry schuldet ihm Geld. Er hat mich engagiert, um ihn zu finden.»

Sie nickte bestätigend.

«Er hatte schon vorher Schwierigkeiten, oder?»

«Er ist Künstler, Mr. Marlowe. Er ist phantasievoll. Viele Leute sagen, er sei ein Genie hinter der Kamera.»

«Und?»

«Und er ist impulsiv, er kann nicht viel mit Regeln anfangen. Er fühlt etwas, und er tut es. Er hat ein Künstlertemperament.»

«Also verläßt er sich auf Ahnungen», sagte ich.

«Ja.»

«Und die zahlen sich manchmal nicht aus.»

«Nein, das tun sie nicht. Aber er muß frei seinen Intuitionen folgen können, verstehen Sie? Ihn einzuengen hieße, ihn zu ersticken.»

«War er irgendwann in anderen Schwierigkeiten?»

Sie schwieg kurz und sah hinaus auf den silbernen Ozean, der langsam auf uns zurollte. Unten am Strand, oberhalb der Flutgrenze, schliefen einige Penner, ihre armselige Habe fest umklammernd.

«Ich glaube, er hatte Ärger mit anderen Frauen.»

«Welcher Art?»

«Weiß ich nicht, hat er nie gesagt. Ich habe ihn nicht gefragt.»

«Warum nicht?»

«Ich liebe ihn», sagte sie. Als ob das alle Fragen beantwortete.

«Warum glauben Sie dann, es habe Ärger mit anderen Frauen gegeben?»

«Er ist von anderen Frauen angerufen worden, und wenn er auflegte, war er wütend.»

«Mh-mmh.»

«Und . . .» sie sah für einen Moment in ihren Schoß, wo sie die Hände gefaltet hielt. Ich wartete und lauschte den über den Asphalt rauschenden Reifen.

«Und?»

«Und es gab da ein Bild, das ich gesehen habe.»

Ich wartete wieder.

«Es war ein Bild von einer Frau. Sie war ausgezogen und posierte . . .» Sie starrte angestrengter auf ihre Hände. Wenn das Licht besser gewesen wäre, hätte ich sie vermutlich erröten sehen können.

«Anzüglich?»

«Ja.» Sie sagte es so leise, daß es kaum zu hören war.

«Und Sie haben ihn nicht darauf angesprochen?»

«Nein. Es stammte aus der Zeit, als er mich noch nicht kannte. Damals hatte er das Recht dazu. Es hatte nichts mit mir zu tun.»

«Sie vertrauen ihm?»

«So, wie Sie es meinen, ja. Er liebt mich auch.»

«Das sollte er jedenfalls ganz bestimmt», sagte ich.

Wir hielten hinter dem Haus, in dem sie und Larry wohnten – wenn Larry nicht bei seiner anderen Frau in Poodle Springs wohnte. Sie stieg auf ihrer Seite aus und ich auf meiner. Ich ging um den Wagen herum. Die Bullen hielten ein Stück entfernt hinter uns an.

«Ich begleite Sie zur Tür.»

«Nicht nötig», sagte sie. In ihrer Stimme lag ein besorgter Tonfall.

«Nur um zu sehen, daß Sie sicher nach Hause kommen. Ich bin auch verliebt, in meine Frau.»

Angel lächelte plötzlich, wie ein Sonnenaufgang nach einer regnerischen Nacht.

«Das ist schön. Wirklich.»

«Ja», sagte ich.

Wir gingen die Gasse entlang bis zu ihrer Haustür, sie öffnete sie und trat ein.

«Danke», sagte sie.

Dann schloß sie die Tür. Ich hörte den Riegel vorgleiten, drehte mich um und machte mich auf den Rückweg zum Olds. Als ich einstieg und losfuhr, ließen die Bullen die Scheinwerfer einmal aufblinken, schalteten sie dann aus und richteten sich wieder aufs Beobachten ein.

25

Es gefiel Linda nicht, wenn ich über Nacht wegblieb. Mir gefiel es auch nicht besonders, aber ich konnte kaum etwas dagegen tun. Nachdem wir beinahe den gesamten frühen Vormittag darüber gesprochen hatten, bekam ich einige Eier zum Frühstück und ging schlafen. Es war kurz nach vier, als ich geduscht, rasiert, duftend wie eine Wüstenblume und härter als zwei Gürteltiere wieder auf den Beinen und auf dem Weg zum Agony Club war, um meinem Arbeitgeber Bericht zu erstatten.

Der Parkplatz in der grellen Sonne war genauso leer wie beim letzten Mal. Ich parkte wieder vor dem Eingang, unter dem Fallgitter, und betrat das Haus durch die Tür, die ständig angelehnt zu sein schien. Vielleicht war das Lippys Markenzeichen, immer ein offenes Tor für einen Trottel. Diesmal waren die beiden Revolverhelden nicht in der Nähe. Lippy wurde nachlässig. Ich durchquerte die Spielhalle und klopfte an Lippys Tür. Keine Antwort. Sie würden die Haustür kaum offenstehen lassen, wenn niemand hier war. Ich klopfte wieder. Unveränderte Stille. Ich drehte den Türknauf. Die Tür öffnete sich, ich betrat den Raum und entdeckte ihn. Schon bevor ich ihn sah, wußte ich, was ich finden würde. Die Klimaanlage hatte den Prozeß verlangsamt, aber der Geruch des Todes war da, als die Tür aufging.

Lippy saß in seinem Drehstuhl hinter dem Schreibtisch, den Rücken mir zugewandt. Sein Kopf war nach vorne gesackt, das Kinn ruhte auf der Brust. Seine Arme lagen, jetzt erstarrt, auf den Stuhllehnen, die Finger begannen anzuschwellen. An seinem Hinterkopf hatte schwarzes, geronnenes Blut die Haare verklebt. Und in den Geruch des Todes mischte sich der Geruch verbrannter Haare. Als ich genauer hinsah, entdeckte ich, daß versengte Haare in dem Blut klebten. Ich ging um den Tisch herum und hockte mich vor Lippy auf den Boden. Die Austrittswunde war dunkel und zerklüftet. Auch Lippys Gesicht hatte anzuschwellen begonnen.

Ich erhob mich langsam und sah mich im Zimmer um. Keine Anzeichen eines Kampfes oder eines Raubüberfalls. Auf dem Sideboard stand eine Flasche guter Scotch, ein Eiskübel mit Wasser am Boden, daneben ein Glas. Die Schrankschubladen waren geschlossen und verriegelt. Keinerlei Anzeichen für einen Versuch, sie aufzubrechen. Ich ging wieder zurück ins Kasino, wanderte ziellos herum und spürte die Leere des Raums, lange bevor ich mich selbst durch Nachsehen davon überzeugt hatte. Die beiden Leibwächter waren nirgends. Wahrscheinlich beim Arbeitsamt.

Ich entließ einen tiefen Seufzer in das leere Casino. Vielleicht war ich in der falschen Branche. Vielleicht sollte ich Veranstaltungen in einer Leichenhalle vorbereiten. Ich ging niedergeschlagen zurück in Lippys Büro. Er mußte gemütlich dagesessen haben, aus dem Fenster starrend, die Wüste bewundernd, und irgend jemand hatte sich mit einer kleinkalibrigen Pistole über den Schreibtisch gelehnt und ihm in den Hinterkopf geschossen. Und ich kam vorbei und fand ihn. Ich beugte mich vor, nahm Lippys Telefon hoch und rief die Bullen an. Zumindest würde ich schon sehr bald nicht mehr allein sein.

Ein paar Burschen von der Highwaystreife kamen etwa dreißig Sekunden vor zwei Hilfssheriffs aus Riverside angerauscht, und ungefähr zwei Minuten später kam ein Straßenkreuzer aus Poodle Springs, der sich zwar außerhalb seines Zuständigkeitsbereichs befand, aber trotzdem vorbeischaute. Die Uniformierten irrten ziellos herum und erzählten mir, ich solle nichts anfassen, und untersuchten den Tatort auf Spuren. Aber im großen und ganzen traten sie auf der Stelle, bis ein paar in Zivil gekleidete Ermittlungsbeamte aus Riverside mit irgendwelchen Laborleuten und einem mondgesichtigen Kerl aus dem Büro des Leichenbeschauers auftauchten.

Ein Bulle namens Fox nahm meine Aussage auf. Er hatte dunkle Haare und straffe Haut und trug seine Sonnenbrille auf den Kopf geschoben, während er mit mir sprach.

«Kann es sein, daß ich Ihren Namen letzte Woche auf einem Telex gelesen habe?» fragte Fox. «Weil Sie ein Mordopfer in Hollywood gefunden haben?»

«Das ist eine Gabe», erwiderte ich. «Zum Saisonhöhepunkt entdecke ich manchmal wöchentlich zwei, drei Leichen.»

«Vielleicht tun Sie mehr, als sie nur zu entdecken.»

«Klar», sagte ich. «Ich knalle sie grundlos ab, rufe dann sofort die Plakettenträger und warte, bis Sie herkommen und mich verdächtigen. Ich liebe es, von Bullen verhört zu werden.»

Fox nickte und sah auf die Zettel, auf denen er meine Aussage notiert hatte.

«Bullen lieben das auch. Wir haben ja nichts Besseres zu tun, als neckische Gespräche mit einem zweitklassigen Schnüffler aus der Wüste zu führen.»

«Ich war früher mal ein zweitklassiger Schnüffler aus L. A.», sagte ich. «Ich bin hier rausgezogen, als ich geheiratet habe.»

«Unser Glück», sagte Fox. «Sie behaupten, Lippy habe Sie engagiert, um nach einem Kerl zu suchen, der ihm Geld schuldete.»

Ich nickte.

«Wer war das?»

Ich schwieg.

Fox holte tief Luft.

«Marlowe», sagte er, «wenn Sie überhaupt von irgend etwas anderem als vom Spannen durch Schlüssellöcher etwas verstehen, dann wissen Sie, daß dies hier ein Mordfall ist, daß ein Kerl, der abgehauen ist, weil er Lippy Geld schuldete, verdächtig ist, und daß das Verschweigen des Namens eines Mordverdächtigen Grund genug ist, Ihre Lizenz zu kassieren und Ihren Hintern ins Gefängnis zu schaffen.»

Ich nickte. Er hatte recht. Ich hatte mich mittlerweile wegen Larry Victor/Les Valentine auf einen so gefährlich dünnen Ast begeben, daß ich mich fühlte wie eine Kokosnuß.

«Ein Kerl namens Les Valentine», sagte ich. «Lebt in Poodle Springs.»

Fox wandte sich an einen der Bullen aus Poodle Springs, einen rotwangigen Jungen mit kurzen blonden Haaren.

«Monson, kennen Sie irgend jemanden in Poodle Springs, der Les Valentine heißt?»

Monson nickte und sagte: «Ich möchte Sie kurz unter vier Augen sprechen, Sarge.»

Fox hob die Augenbrauen und folgte Monson quer durch den Raum. Sie blieben in der Nähe von Lippys Bürotür stehen und sprachen einen Moment lang gedämpft miteinander. Ich holte meine Pfeife heraus, während ich wartete, stopfte sie und brachte sie zum Brennen. Der Kerl von der Mordkommission war fertig mit Lippy. Zwei Männer in Overalls kamen mit einem Leichensack und einem Transportwagen herein. Sie bugsierten Lippys toten Körper in den Sack, bogen ihn auf den Transportwagen und verschwanden durch die Bürotür. Auf dem Weg nach draußen stieß Lippy gegen den Türrahmen.

Fox und Monson waren mit dem Reden fertig, und Fox kam zu mir zurück. Er warf ein Bein über die Kante von Lippys Schreibtisch und sah zu mir herunter.

«Monson sagt, Valentine sei mit Clayton Blackstones Tochter verheiratet.»

«Das mußte er Ihnen flüstern?» fragte ich.

«Er sagt außerdem, Sie seien mit Harlan Potters Tochter verheiratet.»

«Das wollte er Ihnen also auch noch flüstern.»

«Er mußte beides flüstern», erklärte Fox. «Er wollte

Sie nicht wissen lassen, daß wir getreuen Augen des Gesetzes uns von solchem Zeug beeindrucken lassen.»

«Tun Sie das?» fragte ich.

«Vielleicht nicht, aber manchmal beeindruckt es die Leute weiter oben.»

«Machen Sie sich keine Sorgen wegen Harlan Potter», sagte ich.

«Klar», sagte Fox. «Ich mache mir seinetwegen keine Sorgen, Sie machen sich seinetwegen keine Sorgen, der Sheriff, dessen Wiederwahl in diesem Herbst ansteht, wird sich seinetwegen auch keine Sorgen machen. Während Sie sich seinetwegen also keine Sorgen machen, nehmen Sie bitte, solange wir hier aufräumen, draußen im Kasino Platz. Wir könnten noch ein bißchen mit Ihnen plaudern wollen.»

Ich saß ungefähr eine Stunde im Kasino und rauchte meine Pfeife, während Fachleute um die Gebäude kreuzten und Fox eine Menge Zeit damit verbrachte, in Lippys Büro zu telefonieren.

Gegen 7 Uhr 30 am Abend kam Fox aus Lippys Büro.

«Wir würden gern noch etwas ausführlicher mit Ihnen sprechen, Mr. Marlowe. Wir fahren rüber nach Springs. Das ist näher.»

«Ich habe meinen Wagen draußen.»

«Monson wird mit Ihnen fahren», sagte Fox.

26

Wir saßen in einem Vernehmungsraum im Polizeirevier von Poodle Springs. Ich war der Stargast. Die anderen Beteiligten waren eine Stenotypistin mit Haaren in der Farbe von rosa Grapefruit, Sergeant Whitestone aus Springs, Fox, Lieutenant Wilton Crump, der Hauptermittler des Bezirks Riverside, und, als freudige Überraschung, Bernie Ohls. Crump war breitschultrig und langarmig, hatte einen kurzen Hals und Schweinsaugen, die von einer breiten, flachen Nase getrennt wurden. Seine Handrücken waren behaart. Er trug einen schwarzen Anzug mit Weste und einen Borsalinohut schräg auf dem Hinterkopf.

«Damit wir uns verstehen, Marlowe», sagte Crump. Er kaute Tabak und hielt einen Pappbecher zum Hineinspucken in der Hand. «Ich weiß, daß Sie Harlan Potters Schwiegersohn sind, und es beeindruckt mich kein verfluchtes bißchen.»

«Oh, Mist, ich hatte gehofft, Sie würden jetzt mit mir tanzen wollen.»

Crump hielt den Tabaksaftbecher in der linken Hand. Mit der rechten langte er unter den Aufschlag seiner Manteltasche und holte einen geflochtenen Totschläger heraus. Er zeigte ihn mir, lächelte ein breites, gemeines, tabakfleckiges Lächeln und klatschte den Totschläger sanft gegen seinen rechten Oberschenkel.

«Ich habe nicht viel Zeit, Marlowe. Ich habe nicht viel Zeit zum Spaßen, und ich habe nicht viel Zeit zum

Schlauspielen. Sie haben in einer Woche zwei Tote gefunden, und beiden wurde mit einer kleinkalibrigen Waffe in den Kopf geschossen. Gibt es irgend etwas, was Sie dazu sagen möchten?»

«Vermutlich reine Glückssache.»

Crump klatschte den Totschläger wieder gegen seinen Oberschenkel und beugte sich zu mir vor. Sein Atem roch, als habe er schon einige Scotch getrunken und anschließend japanisch gegessen. Ich konnte die roten Äderchen im Weißen seiner Augen erkennen.

«Vorsichtig, Marlowe», sagte er. Seine Stimme klang klumpig. «Seien Sie verdammt vorsichtig.»

Ich schenkte ihm ein höfliches Lächeln.

«Nun sind wir ja nur dumme Bullen», sagte Crump, immer noch dicht an meinem Gesicht, «und so ein smarter, reicher Privatdetektiv wie Sie weiß wahrscheinlich Dinge, die wir nicht durchschauen.»

«Ich bin nicht reich. Meine Frau ist reich.»

Crump redete weiter, als hätte ich nichts gesagt.

«Aber wir haben uns gefragt, ob nicht möglicherweise eine Art Verbindung zwischen den beiden Toten bestehen könnte, die Sie gefunden haben. Und wir haben uns gefragt, ob Sie vielleicht den Bullen aus L. A. *eine* Geschichte und uns eine andere Geschichte erzählen. Lieutenant Ohls hat diese Fragen so sehr beschäftigt, daß er den ganzen Weg hier rausgefahren ist, nachdem wir ihn angerufen und ihm erzählt haben, daß wir mit Ihnen reden werden.»

Ohls lehnte in der gegenüberliegenden Ecke des

Raums an der Wand, den Hut nach vorne über die Augen geschoben und die Arme vor der Brust verschränkt.

«Wir könnten uns außerdem – bevor Crump uns beide zu Tode ängstigt – fragen, ob es Ihnen was ausmacht, uns etwas darüber zu erzählen, wie Sie dazu kommen, um 3 Uhr 30 am Morgen auf der Western mit Angel Victor herumzurasen, obwohl sie, der Akte nach, die Frau des Hauptverdächtigen im Mordfall Lola Faithful ist.»

«Wenn er mir keine befriedigenden Antworten gibt», sagte Crump, «werde ich eine ganze Menge mehr tun, als ihm nur Angst einzujagen.» Er warf Ohls einen Blick zu und starrte mich dann zornig an.

Ich sagte zu Bernie: «Wenn Sie Geieratem aus meinem Gesicht entfernen, könnten wir vielleicht reden.»

Noch immer weit zu mir herübergebeugt, schlug mir Crump mit dem Totschläger seitlich gegen das linke Knie. Der Schmerz raste mein Bein hinunter und wieder hinauf und in die Leiste. Das Bein fing sofort an zu pochen. In Crumps Mundwinkel war eine Spur Tabaksaft.

Er knurrte mich an: «Geieratem, Klugscheißer?»

Noch immer mit verschränkten Armen an der Wand lehnend, sagte Ohls: «Stecken Sie den Totschläger weg, Crump.»

Crump straffte sich und starrte hinüber zu Ohls.

«Fahren Sie zum Teufel. Er ist mein Gefangener.»

Ohls holte eine seiner kleinen Zigarren heraus, steckte sie in den Mund und zündete sie an. Dann stieß er sich von der Wand ab, wanderte gelassen durch den Raum und blieb direkt vor Crump stehen, sein Gesicht nur ein paar Zentimeter von Crumps entfernt. Während er sprach, atmete er ein wenig Rauch aus.

«Entweder nehmen Sie den Totschläger weg», sagte Ohls mit sanfter und freundlicher Stimme, «oder ich quetsche Ihnen das Ding zwischen die Zähne.»

Crump zuckte kurz zusammen, als habe ihn jemand angestoßen. Für einen langen Augenblick war es totenstill. Die beiden Männer standen dicht beieinander.

Dann sagte Crump: «Ach, zum Teufel damit», stopfte den Totschläger in seine Gesäßtasche, drehte sich um und verließ den Raum. Ohls lächelte wie über einen Witz, den nur er verstand, wanderte zurück und lehnte sich wieder an die Wand.

«Fox vertritt Riverside. Warum erzählen Sie uns nicht alles, Marlowe, lassen Sie sich Zeit», sagte er. «Wir haben die ganze Nacht.»

Ich nahm eine Zigarette heraus, zündete sie an und atmete etwas Rauch ein. Vielleicht war es wirklich an der Zeit, die Sache fallenzulassen, ihnen die Dinge zu erzählen, die sie nicht wußten, sie damit weitermachen zu lassen, nach Hause zu gehen und mit meiner Frau Gimlets zu trinken. Wcnn sic wußten, daß Les Lippy Kies schuldete und daß Les auch noch Larry war, derjenige, mit dem sich Lola gestritten hatte, bevor sie tot in seinem Büro hatte enden müssen, dann würde die ganze Geschichte ihren Lauf nehmen. Larry wäre weg, und Muriel wäre allein, genau wie Angel, mit ihren großen Augen und ihrem Lächeln . . .

«Lippy hatte ständig ein paar Gorillas bei sich», sagte ich. «Wer immer ihn umgebracht hat, mußte erst mal an denen vorbeikommen.»

Ohls bewegte sich nicht und schwieg.

«Ich tippe auf eine Frau. Kleine Waffe, wer immer es auch getan hat, muß ihm sehr nahe gekommen sein. Lippy hatte sich abgewandt. Es stand Scotch da, als habe ein Umtrunk stattfinden sollen. Aber nur ein Glas. Vielleicht hatte er ein romantisches Rendezvous, das sich mitten in der Nacht zu einem echten Knaller entwickelt hat.»

Ohls nahm seinen Hut ab und hielt ihn an der Krempe fest. Er hatte seine kleine Zigarre im Mund und sprach um sie herum.

«Wir haben das schon häufiger gemacht, Marlowe. Solche Dinge können wir uns ohne Sie denken.»

Ich zuckte mit den Achseln. «Das ist alles, was ich weiß, Bernie.»

Ohls klopfte den Hut sanft gegen seinen Oberschenkel, nahm mit der anderen Hand die Zigarre aus dem Mund, holte mit der Zunge einen Tabakkrümel unter seiner Oberlippe heraus und spuckte ihn in die Ecke.

«Sie entdecken in einer Woche zwei Leichen», sagte Ohls. «Das könnte Zufall sein. Nur habe ich in zweiunddreißig Jahren Polizeiarbeit noch nie einen derartigen Zufall erlebt.»

Es erschien mir nicht besonders sinnvoll, dazu etwas zu sagen.

«Zufälle haben für uns keinen Wert, Marlowe. Sie bringen uns nicht weiter. An Zufälle zu glauben, heißt, an Sackgassen zu glauben. Polypen hassen Sackgassen, Marlowe.»

«Ich weiß», sagte ich. «Das macht mir Sorgen. Manchmal kann ich nachts nicht schlafen.»

«Nicht nur, daß Sie in einer Woche zwei Leichen finden, Sie tun es auch noch auf der Suche nach einem Schmarotzer namens Les Valentine, der, wie sich herausstellt, Clayton Blackstones Schwiegersohn ist.»

«Und Clayton Blackstone beunruhigt Sie?»

«Ja, ich liege nachts auch wach», antwortete Ohls. Er wanderte zu einem der zerkratzten Ahorntische und löschte seine Zigarre in einem halbleeren Kaffeebecher. Dann wandte er sich wieder mir zu.

«Sie haben keinen Auftraggeber, Marlowe. Sie haben niemanden, den Sie schützen müssen. Es sei denn, Sie schützen sich selbst.»

«Es gibt nichts, das ich Ihnen noch sagen könnte, Bernie.»

«Vielleicht sollten Sie ihn Crump überlassen, Lieutenant», sagte Fox.

«Crump ist ein Schläger mit Abzeichen», entgegnete Ohls. «Ich mag ihn nicht.»

Daraufhin war es vollkommen still. Die pinkhaarige Stenotypistin blieb ganz ruhig und wartete gelassen, mehr zu protokollieren. Nur, daß es nichts mehr gab.

Ohls seufzte. «Okay, Marlowe.» Er wandte sich an Sergeant Whitestone. «Darf ich über Ihr Gefängnis verfügen?»

«Sicher», sagte Whitestone.

«Locht ihn ein», befahl Ohls. «Steckt ihn in eine Zelle. Vielleicht fällt ihm noch ein Zusammenhang ein.»

«Welche Anklage, Lieutenant?»

«Suchen Sie sich was aus», sagte Ohls. «Sie werden schon was finden.»

Dann setzte er seinen Hut auf und marschierte aus dem Raum.

27

Es war ruhig im Knast von Poodle Springs. Da waren zwar noch ein paar andere Gefangene, aber es war spät, und sie schliefen. Die einzigen Geräusche kamen von den schlafenden Männern, ein gelegentliches Schnarchen, ein Murmeln, einmal ein kurzes Schluchzen.

Ich lag im Dunkeln auf der Pritsche. Draußen ging das Nachtleben von Poodle Springs weiter. Leute aßen mitternächtliche Snacks, liebten sich, sahen sich Filme im Fernsehen an, schliefen friedlich, den Hund am Fußende des Bettes, und der Kühlschrank summte leise in der Küche. Das Gefängnis war dem Polizeirevier angeschlossen, und ich hörte die Streifenwagen kommen und wieder abfahren: die Geräusche ihrer Funkgeräte, undeutlich in der Nacht, das Knirschen von Reifen auf Schotter, einmal die Sirene, als ein Wagen eilig wegfuhr. Aber die meiste Zeit war nichts zu hören, und es gab nichts zu tun.

Ich fragte mich, ob Lippy umgebracht worden wäre, wenn ich den Bullen alles erzählt hätte, was ich wußte. Falls ich ihnen auch nur so viel erzählt hätte wie Blackstone. Kerle wie Lippy wanderten ständig auf dem Grat, aber der Tod war ein tiefer Sturz. Blackstone hatte keinen Grund, Lippy zu töten, selbst wenn er herausgefunden hatte, daß er Les wegen Geld auf den Fersen war. Ein Wort vom Boss hätte ausgereicht. Aber Les hatte ein Motiv, und er hatte auch ein Motiv, Lola Faithful umzubringen, ein Erpressungsmotiv, das mit einem Bild zusammenhing. Wer auch immer Lola ermordet hatte, hatte auch Larrys Aktenschränke ausgeräumt – ich grinste in der Dunkelheit in mich hinein. Wenn er in Poodle Springs war, nannte ich ihn Les, wenn er in L. A. war, nannte ich ihn Larry. Kein Wunder, daß ich verwirrt war – hatten sie nach dem Bild gesucht? Wozu würde der Mörder sämtliche Unterlagen mitnehmen? Weil er, oder sie, nach irgend etwas suchte und keine Zeit hatte, alles zu überprüfen. Wenn Larry sie getötet hatte, wüßte er, was die Aktenordner enthielten. Er hätte sie nicht mitnehmen müssen. Aber er konnte es getan haben, weil er gewußt hätte, daß die Bullen sie finden würden, und er sie vor ihnen verheimlichen wollte. Zwar wurden an jedem Zeitschriftenstand ähnlich anschauliche Bilder wie die von Larry angeboten, aber immerhin konnte es ihm ja dennoch unangenehm sein.

Der Wächter schlenderte mit quietschenden Kreppsohlenschuhen den Korridor vor der Zellenreihe entlang. Er blieb vor jeder der Zellen stehen und starrte für einen Moment hinein, bevor er weiterzog.

Auf all den Nacktfotos war außer Sondra Lee niemand gewesen, den ich wiedererkannt hatte. Und ihr Bild steckte unter der Matte im Kofferraum meines Wagens. Angenommen, Larry hatte eingewilligt, Lola die Erpressungssumme zu bezahlen; sie war gekommen und hatte das Bild mitgebracht, und er hatte sie ermordet und es an sich genommen. Er würde das Bild vernichtet haben – aber war Lola wirklich mit dem einzigen Abzug aufgetaucht? War sie so dumm gewesen? Ich glaubte nicht daran. So leicht geben Erpresser ihre Kapitalanlagen nicht aus der Hand. Nicht einmal dumme Erpresser.

Ich dachte an eine Zigarette. Ich hatte keine einzige und auch keine Pfeife und genaugenommen auch keine Schnürsenkel oder meinen Schlips oder meinen Gürtel. Ich stand auf und wanderte in einem engen Kreis ein paarmal durch die Zelle. Es machte mich nicht schläfrig. Ich legte mich wieder zurück auf die Pritsche. Es gab kein Bettlaken, aber eine Matratze und eine Decke. Ich war schon in Gefängnissen gewesen, in denen man nicht mal das hatte. Ach, Marlowe, du glanzvoller Abenteurer. Warum zum Teufel saß Larry nicht hier? Selbst wenn er eine hübsche, großäugige Frau hatte, die ihn anhimmelte. War sie die Rechtmäßige? Vielleicht sollte ich die Bigamiegesetze überprüfen, wenn ich wieder herauskäme. Hatte in letzter Zeit nicht viele Bigamiefälle gehabt.

Ich atmete ein paarmal tief ein und aus.

Und wo war das Bild? Lola würde einen Abzug aufbewahrt haben. Der war nicht in ihrem Haus. Wenn die Bullen das Bild gefunden hätten, würde es sie auf irgendeine Spur gebracht haben. Sie saßen genauso fest wie ich, sogar fester, weil sie nichts von den Dingen wußten, derentwegen ich festsaß. Es könnte in einem Schließfach sein. Nur wo war der Schlüssel? Und alte Frauenzimmer mit Whiskey-Stimmen wie Lola benutzten normalerweise keine Schließfächer. Möglicherweise hatte sie die Negative bei einem Freund versteckt. Nur, daß alte Frauenzimmer mit Whiskey-Stimmen wie Lola Freunden normalerweise kein wertvolles Eigentum anvertrauten. Die einfachste Antwort war wieder Larry, und die einfachste Antwort auf Lippy war Les. Und Les war Larry.

Irgendwann gegen Morgen döste ich schließlich ein und träumte, ich sei in ein großes Aktfoto von Linda verliebt, und wann immer ich es erreichte, schnappten es mir zwei Typen, die sich glichen wie ein Ei dem anderen, vor der Nase weg und rannten in absolutem Gleichschritt davon.

28

Um sechs Uhr morgens brachte man mir etwas warmen Kaffee und ein altbackenes Brötchen. Ich saß auf der Pritsche und aß. Mein Kopf schmerzte, und mein Knie pochte beständig. Ich berührte die Stelle, auf die Crump mich geschlagen hatte. Sie war geschwollen und wund. Ein unbehagliches Gefühl machte sich in meinem Magen breit, als ich den Kaffee trank. Ich hatte ungefähr zwei Stunden geschlafen.

Um zehn Uhr dreißig kam ein Wärter den Korridor entlang und blieb vor meiner Zelle stehen.

«Okay, Marlowe», sagte er. «Man hat Sie rausgeholt.»

Ich richtete mich mühsam auf und humpelte ihm durch den Korridor und über drei Stufen hinterher bis ins Vorzimmer des Polizeireviers. Linda war da, außerdem ein Kerl in weißem Anzug und grellem Hemd.

Der Kerl in dem grellen Hemd sagte: «Mr. Marlowe, Harry Simpson. Entschuldigen Sie, daß wir so lange gebraucht haben. Ich mußte bis zur Öffnung des Gerichts heute morgen warten, um eine Verfügung zu bekommen.»

Er war tiefbraun und trug glänzende schwarze Halbschuhe mit kleinen, über die Laschen gelegten Goldkettchen. Sein Hemd stand bis halb zum Nabel offen, und seine entblößte Brust sah aus wie ein ledernes Waschbrett. Die Haare auf seiner Brust waren grau. Er hatte einen kleinen dichten Schnurrbart, und seine borstigen Haare waren von grauen Strähnen durchzogen. Er trug einen Ring am kleinen Finger. Ein Poodle-Springs-Anwalt. Binnen kurzer Zeit würde er anfangen, mich «Baby» zu nennen.

Linda stand hinter ihm; sie sagte nichts. Ihre Augen

ruhten so schwer auf mir, daß ich das Gewicht ihres Blicks beinahe spüren konnte. Ich bekam meine Sachen zurück, unterschrieb eine Quittung, und wir gingen durch die Eingangstür nach draußen, ohne dadurch einen Alarm auszulösen. Lindas Fleetwood stand auf dem *Parken verboten, Nur für Polizeifahrzeuge*-Parkplatz neben einem Mercedes-Cabrio mit heruntergeklapptem Dach, von dem ich wußte, daß es nur meinem Anwalt gehören konnte.

«Wo ist dein Wagen?» fragte Linda.

«Hinten rum.»

«Ich fahre dich nach Hause und schicke Tino zurück, um ihn zu holen. Du siehst grauenhaft aus.»

Aber besser, als ich mich fühlte.

Simpson sagte: «Sie werden möglicherweise eine Vorladung bekommen, Mr. Marlowe. Ich werde versuchen, das abzuwenden, und offen gesagt hat Mr. Potters Name natürlich ein gewisses Gewicht, aber garantieren kann ich Ihnen nichts.»

«Hat jedenfalls mehr als meiner», erwiderte ich.

Linda öffnete die Beifahrertür des Fleetwood.

«Steig ein, Darling.»

«Noch irgend etwas, das ich Ihrem Vater ausrichten soll?» fragte Simpson.

«Richten Sie ihm meinen Dank aus», bat Linda. «Ich rufe ihn später an.»

Dann ging sie um den Wagen herum, stieg ein, und wir fuhren schweigend nach Hause.

Als wir angekommen waren, sagte Linda: «Ich denke,

du solltest erst mal duschen und ein bißchen schlafen. Wir können nachher reden.»

Ich war zu müde, um darüber zu diskutieren oder sonst etwas zu tun. Ich folgte ihrem Rat, allerdings in umgekehrter Reihenfolge.

Um sechs Uhr am Abend war ich wieder annähernd menschlich. Ich hatte geduscht, mich rasiert und saß in einem Seidenbademantel und mit einem Eisbeutel auf meinem geschwollenen Knie am Pool. Tino brachte mir einen doppelten Wodka-Gimlet mit Eis und Linda einen einfachen. Der Gimlet wirkte strohfarben und klar, als ich in das dicke, eckige Glas blickte. Das Wasser im Pool bewegte sich sanft in der leichten Brise, die mit dem Abend aufgekommen war. Ich tauchte in den Gimlet ein und fühlte ihn beruhigend in mich hinein- und an meinen Nervenbahnen entlanggleiten. Ich sah Linda an. Sie saß auf der Liege, die Füße auf dem Boden, die Knie geschlossen, leicht nach vorn gebeugt und beide Hände im Schoß um ihr Glas verschränkt.

«Daddy ist wütend.»

«Soll sich zum Teufel scheren.»

«Er hat dich rausgeholt.»

«Soll sich trotzdem zum Teufel scheren», sagte ich. «Wie geht's dir?»

Sie schüttelte langsam den Kopf und starrte in ihr Glas, als läge dort, auf dem Boden, eine Antwort, die sie nicht hatte.

«Ich war früher schon mal im Knast, Linda. Das ist ein Berufsrisiko, genauso wie Langeweile und wunde Füße.»

«Die Polizei sagt, du hättest die Ermittlungen behindert.»

«Die Polizei sagt, was sie sagen muß», erklärte ich. «Sie wollten, daß ich ihnen etwas erzähle, von dem ich nicht glaube, daß sie es wissen sollten.»

«Und haben dich ins Gefängnis gesteckt? Ist das legal?»

«Wahrscheinlich nicht, aber es passiert ständig. Nach einer Weile findet man sich damit ab.»

«Ist es legal, ihnen nicht zu erzählen, was sie wissen wollen?»

«Gleiche Antwort, schätze ich. Man kann nicht meinen Job machen und seine Selbstachtung behalten, wenn man die Bullen entscheiden läßt, was man zu tun hat.»

«Offen gesagt verstehe ich sowieso nicht, wie man deinen Job machen und seine Selbstachtung behalten kann.»

«Weil es dazugehört, ab und zu einige Zeit im Gefängnis zu verbringen? Weil man mit den unteren Schichten zusammenkommt?» fragte ich.

«Verdammt, Phil, das ist nicht fair. Es ist nicht mein Fehler, daß mein Vater reich ist.»

«Nein», sagte ich, «ist es nicht. Und es ist auch nicht mein Fehler. Aber auf eins kannst du dich verlassen, man wird in diesem Land nicht so reich wie Harlan Potter, ohne einige Abkürzungen zu nehmen, ein paar Regeln zu brechen und Zeit mit Leuten zu verbringen, mit denen du dein Brot bestimmt nicht brechen wolltest.»

Linda schüttelte mehrmals heftig den Kopf.

«Davon weiß ich nichts. Es interessiert mich auch nicht. Aber ich weiß, daß dies hier nicht das ist, was ich unter einer Ehe verstehe. Du bleibst nächtelang weg. Ich weiß nicht, wo du bist oder was du tust. Du könntest umgebracht werden. Ich wache morgens auf und bekomme einen Anruf, daß du im Gefängnis bist. Mein Mann? Hier? In Springs? Im Gefängnis?»

«Was wird man beim Essen reden?» fragte ich.

«Verdammt, sei nicht so kleinkariert und arrogant, Marlowe. Das sind meine Freunde. Mir liegt etwas an ihnen. Und ich möchte, daß ihnen etwas an mir liegt. Ich möchte nicht wissen, daß sie hinter meinem Rücken über meinen Mann lachen.»

«Das werden sie sowieso tun», sagte ich. «Nicht, weil ich ein Schnüffler bin. Nicht, weil ich die Nacht im Gefängnis verbringe. Sie werden über mich lachen, weil ich ein Versager bin. Ich habe kein Geld. Danach wird in dieser großartigen Republik geurteilt, Darling.»

«Aber ich habe Geld, ich habe genug Geld für uns beide.»

«Was,wie ich gerade zu erklären versuche, der Grund dafür ist, daß ich es nicht annehmen kann. Der einzige Weg, der mich davor bewahrt, ein Versager zu werden, ist frei zu sein. Vollständig mein eigener Herr zu sein. Ich, Marlowe, der Galahad der Gosse. Ich entscheide selbst, was ich tue. Ich werde mich nicht kaufen oder drängen lassen, nicht einmal durch Liebe. Man ist fein raus, wenn man Geld hat, aber man gibt zuviel dafür auf.»

Für meine Verhältnisse war das eine lange Rede. Ich spülte sie mit etwas Gimlet runter. Es half nicht. Gimlets eigneten sich für frühe Nachmittage in ruhigen Bars, in denen die Tische vor Politur glänzten, das Licht durch die Flaschen gefiltert wurde und der Barkeeper ein gestärktes Hemd mit Stulpen trug. Gimlets eigneten sich dazu, quer über den Tisch Händchen zu halten, nichts zu sagen und doch alles zu wissen. Ich stellte den Drink auf den Tisch. Linda hatte ihren nicht angerührt; sie benutzte ihn, um hineinzustarren.

«Wenn du zu Hause bist», sagte Linda mit ausdrucksloser Stimme, «und wir ins Bett gehen, liegt eine Waffe auf der Kommode, neben deiner Brieftasche und den Autoschlüsseln.»

«Früher hatte ich das Ding im Schlaf zwischen den Zähnen. Aber ich habe herausgefunden, daß es hier draußen in der Wüste sicherer ist.»

Linda sah von ihrem Drink auf und starrte mich einen Moment lang an.

«So funktioniert es nicht», sagte sie schließlich. Dann erhob sie sich, das Glas noch immer in beiden Händen. «Ich sage nicht, daß es an dir liegt . . . aber es funktioniert nicht.»

Sie machte kehrt und ging zurück ins Haus.

Ich nahm den noch beinahe vollen doppelten Gimlet, starrte ihn einen Augenblick lang an, ohne zu trinken, drehte dann mein Handgelenk und ließ den Inhalt in einem leichten Bogen auf den Boden rinnen. Dann stellte ich das leere Glas verkehrt herum auf den Tisch, lehnte mich in der Liege zurück und lauschte dem Schmelzen des Eises in dem Beutel auf meinem Knie.

29

Ich verbrachte die Nacht im Gästezimmer. Am nächsten Morgen war ich schon sehr früh unterwegs. Ich trank meinen Kaffee in einem Laden in Riverside, in dem außerdem ausgestopfte Maultiere und kleine Schlüsselketten mit daran befestigten echten Goldnuggets angeboten wurden. Die Wüste wirkte rauher denn je, als ich zu Muriel Valentines Haus fuhr. Die Erde sah so hart und verwaschen aus wie eine wütende adlige Witwe, und die Kakteen machten eine rüpelhafteren Eindruck auf mich als am Vortag. Der harte, desinteressierte Himmel war wolkenlos und die Hitze trocken und unnachgiebig, als ich ausstieg und erneut den Weg zu Muriels Haus hinaufwanderte. Der Hausboy öffnete auf mein Klingeln hin und ließ mich im Flur stehen, während er Mrs. Valentine holte.

Als sie auftauchte, wirkte sie so trostlos wie die Wüste. Ihre Augen sahen aus, als habe sie geweint, und ihr Mund war eine schmale Linie. «Er ist nicht hier», sagte sie.

«Ihr Mann?»

«Ja. Ich weiß nicht, wo er ist.»

Ihre Zungenspitze tauchte auf und berührte ihre Unterlippe und verschwand wieder.

«Wann ist er gegangen?»

«Am Tag nachdem Sie ihn hergebracht hatten.»

«Sie wissen, daß Lipshultz tot ist», sagte ich.

«Ja.»

«Wußten Sie auch, daß er für Ihren Vater gearbeitet hat?»

Sie wich zurück, als hätte ich mit einer lebenden Schlange nach ihr geschlagen.

«Der Agony Club gehört Ihrem Vater.»

Ohne etwas zu sagen, sah sie mich weiter an, das Gesicht unbewegt, während ihre Zungenspitze gelegentlich über ihre Unterlippe schnellte. Ich erwiderte ihren Blick. Weiter passierte nichts. Schließlich drehte ich mich um, ging hinaus und schloß die Tür hinter mir. Sie war noch schlechter dran als ich. Ich stieg in den Olds und starrte für einen Augenblick ins Leere, setzte den Wagen dann in Gang und machte mich auf den Weg nach L. A.

Als ich ankam, war Angel auf der Veranda vor dem Haus und betrachtete den Strand. Auf einer Untertasse lag eine erkaltete Toastscheibe, und der Tee in der Tasse mit dem darinhängenden Teebeutel wurde langsam schwarz. Angel saß mit angezogenen Knien im Schaukelstuhl, die Arme um die Knie geschlungen, das Kinn darauf ruhend. Der Schaukelstuhl bewegte sich leicht, aber sie schaukelte nicht wirklich.

«Er ist nicht hier», sagte sie.

«Warten Sie auf ihn?» fragte ich.

«Ja. Ich bin nicht zur Arbeit gegangen. Ich kann nicht. Ich muß hier sein, falls er nach Hause kommt.»

«Ich habe ihn verloren», sagte ich. «Er ist nicht mehr dort, wo ich ihn gelassen hatte.»

Der Schaukelstuhl bewegte sich kurz. Angel schwieg. Das Geräusch der Brandung, gedämpft durch den Weg über den Sand, war ein leeres Rauschen hinter uns. Auf dem Strand zogen Menschen in beiden Richtungen an uns vorüber. In der Nähe eines neuen Spielplatzes weiter oben verschob ein Bulldozer Sand.

«Daß Sie hier warten, ist er nicht wert, Angel. Er hat kein Rückgrat.»

«Ich liebe ihn», sagte sie und zuckte mit den Schultern. Der Schaukelstuhl bewegte sich kurz und blieb dann stehen.

Ich dachte an Muriel, an ihr Gesicht, aus dem alles außer Schmerz herausgeschürft worden war. Ich betrachtete Angel. Würde sie auch das verzeihen, eine andere Frau? Verdammt, eine andere Ehefrau. Diese Laus hatte zwei Frauen, die verrückt nach ihm waren. Ich war auf dem besten Weg, keine zu haben. «Sie haben nicht zufällig eine Vermutung, wo er sein könnte?» fragte ich.

Sie schüttelte den Kopf. «Er wird hierher zurückkommen, bestimmt», sagte sie. «Früher oder später.»

«Ich bin nicht so sicher, Angel, daß er Lippy nicht umgebracht hat.»

«Das würde er nicht tun.»

«Und wenn er Lippy umgebracht hat, dann könnte er auch Lola getötet haben.»

Angel schüttelte nur grimmig den Kopf und starrte auf den Strand.

Es gab nichts mehr zu sagen. Wenn er Lola ermordet und ich ihm zur Flucht verholfen hatte, dann saß ich wegen Lippy genauso in der Patsche wie er. Ich warf Angel ein gequältes Lächeln zu, drehte mich um und ging weg. Als ich zurückblickte, starrte sie noch immer reglos auf den Strand.

Ich fuhr von Venice in die Innenstadt, um Bernie Ohls zu besuchen. Er war in seinem Kämmerchen. Ein leerer Schreibtisch mit einem Telefon drauf, ein Drehstuhl, der Hut an einem Haken an der Innenseite der Tür.

«Hat Harlan Potter Sie rausgehauen?» fragte er, als ich eintrat. «Oder haben Sie sich aus dem Knast in Springs rausgebuddelt?»

«Potter», sagte ich.

«Wette, daß er und seine Tochter vor Glück Luftsprünge gemacht haben.»

«Wie laichende Lachse.» Ich nahm auf dem freien Stuhl vor dem Schreibtisch Platz. An den Wänden waren keine Bilder, keine lobenden Erwähnungen, nicht einmal ein Fenster. Ich wußte von mindestens neun Leuten, die Ohls getötet hatte, viele davon, als sie glaubten, sie hielten ihn in Schach.

Das Büro war so leer wie der Blick eines Kellners.

«Sie sehen nicht besonders gut aus, Marlowe», sagte Ohls. «Sie sehen aus, als hätten Sie nicht gut geschlafen und ein lausiges Frühstück gehabt.»

«Les Valentine und Larry Victor sind ein- und derselbe Mann.»

Ohls saß seitlich und hatte einen seiner Füße über die

offene untere Schublade seines Schreibtischs gelegt. Er nahm den Fuß von der Schublade, schwenkte den Stuhl herum und stellte langsam beide Füße auf den Boden.

«Ist das wahr?» Ich sah ihm an, daß er es sich durch den Kopf gehen ließ.

«Sind sie nicht beide verheiratet?» fragte Ohls dann.

«Ja-ah.»

«Sie wußten das schon etwas länger.»

«Ich wußte es schon, bevor Lola Faithful umgebracht wurde.»

«Hätten Sie uns etwas davon erzählt, wäre Lipshultz vielleicht nicht draufgegangen.»

«Ja-ah.»

Ohls drehte seinen Stuhl herum und legte den Fuß wieder zurück auf die offene Schublade. Er verschränkte die Hände im Nacken.

«Marlowe aus der Wüste. Das Adlerauge für die Stars.»

Ich erwiderte nichts darauf. Ich hatte verdient, was jetzt kommen würde.

«Man sollte meinen, daß Sie es diesmal ein bißchen übertrieben haben, Schlaumeier. Und dann wird einer kaltgemacht, obwohl es nicht nötig gewesen wäre? Sagen wir mal, Lippy hat es eher verdient als andere. Aber diesmal hat er es nicht verdient, nicht von diesem Kerl.»

«Niemand verdient es, Bernie.»

«Klar, Marlowe, lassen Sie Ihr Herz ein bißchen bluten. Aber bei der Gelegenheit erklären Sie mir doch auch gleich mal, warum Sie uns das verheimlicht haben.»

«Ich habe nicht geglaubt, daß er es war.»

«Sie haben nicht geglaubt, daß er es war. Wer hat Sie eingesetzt? Das sind Polizeiangelegenheiten, Freundchen.»

«Er ist ein Versager, er ist eine rückgratlose Laus, aber er hat ein nettes kleines Mädchen, das hoffnungslos in ihn verliebt ist.»

«Nur eins?» fragte Ohls.

Ich zuckte mit den Achseln. «Dazu komme ich noch. Ich weiß noch immer nicht, ob er es getan hat, aber ich muß zugeben, daß es – je öfter man es dreht und wendet – immer mehr danach aussieht.»

«Sie haben also einen Kerl, den Sie kaum kennen, gedeckt, weil er eine nette Frau hat.»

«Sie sahen glücklich aus, Bernie. Man sieht das nicht allzuoft. Und ich dachte mir, daß er euch als Täter so gut gefallen würde, daß er im Knast gelandet wäre, bevor der Pflichtverteidiger auch nur seine Brieftasche hätte öffnen können.»

«Ich serviere Leute nicht ab, Marlowe.»

«Sicher tun Sie das nicht, Bernie, und Sie lassen genausowenig einen aussichtsreichen Verdächtigen hängen. Dieser Kerl hatte vorher mit dem Opfer Streit, er muß ein wackliges Vorstrafenregister haben. Er hat soviel Grips wie ein Eis am Stiel . . .» Ich drehte meine Handflächen nach oben und breitete die Arme aus.

«Der Barkeeper sagt, der Krach mit Lola habe begonnen, als sie ihm ein Foto zeigte. Wissen Sie irgend etwas darüber?»

«Larry hatte einen Ordner voller Aktfotos», berichtete ich. «Ich habe ihn durchsucht, als ich sein Büro entdeckt hatte.»

«Jetzt sind sie nicht mehr da», bemerkte Ohls. «Aktfotos von wem?»

«Frauen, unzweideutig, die Art Zeug, die vor fünfundzwanzig Jahren Geld gebracht hat.»

«Heutzutage nicht viel damit zu verdienen», sagte Ohls. «Wenn man es nicht für Erpressungen braucht.»

Ich zuckte mit den Achseln.

«Okay, Marlowe, Sie können mir alles erzählen, ganz langsam und von Anfang an, in vielen kurzen Sätzen, um mich nicht zu verwirren. Und wenn ich dann alles gehört habe und überzeugt bin, daß Sie keine Spielchen mehr spielen, werden wir eine Stenotypistin herholen und alles noch mal für sie durchgehen.»

Er legte beide Füße auf seinen Schreibtisch und lehnte sich weiter in seinem Stuhl zurück, die Hände über dem Solarplexus ineinander verschlungen.

«Los», sagte er.

Ich erzählte ihm so ziemlich alles, ließ allerdings die Tatsache aus, daß ich ein Bild von Sondra Lee im Kofferraum meines Wagens hatte. Bei dem Teil über Blackstone pfiff Ohls still vor sich hin. Als ich fertig war, fragte er: «Und Sie denken noch immer, daß Larry, Les, wie zum Teufel er nun auch heißen mag, es nicht getan hat?»

«Keine Ahnung, Bernie. Ich bin hier. Ich habe Ihnen erzählt, was ich weiß. Wir beide wissen, wie lange dieser Kerl noch herumlaufen wird, wenn Clayton Blackstone herausfindet, daß seine Tochter mit einem Bigamisten verheiratet ist.»

«Ein leichter Job für den schnellen Eddie», sagte Ohls.

«Verdammt leicht.»

«Wir könnten Sie wegen Verdunklung anklagen. Behinderung eines Polizisten bei der Ausübung seiner Pflichten, Beihilfe zur Flucht eines Verbrechers, Begünstigung eines Mordes, unlautere Aneignung von wichtigen Informationen, Amtsanmaßung, und dafür, dümmer gewesen zu sein als drei Schafe.»

«Ich habe auch noch ein überfälliges Buch aus der Leihbibliothek. Wenn ich schon mal dabei bin, kann ich auch gleich reinen Tisch machen.»

«Machen Sie, daß Sie rauskommen!»

«Was ist mit der Stenotypistin?» fragte ich.

«Zum Teufel mit der Stenotypistin», sagte Ohls. «Wer ständig auf einem so schmalen Grat wandert, Marlowe . . .» Er entließ mich mit einer beiläufigen Handbewegung. So, wie man eine Stechmücke wegscheucht.

Ich stand auf und ging.

30

Zuweilen ist Bewegung ein angemessener Ersatz für Taten. Ich hatte nichts anderes zu tun und niemand anderen zu beehren, also fuhr ich raus nach West-L. A., um nach Sondra Lee zu suchen. Die blonde Empfangsdame mit den langen Oberschenkeln war wieder da. Sie sagte mir, Sondra Lee werde in der nächsten halben Stunde erwartet, und ich nahm auf einem der silbernen Tweedsofas ohne Seitenlehnen Platz, die sich an der linken Wand des Büros entlangschlängelten. An den Wänden hingen, in silbernen Rahmen, Modefotos der Klientinnen, schwarz-weiß und theatralisch beleuchtet, in der koketten Art, die nur Modefotografen einfangen können. Sondra war eine von ihnen, im Profil, den Blick in irgendwelche ätherischen Weiten gerichtet, einen gewaltigen schwarz-weißen Hut auf dem Kopf tragend. Was immerhin mehr war als das, was sie auf dem zusammengerollten Foto in meiner Tasche trug.

Die Zeit kroch voran wie eine träge Schmetterlingslarve. Eine große, dünne, übertrieben gekleidete Frau kam herein, nahm einige Mitteilungen von der Empfangsdame entgegen und verschwand wieder nach draußen. Dann erschien eine andere Frau, rabenschwarzes Haar, blasse Haut, karmesinroter Lippenstift, sprach mit der Empfangsdame und ging an ihr vorbei in eines der dahinterliegenden Büros. Ich sah mich um, entdeckte einen Aschenbecher auf einem silbernen Sockel, zog ihn dicht an mich heran, holte eine Zigarette heraus und zündete sie an. Ich ließ das abgebrannte Streichholz in den Aschenbecher fallen und nahm einen Zug. An der Wand hinter der Empfangsdame hing eine große, banjoförmige Uhr. Sie tickte so leise, daß ich einen Moment brauchte, um sie zu hören. Von Zeit zu Zeit gab das Telefon ein leises Raunen von sich, und die Empfangsdame sagte heiter: «Agentur Triton, guten Tag.» Während ich da war, sagte sie es ungefähr vierzigmal, ohne jede Variation. Meine Zigarette war bis auf einen Stummel heruntergebrannt. Ich drückte sie im Aschenbecher aus und bog meinen Rücken durch, und während ich bog, kam Sondra Lee. Sie trug ein kleines gelbes Kostüm und einen großen gelben Hut. Mich erkannte sie nicht wieder, selbst als ich aufstand und «Miss Lee» sagte.

Sie wandte den Kopf mit diesem unpersönlich freundlichen Blick, den Leute bekommen, die es gewohnt sind, erkannt zu werden.

«Marlowe», sagte ich. «Wir haben vor einigen Tagen bei Ihnen zu Hause unter anderem über Les Valentine gesprochen.»

Das Lächeln blieb genauso unpersönlich, wurde allerdings unfreundlicher.

«Und?» fragte sie.

«Und wir hatten solchen Spaß, daß ich noch ein bißchen länger mit Ihnen reden wollte.»

«Tut mir leid, Mr. Marlowe, ich fürchte, ich kann nicht. Ich habe heute nachmittag einen Termin.»

Ich näherte mich ihr, nahm im Gehen ihr nacktes Bild aus meiner Innentasche und entrollte es. Ich hielt es so, daß sie es sehen konnte, nicht aber die Empfangsdame.

«Nur einen Augenblick», sagte ich. «Ich dachte, Sie wären vielleicht in der Lage, mir wegen dieses Bildes weiterzuhelfen.»

Sie warf einen Blick darauf und ließ sich nichts anmerken.

«Oh, in Ordnung. Wir können hier drin reden.»

Sie führte mich in einen kleinen Ankleideraum mit einem großen, von Lampen eingerahmten Spiegel. Es gab einen Schminktisch voller Tiegel und Tuben, Puderdosen und Bürsten, davor einen Hocker, eine Bettcouch an der Wand rechts von der Tür und einen hohen Regiestuhl. Auf der Rückseite des schwarzen Segeltuchs stand in weißer Schrift *Sondra*. Sie setzte sich auf den Stuhl, die langen Beine achtlos vor sich ausgestreckt.

«Also sind Sie auch wieder nur ein widerlicher, kleiner Erpresser», sagte sie mit ruhiger Stimme.

«Ich bin gar nicht so klein», entgegnete ich.

«Zu Ihrer Information, Sie Wanze, ich werde Ihnen rein gar nichts für dieses Bild geben. Das ist genau das, was es wert ist. Schicken Sie es an die Zeitungen, schlagen Sie es im Busbahnhof an, mir ist es egal. Es ist dreißig Jahre her, daß Bilder wie dieses mich verletzen konnten.»

«Also haben sie Larry Victor nicht viel genützt», sagte ich.

«Nicht mehr als Ihnen, Hausierer.» Sie nahm eine Zigarette mit pastellfarbenem Filter heraus, steckte sie in den Mund und entzündete sie mit einem durchsichtigen Feuerzeug, das anzeigte, wieviel Flüssigkeit noch darin war.

«Aber er hat es versucht», sagte ich.

«Klar hat er's versucht, versuchen es nicht all die Dreckskerle?»

«Und Sie haben ihn an die frische Luft gesetzt.»

«Tommy», rief sie.

«Und vielleicht eine kleine Drohung damit verbunden.»

Sondra zuckte mit den Achseln. «Sie haben Glück, daß Tommy nicht hier ist.»

«Ja», sagte ich. «Beim letzten Mal bin ich gerade noch mit dem Leben davongekommen.»

Ihrem Gesichtsausdruck nach erinnerte sie sich nicht besonders gut an das letzte Mal.

«Ich war in Ihrem Haus und habe Sie über einen Fotografen namens Les Valentine befragt.»

«Ich war völlig weggetreten.»

«Ja. Sie haben mir, wenn ich mich recht entsinne, vorgeschlagen, mit Ihnen wegzutreten.»

Wenn sie sich erinnerte, dann ließ sie es sich nicht anmerken. Sie zeigte keinerlei Anzeichen von Verlegenheit.

«Tommy haßt das», sagte sie. Sie klang nicht, als kümmere es sie, ob Tommy es haßte oder nicht. «Was wollen Sie also, Marlowe? Oder sind Sie einer von diesen Kerlen, denen einer abgeht, wenn Sie mit einer Frau sprechen und dabei ein Aktfoto von ihr anstarren?»

«Eine meiner Lieblingsbeschäftigungen», erwiderte ich. «Aber diesmal versuche ich, Larry Victor in die Finger zu bekommen.»

Sie legte den Kopf schräg und sah mich einen Moment lang an.

«Larry? Wieso?»

«Ein Fall, an dem ich arbeite.»

«Sie versuchen nicht, mich auszunehmen?»

«Würde ich nicht wagen. Was können Sie mir über Larry erzählen?»

«Eine flügge gewordene Laus», sagte Sondra. «Hat drittklassige Filme gedreht und sich seinen Lebensunterhalt nicht verdienen können, ohne Aktfotos für Sexmagazine und Pornoläden zu machen. Er hat viele von uns fotografiert, als wir neu waren und versucht haben, uns durchzuschlagen und entdeckt zu werden. Er hatte eine nette Masche, hat viele der Mädchen flachgelegt. Der Himmel weiß, warum – er trug ein Toupet, und seine Hände schwitzten die ganze Zeit. Aber ...» sie zuckte mit den Achseln. «Hat alles mitgenommen.»

«Und er behielt Abzüge, und wenn man es schaffte, ein bedeutendes Model zu werden, versuchte er, einen zu erpressen.»

«Oder wenn man es zum Film schaffte», sagte sie. «Die Studios waren immer sehr beunruhigt wegen dieser Sachen. Mädchen, die es zum Film geschafft hatten, zahlten sich wahrscheinlich aus.»

«Also gar kein so schlechtes Geschäft. Er verkauft das Produkt einmal und in einigen Fällen später noch mal, teurer natürlich.»

«Wie Wachstumsaktien.» Sondra lächelte, zog an ihrer Zigarette und behielt den Rauch für einen langen Moment drin, bevor Sie ihn durch das Lächeln entweichen ließ. «Nur, daß sich die Zeiten geändert haben. Ziemlich bald kümmerte es niemanden mehr, ob man seinen Hintern in der Öffentlichkeit zeigte, und Larry landete mit seinem Geschäft auf der Nase.»

«Durch den Wandel der Zeiten aus der Mode gekommen», sagte ich, «wie Mietställe. Wußten Sie, daß er geheiratet hat?»

«Ich habe Larry vor einiger Zeit aus den Augen verloren, gleich nachdem ich aus der Gosse herausgeklettert war, in der er arbeitet.»

«Und Sie kennen keinen Fotografen namens Les Valentine?»

«Nein.»

«Muriel Valentine? Muriel Blackstone? Angel Victor?»

Sondra schüttelte den Kopf.

«Erinnern Sie sich an irgendwelche nahen Freunde aus der guten alten Zeit?» fragte ich.

Sie lachte kurz auf. «Freunde? Nicht, daß ich wüßte. Wenn der kleine Schleicher irgendwelche Freunde hatte, waren es vermutlich Frauen.» Sie schüttelte wieder den Kopf. «Ich hab das nie begriffen.»

«Sie können sich an keinen Namen erinnern?»

Sie nahm noch einen Zug und stieß den Rauch in einer großen Wolke wieder aus.

«Nein», sagte sie, «kann ich nicht.»

«Und Sie haben auch keine Ahnung, wo er jetzt sein könnte?»

«Geht es darum? Er ist verschwunden?»

Ich nickte.

«Nein», sagte sie. «Nein. Ich habe keine Ahnung.»

Ich hielt noch immer ihr Bild in der Hand. Ich gab es ihr. Sie nahm es und betrachtete es.

«Ich war schon ein Klasseweib, damals.»

«Sind Sie immer noch.»

Sie lächelte mich an. «Danke», sagte sie. Ich wandte mich zum Gehen.

«Marlowe.»

Ich blieb mit einer Hand auf dem Türknauf stehen, drehte den Kopf herum und sah sie an.

«Ich erinnere mich an jede Einzelheit Ihres letzten Besuches bei mir.»

«Ich mich auch.»

«Das Angebot steht noch.»

«Danke», sagte ich, zeigte ihr mein Killerlächeln und ging.

31

Ich fuhr über die Westwood ins Village, dann über die Weyburn und die Hilgard an der UCLA vorbei zum Sunset und von da in Richtung Osten.

Obwohl ich Larry Victor kaum kannte, hatte ich ihn schon mehr als satt. Meine Ehe war in Schwierigkeiten, die Bullen veranstalteten einen Wettbewerb, um den Plan herauszufinden, der mich am längsten hinter Gitter bringen würde, Clayton Blackstone und Eddie Garcia lagen auf der Lauer, und alles, was ich über Larry Victor erfuhr, warf die Frage auf, warum ich seinetwegen überhaupt irgendwelchen Ärger auf mich nahm. Vielleicht hatte er Lola ermordet, vielleicht war er dumm genug gewesen, sie in seinem Büro umzubringen. Vielleicht hatte er auch Lippy getötet, möglicherweise war er härter, als ich gedacht hatte. Wenn ein Kerl dumm genug war, eine Frau in seinem Büro zu ermorden, nachdem er sich kurz zuvor in der Öffentlichkeit mit ihr gestritten hatte, konnte er dann gerissen genug sein, sich die zwei Leibwächter aus dem Weg zu schaffen, um Lippy umzubringen, während beide zusammen einen Drink nahmen und Lippy aus dem Fenster sah?

Ich fuhr an den albernen rosa Stuckfassaden des Beverly Hills Hotels vorbei, das halb von Palmen verborgen war. Auf beiden Seiten des Sunset standen große Häuser, die gleichzeitig teuer und häßlich in dieser besonderen Art waren, die Geld aus Südkalifornien findet, um beides zu verbinden. Filmstars, Regisseure, Produzenten, Agenten, Menschen, die einen Weg gefunden hatten, Leere zu verpacken und als Träume zu verkaufen.

Lola mußte Larry erpreßt haben, mit einem Bild. Und sie wäre nicht so dumm gewesen, mit ihrem einzigen Abzug zu diesem Treffen zu gehen. Sie mußte etwas in der Hinterhand gehabt haben. Wo also war es? Ich hatte ihr Haus umgewühlt wie einen römischen Salat und nichts gefunden. Nicht einen Croûton. Wo also konnte sie es versteckt haben? Wo hätte ich etwas Derartiges versteckt?

Ich war jetzt auf dem Sunset Strip; Reklametafeln von Sängern, von denen ich nie gehört hatte, Boutiquen, die aufgeplustert waren, um wie französische Landhäuschen auszusehen. Ein Bursche mit langen Haaren bog an der Horn Avenue mit einem zweisitzigen Sportwagen, der länger war als mein Olds, auf den Sunset ein. Er ließ die Reifen quietschen, als er für etwa fünfzig Meter Vollgas gab, bevor er vor einer roten Ampel bremsen mußte. Der Wagen war häßlich, unpraktisch, protzig, unwirtschaftlich und nicht für Stadtfahrten gebaut, aber er war teuer.

Ich fuhr weiter durch Hollywood und dann in die Kenmore, hinauf zu Lolas Haus. Ich hatte eine Idee.

Der Rasen wirkte noch etwas ungepflegter, aber sonst schien sich nichts verändert zu haben. Menschen sterben, Herzen brechen, Dynastien fallen auf die Schnauze, und das Gras wächst nur langsam, aber stetig weiter, und Hausfronten verwittern ganz allmählich. Ich parkte vor dem Haus, stieg die Treppen vor dem Eingang hinauf und blieb unter dem kühlenden Vordach stehen. Der Briefkasten war vollgestopft mit Post, die Lola niemals lesen würde; darunter hatten sich auf dem Boden einige Kataloge und Werbezettel angesammelt. Offenbar hatte niemand das Postamt benachrichtigt. Ich nahm die Umschläge aus dem Briefkasten. Die meisten von ihnen enthielten Rechnungen; es war nichts Persönliches dabei. Ich öffnete die Tür auf dieselbe Weise wie beim letzten Mal und betrat das Haus erneut. Es war, wie ich es verlassen hatte. Ich legte die Post auf den Flurtisch und sah mich dann überall um. Beim letzten Mal hatte ich ein Bild gesucht. Diesmal suchte ich nach etwas anderem, einem Schlüssel, einer Quittung, irgendeinem Hinweis darauf, wo sie das Bild versteckt hatte. Es mußte da sein. Und es war da. Nach einer Stunde hatte ich es gefunden. Im Arbeitszimmer, zwischen den in ein Fach ihres alten

Schreibtischs gestopften unbezahlten Rechnungen, lag ein Einlieferungsschein der Paketstelle in der Union Station.

Ich brauchte eine halbe Stunde, um zur Union Station zu gelangen, zu parken, die Paketstelle zu finden und meinen Einlieferungsschein zu präsentieren. Ein in die Jahre gekommener Schwarzer schlurfte zurück in die Lagerkatakomben und tauchte nach etwa drei Wochen mit einem flachen braunen, an der Lasche mit durchsichtigem Klebeband verschlossenen Umschlag wieder auf. Auf die Vorderseite des Umschlags war in großer, blumiger Handschrift *Lola Faithful* gekritzelt. Der Punkt auf dem *i* in *Faithful* war ein großer Kreis. Ich nahm den Umschlag, ging in den Warteraum, setzte mich auf eine leere Bank und öffnete ihn. Er enthielt ein 20 × 25 Zentimeter großes Hochglanzfoto und einen kleinen Pergaminumschlag mit einem Negativ. Das Hochglanzfoto war ein Bild von Muriel Blackstone Valentine, die hochhackige Lederstiefel trug und sonst nichts. Nackt hielt der Körper alles, was er versprochen hatte. Sie lächelte ein verführerisches Lächeln, das ein bißchen verrutscht war, und ihre Augen waren glasig. Ich hielt das Negativ hoch und betrachtete es gegen das Licht. Es entsprach dem Foto. Ich steckte das Negativ und den Abzug zurück in den braunen Umschlag und machte mich durch die Torbögen draußen auf den Weg zum Taxistand, wo ich meinen Wagen geparkt hatte.

32

Ich war wieder zurück in Venice. Angel arbeitete hier als Kellnerin in einem Buchladen mit angeschlossenem Café am Strand. Die Mittagsgäste waren gegangen, und an den Tischen draußen saßen nur ein paar zeitige Säufertypen und nippten an Drinks, versuchten so auszusehen, als genüge ihnen ein einziger, und ließen die Zeit verstreichen. Ich nahm Platz und bestellte einen Kaffee. Angel brachte ihn mir.

«Nehmen Sie sich einen Moment Zeit», sagte ich. «Ich muß Ihnen etwas zeigen.»

Ich schob mit dem Fuß einen Stuhl vom Tisch weg. «Man erlaubt mir nicht, mit den Gästen zusammenzusitzen», erwiderte Angel, «aber meine Pause ist sowieso fällig. Sie können mit nach hinten kommen.»

Ich erhob mich und folgte ihr durch die Küche in einen Lagerraum, wo große Tomatendosen und mit Olivenöl gefüllte Krüge gegen die nackten Schlackemauern gestapelt standen. Dicht neben der Tür waren ein Mop und ein Eimer.

Ich zog das Bild von Muriel heraus und gab es Angel.

«Kennen Sie sie?» fragte ich.

Angel schüttelte den Kopf. Ihre Wangen verfärbten sich. Ich hatte in letzter Zeit so viele Aktbilder gesehen, daß ich gar nicht daran gedacht hatte, daß es ihr peinlich sein könnte. Es machte sie mir sympathisch.

«Entschuldigung», sagte ich. «Aber das ist das einzige Bild, das ich habe.»

«Ist schon in Ordnung.» Sie betrachtete das Foto erneut. «Sie hat einen wundervollen Körper.»

«Ja. Larry hat dieses Bild aufgenommen.»

«Larry?»

«Ich kann es nicht beweisen, aber es ist das Bild, das Lola Larry während ihrer Auseinandersetzung gezeigt hat. Sie hat versucht, ihn damit zu erpressen.»

«Weil er ein Aktfoto aufgenommen hat?»

«Weil es seine Frau ist», sagte ich.

Angel lächelte mich zögernd an.

«Ich verstehe nicht recht.»

«Larry tritt auch unter dem Namen Les Valentine auf», erklärte ich. «Unter diesem Namen ist er mit dieser Frau, Muriel Blackstone, heute Muriel Valentine, verheiratet.»

«Larry ist mit mir verheiratet», sagte Angel.

«Ja, und Les ist mit ihr verheiratet, und Les und Larry sind derselbe Mann.»

«Das glaube ich nicht.»

«Warum sollten Sie auch», sagte ich. «Aber es ist die Wahrheit, und ich habe sie vor Ihnen geheimgehalten, solange es ging.»

«Ich weiß nicht, warum Sie herkommen und mir derartige Lügen erzählen. Sie müssen böse oder sehr krank sein.»

«Müde», entgegnete ich. «Müde, in diesem Sumpf herumzuwaten. Vielleicht hat Ihr Mann jemanden umgebracht, vielleicht auch nicht; aber er ist wieder abgehauen, und ich habe keine Ahnung, wo er ist, und es ist mir auch egal. Keine weiteren Geheimnisse.»

«Sie wissen noch immer nicht, wo Larry ist?» fragte Angel.

Es war, als sei alles andere, was ich ihr gesagt hatte, spurlos weggewaschen worden.

«Nein. Wissen Sie es?»

«Nein. Glauben Sie, daß ihm etwas zugestoßen ist?»

«Nein, ich glaube, er hat das getan, wovon er etwas versteht. Er ist weggelaufen.»

«Er würde mich nicht verlassen.»

Ich schüttelte nur den Kopf. Ich wußte nicht, was zum Teufel in Larry/Les vorging oder was er vorhatte, und zweifelte daran, daß sich in dieser Hinsicht etwas ändern könnte.

«Das würde er nicht», sagte Angel wieder.

Ich fischte eine Karte aus meiner Brieftasche und überreichte sie ihr.

«Wenn Sie herausfinden, wo er ist, können Sie mich anrufen.»

Sie nahm die Karte, ohne sie anzusehen. Ich zweifelte daran, daß sie anrufen würde. Ich zweifelte daran, daß irgend jemand anrufen würde. Jemals.

Ich verließ das Restaurant und ging am Strand entlang zurück. Der Pazifik klatschte in meine Richtung gegen den Strand. Die Wogen wirkten müde, wie sie sich aufrichteten und auf dem Strand zusammenbrachen, sich versammelten und langsam zurückzogen, sich dann wieder aufrichteten und erneut gegen den Strand kippten.

Es war Zeit, nach Springs zurückzukehren.

33

Linda ging im Wohnzimmer auf und ab, vorbei an der in die Bar eingebauten Hammondorgel und der Glaswand mit den eingeschlossenen Schmetterlingen und zurück in Richtung des übergroßen Kamins. Das Aktbild von Muriel Blackstone lag auf der Bar. Niemand betrachtete es.

«Ich gebe zu, daß ich erstaunt bin», sagte Linda. «Ich hatte keine Ahnung, daß Muffy Blackstone...» Sie schüttelte den Kopf.

«Möglicherweise führen auch die meisten anderen Frauen ein Leben der stillen Verzweiflung.»

«Vielleicht tun sie das, aber ich sehe ehrlich gesagt nicht ein, warum mein Mann derjenige sein muß, der das ausgräbt. Ich meine, mal im Ernst, Philip», sie nickte in Richtung des Bildes, «bist du nicht peinlich berührt?»

«Es ist schon lange her, daß ich mal peinlich berührt war.»

«Na, jedenfalls solltest du es sein. Ich bin es.»

«Ich bin Detektiv, Lady. Das wußtest du, als du mich geheiratet hast.»

«Ich dachte vermutlich, du wärst nicht immer Detektiv.»

«Oder du dachtest, ich würde mir einen schmalen Schnurrbart wachsen lassen und Portwein trinken und herausfinden, wer Mrs. Posselthwaits Kusine Sue Sue in Graf Boslewicks Schloßpark ermordet hat, ohne mir dabei die Schuhe mit Laubresten zu verdrecken», sagte ich. «Und gelegentlich hätten wir vielleicht mit einem amüsanten Inspektor dinieren können.»

«Verdammt noch mal, Marlowe, verstehst du denn nicht, was das für mich bedeutet? Kannst du denn nicht einmal ein kleines bißchen zurückstecken?»

«Kommt darauf an, wo ich deiner Meinung nach zurückstecken soll. Ich kann zurückstecken, was unsere Lebensumstände betrifft, wen wir einladen, oder wohin wir in die Flitterwochen fahren. Aber du verlangst von mir, daß ich bei mir selbst zurückstecke. Mich selbst. Das, was ich bin. Und das kann ich nicht. Das hier ist das, was ich bin, ein Kerl, der am Ende mit schmutzigen Fotos dasteht.»

«Und zwei Morden? Und einer Bigamie-Geschichte?»

«Und Mord und Bigamie und in Zukunft wahrscheinlich noch mit wesentlich schlimmeren Dingen», sagte ich. «Das ist meine Art, mir meinen Lebensunterhalt zu verdienen. So muß ich sein, um der Kerl zu bleiben, den du ursprünglich heiraten wolltest.»

«Und wenn ich arm wäre?»

«Du bist nicht arm. Ich bin arm, du bist es nicht. Es hat wirklich keinen Sinn, über Dinge zu sprechen, die so nicht sind.»

«Was hast du mit dem Bild von Muffy vor?» fragte Linda.

«Weiß ich nicht. Ich habe diesen Fall schon vorher nicht verstanden, und jetzt verstehe ich ihn noch viel weniger.»

Linda ging zur Bar und nahm das Foto in die Hand.

«Ich könnte es auf der Stelle zerreißen.»

«Klar, aber ich habe Abzüge machen lassen.»

«Du denkst an alles, nicht wahr», sagte sie.

«Alles, was keine Rolle spielt», erwiderte ich. «Ich habe nicht darüber nachgedacht, wer Lola Faithful oder Lippy umgebracht hat. Ich habe nicht darüber nachgedacht, wo Les Valentine ist. Und ich habe nicht darüber nachgedacht, wie ich die Polypen daran hindern kann, meine Lizenz einzuziehen, von der ich keine Abzüge habe machen lassen.»

Linda ließ das Bild zurück auf die Bar fallen.

«Vielleicht hat sie es Les einfach so, nur für sich, aufnehmen lassen», sagte sie.

«Möglich.»

«Darling, laß uns wieder nach Mexiko fahren. Heute, jetzt gleich. Ich könnte in einer Stunde gepackt haben.»

«Du könntest in zwei Stunden gepackt haben», sagte ich. «Und du würdest die Reise bezahlen, und wenn wir wieder hier wären, müßte ich immer noch sehen, wie ich über die Runden komme.»

«Zum Teufel mit dir! Fahr zur Hölle!» Sie ging zum Panoramafenster, das auf den Innenhof hinausführte, und drückte die Stirn dagegen.

«Es ist mir vor meinen Freunden unangenehm, was du tust. Kannst du dir das Gerede im Club vorstellen, als ich dich aus dem Gefängnis holen mußte? Ich habe fürchterliche Angst, wenn du nicht zu Hause bist, und ich fühle mich gedemütigt, wenn ich alleine zu gesellschaftlichen Anlässen gehen muß und nicht einmal weiß, wo du eigentlich bist.»

Es gab dazu nichts zu sagen. Also sagte ich es.

«Ich weiß, daß dir das fürchterlich versnobt und belanglos vorkommt», fuhr Linda fort. Sie drückte ihre Stirn noch immer gegen die Scheibe. «Aber das ist mein Leben, das einzige, das ich kenne. Und mein Leben ist mir auch wichtig.»

«Ich weiß», sagte ich.

Sie wandte sich vom Fenster ab und starrte mich an.

«Also, was können wir tun?»

«Du mußt dein Leben leben. Ich muß meins leben.»

«Und wir scheinen das nicht vereinbaren zu können», sagte Linda.

«Nein, scheinen wir nicht.»

Wir waren sehr lange still.

«Ich werde meinen Anwalt bitten, die Scheidungsunterlagen vorzubereiten», sagte Linda schließlich. «Ich möchte, daß du auch etwas bekommst.»

«Nein, ich würde es niemals anrühren. Es gehört nicht mir.»

«Ich weiß», sagte Linda.

Wir schwiegen wieder. Zwei Schwalben stießen hinunter in die Bougainvillea-Sträuche und verschwanden zwischen den Blättern.

«Ich schlafe heute nacht im Gästezimmer. Morgen ziehe ich zurück nach L. A.»

Sie nickte. In ihren Augen waren Tränen.

«Verdammt noch mal, Marlowe, wir lieben uns doch.»
«Ich weiß», sagte ich. «Das macht es ja so schwer.»

34

Ich fand ein möbliertes, zur Straße gelegenes Appartment in der Ivar, nördlich des Boulevard, in einem stuckverzierten, um einen Innenhof herumgebauten Gebäude, das zu einer Zeit errichtet worden war, als es in Hollywood noch mehr Filmstars und weniger Huren gegeben hatte. Mein altes Büro in dem Haus an der Cahuenga stand noch immer leer, also zog ich dort wieder ein. Der Schreibtisch, die beiden Aktenschränke, der alte Kalender waren geblieben, das Vorzimmer war noch immer leer. Zwei tote Fliegen lagen genau hinter der Tür, auf der nach wie vor *Philip Marlowe, Ermittlungen* zu lesen stand. Ich legte eine frische Flasche Bourbon in die unterste Schublade, spülte im Waschbecken in der Ecke zwei Gläser aus und war bereit zum Arbeiten.

Nur, daß es keine Arbeit gab. Ein Cousin der toten Fliegen im Vorzimmer brummte lethargisch gegen die Fensterscheibe hinter meinem Schreibtisch. Ich legte meine Füße auf den Tisch. Die Fliege stellte das Brummen ein und betrachtete die undurchdringliche, durchsichtige Fläche vor sich. Sie rieb sich das Gesicht mit den Vorderfüßen und brummte dann wieder, aber in dem Brummen lag nicht besonders viel Schmiß. Es war ein aussichtsloser Kampf. Sie donnerte eine Minute lang gegen die Fensterscheibe, ließ sich dann erneut auf dem Fensterbrett nieder und saß mit gespreizten Beinen da. Ich stand auf und öffnete behutsam das Fenster. Die Fliege blieb eine Zeitlang bewegungslos sitzen, brummte dann einmal und schwirrte träge durch das Fenster hinaus in die Verkehrsabgase, drei Stockwerke über dem Hollywood Boulevard. Kurz darauf war sie verschwunden. Ich schloß das Fenster und setzte mich wieder hin. Niemand kam, niemand rief an. Niemand interessierte sich dafür, ob ich die Tollwut bekam oder nach Paris auswanderte.

Am Nachmittag ging ich nach draußen, versorgte mich an einer Bude am Boulevard mit einem Schinkensandwich und einem Kaffee und kehrte in mein Büro zurück, um auszuprobieren, wie es sich mit den Füßen auf der anderen Schreibtischecke saß. Das Aktbild von Muffy hatte ich noch immer in der mittleren Schublade meines Schreibtischs, nur wußte ich noch immer nicht, was ich damit machen sollte. Das Negativ war in dem alten Geldschrank hinter der Vorzimmertür eingeschlossen. Außerdem wußte ich nicht, wo Les/Larry war, und ich hatte keinen Klienten.

Ich hörte, wie sich die Vorzimmertür öffnete und schloß. Und dann betrat Eddie Garcia mein Büro, sah sich kurz um, trat beiseite, und Clayton Blackstone folgte ihm herein. Eddie ging rüber und lehnte sich ausdruckslos gegen einen der Aktenschränke. Blackstone nahm in meinem Klientenstuhl Platz. Er trug einen zweireihigen Nadelstreifenanzug, der mehr kostete als mein Auto.

«Sie haben die Wüste verlassen», sagte er.

«Spricht sich schnell rum.»

Clayton lächelte. «Tut mir leid wegen Ihrer gescheiterten Ehe.»

«Sicher», sagte ich.

«Sind Sie schon zum Grund des ganzen Durcheinanders vorgedrungen?» Blackstones Hände lagen bewegungslos auf den Lehnen meines Stuhls. Seine Fingernägel waren gelbbraun. Am Ringfinger der rechten Hand trug er einen großen Diamanten.

«Vielleicht hat es keinen Grund», entgegnete ich.

«Was nein bedeutet, nehme ich an», sagte Blackstone.

«Richtig.»

«Erzählen Sie mir, was Sie wissen.»

«Warum?»

Garcia lachte, ein kurzes, bellendes Geräusch.

Blackstone schüttelte den Kopf, ohne Garcia anzusehen. Er griff in seine Anzugjacke und holte eine Schweinslederbrieftasche heraus, eine von diesen langen, die zu groß sind, um in die Hosentasche zu passen. Aus ihr nahm er fünf Hundertdollarscheine und legte sie nebeneinander auf den Tisch.

«Darum», sagte er.

«Wollen Sie mich einstellen?» fragte ich.

Eddie lachte wieder sein rauhes Bellen. «Sehen Sie, Mr. Blackstone, ich hab Ihnen gesagt, daß er ein kluger Junge ist.»

Blackstone nickte.

«Ja, ich möchte Sie einstellen. Ich möchte, daß Sie

herausfinden, wo mein Schwiegersohn ist. Ich wünsche, daß Sie diese beiden Mordermittlungen zu einem zufriedenstellenden Abschluß bringen. Ich wünsche, daß das Leben meiner Tochter wieder in geregelten und angenehmen Bahnen verläuft.»

«Was, wenn die Ermittlung ergibt, daß Ihr Schwiegersohn beide umgelegt hat?» fragte ich.

Blackstone zuckte mit den Achseln.

Ich betrachtete die Hundertdollarscheine. «Ich brauche keine so große Anzahlung», sagte ich.

«Nehmen Sie sich Ihre übliche Anzahlung, und behalten Sie den Rest als Spesenvorschuß.»

Ich nickte. «Warum ich?» fragte ich. «Warum kaufen Sie sich nicht ein paar Bullen oder vielleicht einen Richter oder einen Staatsanwalt und lassen die ganze Geschichte einstellen?»

«Meine Tochter möchte ihren Mann zurückhaben», sagte Blackstone. «Ihr Vorschlag führt nicht zu diesem Ergebnis.»

«Okay.» Ich beugte mich vor, nahm die Hunderter und steckte sie in meine Brieftasche. Es war nichts drin, das ihnen den Platz streitig gemacht hätte.

«Wenn Sie mich erreichen wollen, rufen Sie Eddie an. Er wird uns in Verbindung halten. Er genießt mein vollstes Vertrauen.» Er legte eine kleine weiße Karte auf meinen Schreibtisch. Sie war leer, bis auf eine mit schwarzer Tinte daraufgeschriebene Telefonnummer.

Ich sah Eddie an. «Meins auch», sagte ich.

«Meine einzige Bedingung, Marlowe, ist, daß Sie alles

mir berichten. Ich beschäftige Sie nicht, damit Sie mit der Polizei tratschen.»

«Sie erfahren alles zuerst», sagte ich. «Aber es kann Dinge geben, die ich mitteilen muß. Ich bin privater Ermittler mit Lizenz. Es gibt Grenzen, die ich für einen Klienten nicht übertreten kann.»

«Solange ich der erste bin», erwiderte Blackstone. «Mit anderen, möglichen Ereignissen beschäftigen wir uns, wenn es soweit ist.»

«Bestens», sagte ich.

Er stand auf und wandte sich zum Gehen. Eddie Garcia schritt voraus und marschierte zuerst durch die Tür. Blackstone folgte ihm. Keiner von beiden sagte auf Wiedersehen.

35

Ich hatte wieder Arbeit. Abgesehen von der Tatsache, daß jetzt Geld in meiner Brieftasche war, fühlte ich mich nicht wesentlich anders als ohne Arbeit. Ich hatte noch immer nicht die leiseste Ahnung, wie ich mir die Anzahlung und den Spesenvorschuß verdienen sollte. Um den Blickwinkel zu verändern, schwenkte ich meinen Stuhl herum und starrte für einen Moment aus dem Fenster auf den Hollywood Boulevard. Mein erster Einfall war, daß das Fett im Drehgrill der Imbißstube gegenüber gewechselt werden müßte. Im Talkessel südlich von L. A. ballten sich schwere Gewitterwolken zusammen. Die Türme der Innenstadt von L. A. lagen unter einer grauen Wolkendecke, die kurz vor Hollywood aufhörte. Dort schien die Sonne noch immer. Aber das war nur vorübergehend. Bald würden die Gewitterwolken nordwärts rollen und gegen die Hügel stoßen, und es würde heftig zu regnen beginnen. Ich hatte es schon oft erlebt.

Ich sah eine Weile zu, wie sich die Gewitterwolken in meine Richtung bewegten, drehte mich dann mit dem Stuhl herum, holte einen der Abzüge von Muriel Valentines Foto heraus und ließ ihn in einen braunen Umschlag gleiten. Auf eine meiner Karten schrieb ich «Möchten Sie mir etwas über dieses Bild erzählen?» und fügte meine Adresse am Hollywood Boulevard hinzu. Dann legte ich die Karte zu dem Bild, verschloß den Umschlag und adressierte ihn. Ich stand auf, ging hinunter zum Postamt, schickte ihn – per Eilboten – ab und kehrte zurück in mein Büro.

Um mir die Zeit zu vertreiben, genehmigte ich mir den ersten Drink aus der neuen Büroflasche. Ich war gerade mit dem vorletzten Schluck fertig und überlegte, ob ich noch einen nehmen sollte, als ich hörte, daß sich die Tür zum Vorzimmer wieder öffnete. Vielleicht würde ich eine Assistentin einstellen müssen. Ich schluckte den Rest Bourbon hinunter, setzte ein zuversichtliches Lächeln auf, und Les Valentine/Larry Victor betrat den Raum.

«Das war einfach», sagte ich.

«Häh?»

«Es hat mich gerade jemand engagiert, Sie zu finden», erklärte ich ihm.

«Wer?»

Ich schüttelte den Kopf.

«Ich habe in Ihrem Büro in Poodle Springs angerufen, und man sagte mir, das Telefon sei stillgelegt, also hab ich Ihre Frau angerufen, was Ihnen hoffentlich nichts ausmacht, und sie hat mir berichtet, Sie würden wieder hier arbeiten.»

Ich nickte. Larry sah aus, als habe er in Busbahnhöfen geschlafen und sich auf der Herrentoilette gewaschen.

«Darf ich mich setzen?» fragte er.

Ich nickte in Richtung des Klientenstuhls. Er setzte sich und strich sich dabei über die Hose, als könne er mit den Händen wieder eine Bügelfalte hineinbringen. Er machte es sich bequem und klopfte sich auf die Brusttaschen.

«Verdammt, ich hab vergessen, mir welche zu besorgen. Haben Sie was zum Rauchen?»

Ich schob die Packung über den Schreibtisch, zusammen mit einem Streichholzheftchen, das zwischen die Packung und das Zellophan geschoben war. Er nahm sich eine heraus, zündete sie an und atmete den Rauch ein, als sei es Sauerstoff. Er trug eine beigefarbene, weite Gabardinehose, ein gelbgemustertes, bis zum Hals zugeknöpftes Hemd und ein cremefarbenes, seidenes Tweed-Sakko mit einem Taschentuch in der Farbe eines Tequila Sunrise. Oder zumindest hatte alles ursprünglich so ausgesehen. Jetzt waren die Sachen zerknittert, und auf dem

Hemd waren Flecken. Das schicke Taschentüchlein hatte er als Handtuch benutzt und in die Anzugtasche gestopft, so daß nur ein verdrehtes Ende heraushing. Er hatte sich seit mehreren Tagen nicht rasiert, und der Bart, der entstanden war, war unregelmäßig und voller grauer Tupfer. Sein schütter werdendes Haar wirkte fleckig und konnte einen Haarschnitt gebrauchen.

Er sah, daß ich ihn betrachtete.

«War ständig auf Achse», sagte er. «Hatte heute noch keine Möglichkeit, mich gründlich zu waschen.»

Ich nickte. Die Büroflasche stand noch immer da. Er sah sie an, wie eine Kuh die Weide betrachtet.

«Einen Drink?» fragte ich.

«Könnte bestimmt einen gebrauchen. Die Sonne hat ihren Zenit schon überschritten, stimmt's?»

Ich stand auf und holte das andere Glas aus dem Waschbecken, brachte es ihm und goß uns beiden einen ordentlichen Drink ein. Er griff nach seinem und schlürfte annähernd ein Drittel davon weg, bevor er das Glas auf den Rand meines Schreibtischs stellte. Er ließ es nicht los, saß einfach mit dem auf der Schreibtischplatte stehenden Glas in der Hand da. Ich holte meine Pfeife heraus und begann sie zu stopfen. Er trank ein weiteres Drittel seines Drinks, und als er ihn abstellte, nahm ich die Flasche und schenkte ihm nach. Er sah aus, als wollte er vor Dankbarkeit gleich anfangen zu weinen. Ich hatte meine Pfeife gestopft und angezündet und nahm einen kleinen Schluck Bourbon.

«Nette Einrichtung haben Sie hier», sagte er.

«Für Ratten vielleicht. Gibt es irgend etwas, weshalb Sie mich sprechen wollten?»

«Sie gehen zu hart mit sich ins Gericht. Ist doch ein nettes Büro. Nicht protzig, mag sein, aber das ist ohnehin alles nur Fassade. Sie kennen doch mein Büro. Reicht vollkommen. Schreibtisch, Aktenschrank, was zum Teufel braucht man sonst noch?»

Er trank noch etwas Bourbon und lehnte sich zurück, während der Alkohol ihn entspannte.

«Mann, ich kann Ihnen sagen, der kommt aus dem richtigen Faß.»

Ich wartete. Ich wußte, daß er ein Weilchen herumkaspern würde, aber ich wußte auch, daß er verzweifelt war. Er brauchte mich so nötig, daß er sogar Linda angerufen hatte. Jetzt beugte er sich vor und griff nach meiner Zigarettenschachtel.

«Stört's Sie?» fragte er.

Ich schüttelte den Kopf. Er zündete sich eine an, atmete etwas Rauch ein, nahm einen Schluck Bourbon und stieß dann den Rauch langsam aus.

«Die Bullen suchen mich immer noch, schätze ich.»

«Ja, schätze ich auch.»

«Ich hab diese Kuh nicht umgebracht. Himmel, Sie glauben mir doch, Sie haben mir doch geholfen.»

«Das lag größtenteils an Angel.»

«Angel?»

«Ich habe Ihnen doch gesagt, daß Sie zusammen glücklich aussahen. Ich bin völlig vernarrt in glückliche Beziehungen.»

«Ja-ah, sieht so aus, als sei bei Ihnen auch nicht alles so richtig gut gelaufen. Ihr Umzug zurück in die Stadt und das alles.»

Ich paffte meine Pfeife.

«Sie glauben nicht, daß ich sie getötet habe, oder?»

«Ich weiß es nicht mehr», sagte ich. «Wie sieht's mit Lippy aus?»

«Lippy?»

«Ja, haben Sie ihn getötet?»

«Lippy? Lippy ist tot?»

«Das wußten Sie nicht?» fragte ich.

«Woher sollte ich das wissen? Ich war seit ungefähr einer Woche nicht mehr in Springs.»

«Woher wußten Sie, daß er letzte Woche getötet wurde?» fragte ich.

«Herrgott, wußte ich nicht. Hab's gerade erst von Ihnen gehört.»

«Mh mmh», machte ich.

«Ich habe niemanden umgebracht, Marlowe. Sie sind der einzige, mit dem ich sprechen kann, der einzige, dem gegenüber ich ehrlich sein kann.»

«Wie auch beim letzten Mal, als ich Sie bei Muriel abgesetzt hab, damit Sie dort blieben, wo ich Sie hätte finden können.»

«Ja, klar, weiß ich. Ich weiß, daß ich vor Ihnen abgehauen bin. Aber ich mußte. Ich mußte da weg. Sie haben keine Ahnung, wie sie ist. Ihr Geld, ihr Vater, was sie braucht, was sie will, was ich tun muß . . . ich bin dort erstickt, Marlowe.»

Ich griff in meine Schublade und holte eines der 20 × 25 Zentimeter großen Bilder von Muriel Valentine heraus. Ich hielt es so hoch, daß er es sehen konnte.

«Erzählen Sie mir was darüber», sagte ich.

«Herrgott! Wo haben Sie das her?»

«Das ist das Bild, das Lola Faithful Ihnen in der Bar gezeigt hat, bevor sie ermordet wurde, richtig?»

«Wo haben Sie das her. Na los, Marlowe, woher?»

«Hat die Gute Fee hiergelassen», sagte ich, «statt eines Vierteldollar.»

Er trank noch etwas Bourbon, drückte die Zigarette in dem runden Glasaschenbecher auf meinem Schreibtisch aus und nahm sich ohne zu fragen noch eine aus der Packung.

«So hab ich sie kennengelernt», sagte er.

«Sie hat für schmutzige Fotos posiert?»

«Es gefiel ihr. Die Leute in der Branche wußten über sie Bescheid. Fragen Sie, wen Sie wollen. Spleeniges reiches Mädchen, komm rein und laß dich im Evaskostüm fotografieren. Nur, das Komische daran ist, daß sie wissen mußte, daß die Fotos in Umlauf gerieten. Sie wollte, daß sie verkauft würden. Sie wollte sicher sein, daß irgendein Kerl von der Straße ihr Bild irgendwo bekommen und ansehen würde.»

«Also haben Sie ihr sofort einen Antrag gemacht.»

«Nein. Herrgott, Marlowe, Sie sind ein sarkastischer Scheißkerl.»

«Ich gebe mir Mühe. Haben Sie sie gleich mit nach Hause genommen und Angel vorgestellt?»

«Zum Teufel, das war meine Chance. Ich habe jahrelang am Hungertuch genagt. Mann, ich bin ein verdammter Künstler, und alles, was ich tun konnte, um mir meinen Lebensunterhalt zu verdienen, war schmutzige Bilder aufzunehmen. Und da war diese Mieze, die mehr Kohle hatte als Howard Hughes, genau vor mir, in meinem Schoß, soviel Kohle, wie ich nur wollte; für mich, klar, aber auch für Angel. Die Kleine verdient alles auf der Welt.»

«Und jetzt sehen Sie mal, was sie bekommen hat», sagte ich.

«Marlowe, ich weiß nicht, was ich machen soll. Falls die Bullen mich finden, wird das alles herauskommen.»

«Wenn Sie das Bild aufgenommen haben, wieso weiß sie dann nicht, daß Sie Larry Victor sind?»

«Ich habe damals noch den Namen Valentine benutzt. Eben als Künstlernamen. Hatte ein Studio an der Highland, nahe der Melrose. Ich versuchte, ernsthafte Fotografie zu machen. Und als sich die Gelegenheit bot, sie zu heiraten, na, da habe ich kurz darauf ein neues Büro eröffnet, unter meinem richtigen Namen.»

«Um Angel im unklaren zu lassen», sagte ich.

«Ja. Ich wollte keine Verbindung von Les Valentine zu Angel. Sie hat sowieso nie gewußt, daß ich den Namen benutze.»

«Weiß Ihre Mutter, wer Sie sind?»

«Marlowe, ich habe niemanden umgebracht, aber wenn die Bullen mich schnappen, dann wird die ganze

Geschichte herauskommen. Angel wird es erfahren, Muriel wird es erfahren.»

«Und ihr alter Herr wird es erfahren und einen ausgesprochen harten Burschen namens Eddie Garcia vorbeischicken, um sie zu fragen, wieso Sie die Ehe seiner Tochter derartig verkorkst haben.»

Ich holte einen der Hundertdollarscheine heraus, die sein Schwiegervater per Bigamie mir gegeben hatte, und reichte ihn Victor über den Schreibtisch.

«Es gibt da einen billigen Schuppen an der Wilcox», sagte ich. «Direkt südlich des Boulevard. Das Starwalk Motel. Steigen Sie da ab, waschen Sie sich, essen Sie was, und bleiben Sie dort. Ich werde tun, was ich kann. Falls Sie nicht da sind, wenn ich Sie brauche, werde ich alles überall erzählen, und Sie sind auf sich allein gestellt.»

Victor nahm den Schein und starrte ihn an.

«Wie ist Ihr richtiger Name?» fragte ich. «Victor oder Valentine?»

«Victor ... also, ursprünglich war es Schlenker, aber ich habe ihn ändern lassen.»

«In Victor. Larry Victor.»

Er nickte.

«Okay, Larry. Gehen Sie rüber, und warten Sie auf mich.»

«Wie lange? Ich meine, ich muß etwas tun. Ich kann nicht für immer in dieser Absteige herumhängen.»

«Wenn Blackstone die Geschichte rauskriegt, werden Sie in der großen Absteige im Himmel herumhängen», sagte ich. «Ich tue, was ich kann.»

Victor nickte zu oft und zu heftig. Er stand auf und steckte meine Zigaretten in seine Hemdtasche und den Hunderter einmal gefaltet in die Hosentasche.

«Lassen Sie die Flasche hier», sagte ich.

Er lächelte ein automatisches Lächeln und rieb sich das Kinn mit der Handfläche.

«Ich höre von Ihnen?»

Ich nickte. Er wandte sich der Tür zu.

«Ich habe Angel von Muriel erzählt», sagte ich.

Er blieb mit dem Rücken zu mir gewandt stehen.

«Was hat sie gesagt?» fragte er, ohne sich zu mir umzudrehen.

«Sie hat mir nicht geglaubt.»

Noch immer mit dem Rücken zu mir fragte er: «Erzählen Sie's Muriel?»

«Nein.»

Er nickte und ging ohne sich umzusehen zur Tür, öffnete sie und verschwand.

36

Ich rief Eddie Garcia unter der Nummer an, die Blackstone mir gegeben hatte, und er erklärte sich einverstanden, mich am Pier von Bay City zu treffen. Er war schon da, als ich ankam, stand am entfernten Ende gegen ein Geländer gelehnt und beobachtete die Möwen, die auf der Suche nach Fischen in die Wellen hinunterstießen und auf der Suche nach Abfall über den Pier kreisten.

Die Wolken hatten sich jetzt aus dem Talkessel verzogen, und der Ozean wirkte grau und geschmeidig, mit träge unter dem bewölkten Himmel hindurchziehenden Wogen. Mit den Gewitterwolken war ein Wind aufgekommen, der gegen die Wogenspitzen anpeitschte und etwas Gischt von ihnen abriß. Garcia trug zum Schutz gegen den Wind einen leichten Trenchcoat, mit hochgeschlagenem Kragen.

Als ich Garcia erreichte, rollte er sich mit seinem Rücken gegen das Geländer, stützte sich mit den Ellbogen darauf ab und sah mich an.

«Sie haben mich an einem schönen Tag rausgeholt, Seemann», sagte er.

«Sie haben den Pier ausgesucht», erwiderte ich.

«Ein guter Ort, um in Ruhe zu reden.»

Ich nickte. «Eine Menge freies Feld, damit man nicht in einen Hinterhalt gerät.»

Bei Tageslicht, aus der Nähe, konnte ich die Krähenfüße um Garcias Augen herum erkennen, die Tiefe der Falten um seinen Mund. Er sah nicht müde aus, nur älter, als ich angenommen hatte.

«Also, was gibt's, Seemann?»

«Erzählen Sie mir was über Muriel Blackstone.»

Hinter Garcias Augen schien sich etwas zu bewegen. Sein Gesicht blieb reglos.

«Warum?» fragte er.

«Ich sitze in der Klemme, Eddie. Ich gehe davon aus, daß ich Victor wahrscheinlich finden kann, und wenn ich das tue, kann ich auch dafür sorgen, daß er nach Hause zu Muriel zurückkehrt, aber ich bin nicht sicher, ob das für alle Beteiligten das Beste ist.»

«Warum nicht?»

«Er ist kein so besonders toller Bursche.»

Garcia bellte sein kurzes Lachen.

«Das wissen wir alle.»

«Es betrifft noch andere Leute.»

«Ich arbeite für Blackstone», sagte Garcia. «Genau wie Sie.»

«Das heißt noch lange nicht, daß ich ihm gehöre», erwiderte ich. Es war nur so dahingeredet, war nicht mehr als Zeit schinden, der Versuch, mir darüber klarzuwerden, was ich eigentlich bezweckte.

«Und es heißt auch nicht, daß ich ihm gehöre», sagte Garcia. «Na und?»

«Weiß Blackstone, daß sie nicht ganz astrein ist?»

Eddies lässiges Lehnen an dem Geländer wurde etwas angespannter. Seine Augen wurden schmal.

«Nicht ganz astrein?»

Ich trug wie er einen Trenchcoat; jeder gutgekleidete Draufgänger hatte einen. Ich griff in die Tasche und holte eines meiner Bilder von Muriel heraus. Ich fühlte mich wie jemand, der andere Leuten am Ärmel zupfte, um ihnen pornographische Postkarten zu verkaufen. Garcia nahm das Bild und betrachtete es ausdruckslos. Als er es mir zurückgab, klatschte ein Regentropfen auf das Foto – ein einziger Regentropfen, ein dicker, so groß wie ein Nickel. Auf dem Pier um mich herum hörte ich andere, vereinzelte Tropfen wie diesen zerspritzen. Ich rieb das

Bild an meiner Brust trocken und ließ es wieder in meine Manteltasche gleiten.

Garcia sah mich mit einem dünnen Lächeln an. «Wenn Mr. Blackstone jetzt hier wäre, wären Sie tot.»

«Er würde mich töten?»

«Er würde mich Sie töten lassen.»

«Ja-ah», sagte ich. «Ich höre meine Zähne schon klappern.»

«Woher haben Sie das Foto?»

«Spielt keine Rolle», antwortete ich. Der Regen wurde stärker, die nickelgroßen Tropfen rückten dichter und dichter zusammen. «Weiß Blackstone über sie Bescheid?»

Garcia schwieg nachdenklich. Ich stand da und wartete, während er nachdachte.

Schließlich sagte er: «Ja. Er weiß es. Mit der Kleinen lief es schon schief, als sie noch jung war. Suff, Schleicher, Drogen. Als sie jünger war, habe ich eine Menge Zeit damit zugebracht, ihr Leben wieder auf die Reihe zu bringen.»

«Zum Beispiel?»

«Zum Beispiel als sie zusammen mit irgendeinem Hollywood-Schwarm am Zuma Beach gehaust hat und ich hingegangen bin und mit ihm geredet hab und er sie in Ruhe ließ. Zum Beispiel gab es da ein Magazin, von dem niemand von uns je gehört hatte, diese Art, von der zwei Nummern erscheinen und das dann eingestellt wird und unter einem anderen Namen wieder herauskommt. Jedenfalls hatten sie ein doppelseitiges Foto von ihr»,

Garcia grinste brutal, «das *Blaublütige Nymphe* heißen sollte. Ich bin hingegangen und hab mit dem Herausgeber gesprochen. Solche Dinge.»

«Sie hat Victor kennengelernt, als er dieses Foto aufgenommen hat», sagte ich.

Garcia nickte. «Ja. Blackstone hat sie zu Ärzten gebracht, verdammt, wir sind bis in die Schweiz mit ihr gefahren. Exhibitionismus haben sie gesagt. Und eine Menge anderen Scheiß, mit dem ich nichts anfangen kann. Haben sie jedenfalls nicht geheilt, nur viel geredet.»

«Sind Sie schon lange mit Blackstone zusammen?» fragte ich.

«Einunddreißig Jahre.»

«Das bedeutet mehr, als nur für einen Mann zu arbeiten.»

«Also wo haben Sie das Bild her, Seemann?»

Der Regen fiel jetzt gleichmäßig und punktierte die schlüpfrige Oberfläche der Wellen.

«Lola Faithful hatte es, und sie hat es in der Union Station aufbewahrt. Ich habe den Einlieferungszettel in ihrem Haus gefunden.»

«Wieso haben die Bullen ihn nicht gefunden?» fragte Garcia.

«Sie haben nicht danach gesucht. Ich habe den Streit in der Bar verfolgt. Ich wußte, daß es ein Bild geben mußte.»

«Wie hat sie es bekommen?»

«Weiß ich nicht», sagte ich. «Sie war tot, als ich sie kennengelernt hab.»

«Und sie hat versucht, Larry damit zu erpressen?»

Ich nickte. Der Regen hatte Garcias dunkles Haar durchnäßt, und das Wasser lief ihm übers Gesicht. Garcia schien es nicht zu bemerken.

«Und er hat sie erledigt», sagte er.

Ich zuckte mit den Achseln. «Möglich. Vielleicht hat sie sich aber auch an andere gewandt.»

«Muffy?» fragte Garcia.

«Oder sie ist den ganzen Weg zurückgegangen, bis zur Quelle.»

«Mr. Blackstone», sagte Garcia.

«Was dann wahrscheinlich auf Sie hindeutet. Benutzen Sie eine kleinkalibrige Waffe mit präparierten Kugeln?»

Die beiden obersten Knöpfe von Garcias Regenmantel waren nicht zugeknöpft. Er machte eine Bewegung, und eine Waffe tauchte auf. Er drehte sich um, feuerte, eine Möwe begann mitten im Herabstoßen zu trudeln und stürzte in den Ozean. Garcia drehte sich wieder zurück, und die Waffe lag in seiner offenen Handfläche. Es war eine kompakte .44 Magnum, vernickelt und mit einem Zwei-Zoll-Lauf. Sie hätte ein baseballgroßes Loch in Lolas Stirn hinterlassen. Garcia bewegte sich erneut, und die Waffe war wieder in seiner Manteltasche.

«Nicht schlecht», sagte ich, «mit einem so kurzen Lauf.»

«Behalten Sie's in Erinnerung. Wenn ich Sie wäre, würde ich Les Valentine finden, ihn zurück zu Muffy bringen, Mr. Blackstones Kohle nehmen und mich verziehen.»

Der heftige warme Regen hämmerte auf uns herunter wie schwere Kopfschmerzen. Ich spürte die Feuchtigkeit, dort, wo sie durch meinen Kragen hineingesickert war. Jetzt war ein starker Wind dazugekommen, der uns beide herumschob.

«Mr. Blackstone hat es endlich geschafft, sie zu verheiraten, verstehen Sie? Der Kerl ist ein Widerling, na gut. Sie wissen es, ich weiß es, Mr. Blackstone weiß es. Aber Muffy weiß es nicht, und falls doch, stört es sie nicht. Und Mr. Blackstone stört es auch nicht. Er hat sie unter der Haube, draußen in Springs, weg von der Straße, in Sicherheit. Comprendes, Seemann? Vermasseln Sie das, und Mr. Blackstone wird mich losschicken, um Sie zu suchen.»

«Falls er das tut, Chico, weißt du ja, wo ich bin», sagte ich.

Und wir starrten uns eine Zeitlang durch den Regen an, mit dem schiebenden Wind im Rücken und niemandem sonst in Sichtweite, draußen am äußersten Ende des Stadtpiers über dem schmierigen grünen Ozean, weit, weit entfernt von Poodle Springs.

37

Es war Mittagszeit, als ich vom furchterregenden Eddie Garcia zurückkehrte. Ich duschte lange, zog frische Sachen an, machte mir einen starken Scotch mit Soda, setzte mich hin und rief Linda an. Tino war am Apparat.

«Mr. Marlowe», sagte er. «Es ist so schade, daß Sie nicht hier sind. Ich hoffe, Sie sind bald wieder zurück.»

Ich murmelte irgend etwas Ermutigendes und wartete, während er Linda holte. Als sie ans Telefon kam, war ihre Stimme so klar wie das Mondlicht.

«Darling, bist du im Trockenen und gut versorgt?»

«Ich wollte, daß du diese Nummer hast», sagte ich und gab sie ihr. «Es ist ein möbliertes Appartment an der Ivar. Kein Hausboy, kein Pool, keine Pianobar. Ich weiß nicht, ob ich das überlebe.»

«Es ist erschreckend, wie manche Leute freiwillig wohnen, nicht? Ich hoffe, du bekommst dort zumindest einen anständigen Gimlet.»

«Klar», sagte ich. «Was immer man will, bekommt man in Hollywood, das weißt du doch.»

«Bist du einsam, Darling?»

«Einsam, ich? Sobald sich herumgesprochen hatte, daß ich wieder in der Stadt bin, war eine ganze Herde von Paramount-Starlets auf der Western Avenue unterwegs.»

Wir schwiegen beide für einen Moment ins Telefon. Die Drähte zwischen uns summten mit leiser Spannung.

«Darling, sei jetzt bitte nicht böse, aber Daddy eröffnet eine Fabrikanlage, irgend etwas mit Kugellagern, in Long Beach, und er hat vorgeschlagen, daß du darüber nachdenken solltest, ob du dort die Position des, äh, Sicherheitschefs übernehmen willst.»

«Nein», sagte ich.

«Wir könnten in LaJolla wohnen; uns gehören dort

einige Grundstücke, und du würdest morgens zur Arbeit fahren und jeden Abend um halb sieben zu Hause sein.»

«Ich kann so nicht leben, Linda.»

«Ja. Ich dachte mir, daß du das sagst, aber, Darling, ich vermisse dich so sehr. Ich vermisse dich die ganze Zeit und nachts besonders. Ich hasse es, allein zu schlafen, Darling.»

«Ich vermisse dich auch, außer, wenn die Starlets hier sind.»

«Du Mistkerl! Warum bist du so ein Mistkerl, warum mußt du so hart sein, warum kannst du nicht ein bißchen nachgeben?»

«Das ist alles, was ich habe», sagte ich. «Ich habe kein Geld. Ich habe keine Aussichten. Alles, was ich habe, bin ich selbst. Alles, was ich habe, sind ein paar private Regeln, die ich für mich festgelegt habe.»

«Ich höre es, aber ich weiß verdammt noch mal nicht, was es bedeuten soll. Ich weiß nur, daß ich dich liebe und daß ich dich bei mir haben möchte. Was ist daran so schlecht?»

«Nichts, es ist gut. Aber du verlangst, daß ich anders sein soll, als ich bin. Und wenn ich mich ändere, verschwinde ich, weil da außer dem, was ich bin, nichts ist.»

Es entstand eine lange Stille in der Leitung, und dann sagte Linda leise: «Verflucht, Marlowe, der Teufel soll dich holen.» Sie legte sanft auf, ich hielt den Hörer noch für einen Augenblick in der Hand und legte ihn dann behutsam zurück auf die Gabel.

Ich nahm einen großen Schluck Scotch und sah mich in

dem gemieteten Appartment mit den gemieteten Möbeln um. Es war so reizend wie Sears und Roebuck. Dann stand ich auf, wanderte zum Fenster und blickte hinaus. Alles war dunkel. Es gab nichts zu sehen außer meinem Spiegelbild in der dunklen, vom Regen gestreiften Scheibe: ein zweiundvierzigjähriger Mann, der allein in einem gemieteten Zimmer in Hollywood trank, während über den Wolken das Universum weiter westwärts rollte, über die dunklen Weiten des Landes hinweg.

Ich wandte mich vom Fenster ab und machte mich auf den Weg in die Küche, um mein Glas aufzufüllen.

38

Am nächsten Morgen regnete es noch immer; die Art Regen aus dichten Wolken, die einen glauben läßt, es werde niemals enden. Ich schüttelte das Wasser von meinem Trenchcoat und hängte ihn in meinem Büro in die Ecke. Ich hatte einen Pappbecher mit Kaffee in der Hand, den ich unten gekauft hatte, und setzte mich an meinen Schreibtisch, um den Kaffee zu trinken. Meine .38 trug ich in einem Schulterhalfter. Eddie hatte ziemlich bedrohlich geklungen, und außerdem mußte ich mir, wenn es so weiterregnete, möglicherweise den Weg auf eine Arche freischießen.

Der Kaffee war zu heiß für mehr als einen kleinen Schluck, und ich stellte ihn auf die Ecke meines Schreibtischs, wo ich ihn erreichen konnte, wenn er abgekühlt war. Die Vorzimmertür wurde geöffnet und geschlossen. Es war ein kurzes Klacken von Absätzen zu hören, und dann kam Muffy Blackstone aus dem Regen herein. Sie trug einen scharlachroten Regenmantel und einen dazu passenden Regenhut. Um ihre Schulter hing eine große schwarze Handtasche, und ihre Füße waren durch glänzende, hochhackige Stiefel geschützt. Sie streckte einen davon aus, um die Tür zum Vorzimmer hinter sich zu schließen, marschierte dann vor meinem Schreibtisch auf und ab und starrte auf mich herunter.

«Gutes Wetter für Enten», sagte ich freundlich.

Sie starrte weiter. Ich nickte in Richtung des Kaffees auf der Schreibtischecke. Etwas Dampf stieg aus dem Becher auf.

«Möchten Sie einen Schluck? Ich habe keine andere Tasse, aber ich habe mir heute morgen gründlich die Zähne geputzt.»

Sie nahm ihre Hände aus den Taschen, öffnete die große Umhängetasche und holte den braunen Umschlag heraus, den ich ihr zwei Tage zuvor zugeschickt hatte.

Sie schleuderte ihn wortlos auf meinen Schreibtisch. Ich streckte mich danach, nahm ihn und fischte das Bild heraus. Dann betrachtete ich abwechselnd das Bild und sie, den Kopf schräg gelegt, um ihr Gesicht mit dem auf dem Foto zu vergleichen.

«Ja», sagte ich schließlich, «das sind Sie.»

«Wo haben Sie das her?» Ihr Gesicht war sehr ruhig, aber ihre Stimme schwankte überraschend stark.

«Lola Faithful hatte es versteckt», antwortete ich. «Ich

habe es in der Paketaufbewahrung in der Union Station gefunden.»

«Warum haben Sie es mir geschickt?» Das Schwanken in ihrer Stimme war jetzt noch ausgeprägter. Es war keine Gelassenheit, es war der Singsang der Hysterie.

«Ich bin von Anfang an um die Ränder dieses Falls herumgewandert. Ich dachte mir, wenn ich schon nicht reinkomme, könnte ich vielleicht jemanden dazu bringen, herauszukommen.»

«Sie ... versuchen ...» ihre Stimme begann sie zu verlassen. Sie würde flötenartig höher werden und dann versagen, also mußte sie in einer niedrigeren Tonlage noch mal anfangen. «Sie ... versuchen ... meine Ehe ... zu ... zerstören», trillerte sie.

Ich schüttelte den Kopf. «Nein, ich versuche Ihren Mann zu finden, und ich versuche herauszubekommen, wer Lola Faithful und Lippy umgebracht hat», sagte ich. «Und bisher bin ich dabei nicht so irrsinnig erfolgreich.»

«Wer ... wem haben Sie ... dieses Bild ... gezeigt?»

«Ich habe es Ihrem Vater gezeigt.»

«Lassen Sie meinen Vater da raus, Sie schmieriger ...» Die Worte kamen hektisch herausgesprudelt, und sie hatte keinen Abschluß für den Satz. Ihr fiel nichts ein, das schmierig genug gewesen wäre, um zu mir zu passen.

«Ich dachte, es gefiele Ihnen, wenn Ihr Bild herumgeht. Wic kommt's, daß Sie so aus dem Häuschen geraten?»

«Was wissen Sie denn?» Ihre Stimme schwankte nicht mehr. Sie war in ihren Brustkorb gesackt. In ihrem linken Mundwinkel hing eine kleine Speichelblase. Sie stand noch immer vor dem Schreibtisch, die Füße weit auseinandergestellt, die Hände wieder in den Taschen des Regenmantels. Sie hatte einen glänzenden Lippenstift aufgetragen und war unter den Augen stark geschminkt, aber ihr Gesicht war blaß, beinahe kalkweiß, als habe sie die Wüste niemals aus der Nähe gesehen.

«Ich weiß, daß Sie Les getroffen haben, als er Bilder für seinen Laden unten an der Highland Avenue gemacht hat. Ich weiß, daß Sie gerne nackt posiert haben, daß es Ihnen gefiel, wenn die Bilder in Umlauf gerieten, daß Sie gesehen werden wollten. Und ich weiß, daß Ihr Leben aus Drogen und Alkohol und einer Reihe von üblen Burschen bestand und daß Ihr alter Herr Sie aus allem rausgehauen hat.»

«Oder Eddie geschickt hat», sagte sie. Die Speichelblase war noch immer da.

Ich wartete. Sie nagte ein bißchen an ihrer Unterlippe, genug, um den dicken Lippenstift zu verschmieren. Sie leckte sich die Mundwinkel mit der Zungenspitze. Zuerst den rechten, dann den linken. Die Speichelblase verschwand.

«Arbeiten Sie für meinen Vater?» fragte sie.

«Er hat mich engagiert, Larry für Sie zu finden und ihn zurückzubringen.»

«Nennen Sie ihn nicht so», sagte sie, die Stimme noch immer im Brustkorb. «Nennen Sie ihn nicht Larry.»

«In Ordnung.»

«Er braucht Sie nicht, um ihn zu mir zurückzubringen. Er will, daß Sie ihn finden, damit Eddie ihn umbringen kann.»

«Warum sollte er das tun?»

«Weil er mich nie hergeben wird. Er wird mich niemals gehen lassen. Er findet einen Weg, immer.»

«Wieso hat er Sie und Les dann heiraten lassen?» fragte ich.

«Wir sind durchgebrannt, und als wir wieder zurückkamen, waren wir schon verheiratet. Es war zu spät.»

«Das hätte einen Mann wie Blackstone kaum gestört. Etwas so Unbedeutendes wie eine Heirat? Und ganz bestimmt auch nicht Eddie Garcia.»

«Ich wußte, daß Sie mir nicht glauben würden», sagte sie. Ihre Stimme begann wieder aufwärts zu flöten. «Das wird niemand. Er wird das auch wieder zerstören . . . wie er alles zerstört hat . . . und Sie werden ihm dabei helfen.»

Der Speichel war erneut in ihrem Mundwinkel aufgetaucht, und ihre Stimme lag jetzt in dem Bereich, in dem sie nur noch Hunde hören konnten. «Warum setzen Sie sich nicht, Mrs. Valentine?» sagte ich. Ihre Hände kamen wieder aus den Taschen, und in ihrer rechten lag eine Waffe. Sie war nicht besonders groß, versilbert, und soweit ich den Griff erkennen konnte, war er aus Perlmutt. Es war eine hübsche kleine Waffe, eine zum Herumtragen für die Dame, eine hübsche kleine Automatik, wahrscheinlich eine .25. Möglicherweise mit präparierten Kugeln geladen. Das unbarmherzige schwarze Auge der Waffe geriet zu keiner Zeit ins Wanken, als sie es auf mich gerichtet hielt. Die Kugel würde kein besonders großes Loch in meiner Stirn hinterlassen, wahrscheinlich nicht einmal eine Austrittswunde verursachen, nur drinnen ein paarmal abprallen, damit der Leichenbeschauer sie problemlos finden konnte, wenn er unten in der Stadt die Autopsie an mir vornahm.

Sie hielt die Waffe mit beiden Händen, geradeaus von sich weggestreckt, die Knie etwas gebeugt, die Füße bequem auseinandergestellt, als ob es ihr jemand beigebracht hätte. Ihr Mund war geöffnet, und ihre Zunge bewegte sich schnell über die Unterlippe. Sie atmete mit kleinen Schnaufern durch die Nase.

«Er liebt mich», sagte sie. «Und ich werde ... Sie ... das nicht ... verderben ... lassen.»

Alles bewegte sich sehr langsam. Der Regen spulte sich mit unendlicher Muße gegen das Fenster ab. Ich entdeckte einen verirrten Regentropfen, der sich am Aufschlag von Muriels Regenmantel hinunterschlängelte.

«Sie haben alle versucht, es zu verderben, nicht wahr?»

«Ja», flüsterte sie.

«Und Sie mußten sie töten?»

«Ja», wieder ein Flüstern, ein in einem langen Zischen herausgepreßtes Wort.

«Lola», sagte ich. Sie nickte langsam. «Lippy.» Wieder das Nicken.

Ich beugte mich langsam nach vorn und griff nach

meinem Kaffee. «Aber ich nicht. Ich versuche zu helfen. Ich weiß, wo Larry ist.»

Sie schüttelte langsam den Kopf. Alles war sehr langsam.

«Sie . . . werden es . . . nicht . . . verderben», sagte sie.

Ich ließ meine Kaffeetasse fallen. Der Kaffee schwappte über meine Hosenbeine, als die Tasse auf meinem Oberschenkel landete und zu Boden fiel.

«Hoppla», sagte ich, erhob mich kurz vom Stuhl hinter meinem Schreibtisch, bückte mich, um sie aufzuheben, und kramte dabei die .38 unter meinem Arm heraus. Ich ließ mich mit der linken Schulter auf den Boden fallen. Über mir war ein dumpfes Schnappen und dann noch eins zu hören, und zwei Kugeln gruben sich in die Wand hinter meinem Schreibtischstuhl. Ich gab einen geraden Schuß in die Decke ab, um sie wissen zu lassen, daß ich eine Waffe hatte. Ich hatte mich jetzt auf die Knie gerollt, noch immer hinter dem Schreibtisch gekauert, und wartete mit der .38 im Anschlag. Ich konnte ihren schnellen, flachen Atem hören.

«Ich will Sie nicht erschießen», sagte ich und kroch um die Ecke des Schreibtischuntersatzes. Ich hörte ihre Absätze, dann die Tür. Als ich aufstand, sah ich die Vorzimmertür zuschwingen. Ich ging zum Fenster und blickte hinunter auf den Hollywood Boulevard. Nach etwa einer Minute sah ich sie auf die nasse Straße hinaustreten, sich nach rechts wenden und den Hollywood Boulevard hinaufgehen; sie ging schnell, mit gesenktem Kopf, die Hände in den Taschen des Regenmantels.

Die meisten der Wagen auf dem Boulevard hatten an diesem schiefergrauen Morgen ihre Scheinwerfer eingeschaltet. Sie schienen auf den feuchten Gehweg und vermischten sich mit den bunten Neonspiegelungen und dem Glanz auf den nassen Wagendächern, als ich ihr hinterhersah, wie sie sich westwärts bewegte, vorbei am Chinesischen Theater, vorbei an den Souvenirshops und den Läden, in denen Reizwäsche verkauft wurde. Ich wandte mich ab, nahm die leere Hülse aus der Trommel, tat eine neue hinein und verstaute die Waffe wieder unter meinem Arm. Dann holte ich einige Papiertücher, wischte den vergossenen Kaffee auf und warf den Pappbecher weg. Ich betrachtete die Kugellöcher in der Wand und das in der Decke. Ich konnte nicht viel tun. Wahrscheinlich nichts Besseres, als sie unberührt zu lassen. Das würde meinem Image guttun. Ich zog meinen Trenchcoat wieder an und machte mich auf den Weg nach draußen, um meinen Wagen vom Parkplatz an der Cahuenga zu holen.

Ich hatte es nicht eilig. Ich wußte ziemlich sicher, wo sie hingehen würde. Es gab keinen anderen Ort.

39

Manchmal glaube ich, daß Südkalifornien im Regen besser aussieht als zu irgendeiner anderen Zeit. Der Regen spült den Staub weg und glasiert das Billige, die Armut und das Geheuchelte und frischt die Bäume und Blumen und das Gras auf, die die Sonne ausgetrocknet hat. Bel Air bestand in dem Regen, der die Straßen glitzern ließ, ganz und gar aus Smaragdgrün, Scharlachrot und Gold.

Zu dem Burschen vor Clayton Blackstones Tor sagte ich: «Marlowe. Ich arbeite für Mr. Blackstone.»

Der Wächter ging zurück in seinen Verschlag, der wohl nur in Bel Air als Verschlag galt. In Thousand Oaks wäre es eine Ranch mit zwei Schlafzimmern und Garten gewesen. Nach zwei oder drei Minuten kam der Wächter heraus und sagte: «Warten Sie hier, Eddie kommt runter, um Sie abzuholen.»

Ich saß da und sah zu, wie die Scheibenwischer ihre gestutzten Dreiecke auf meiner Windschutzscheibe formten. Nach weiteren ungefähr drei Minuten näherte sich ein Wagen von innen dem Tor. Eddie Garcia stieg aus, das Tor öffnete sich, und Eddie näherte sich, den Kragen seines Trenchcoats hochgeschlagen, meinem Wagen. Er stieg neben mir ein.

«Folgen Sie dem anderen Wagen», sagte er.

Wir fuhren durch das feuchte Grün um uns herum die gewundene Auffahrt hinauf und bogen unter den großen Vordereingang ein. Der Wagen vor uns hielt an, J. D. stieg aus und starrte zu mir zurück. Garcia stieg auf seiner Seite aus und ich auf meiner. Er zuckte mit dem Kopf, ich folgte ihm in den Flur, und er führte mich durch die Bibliothek in Blackstones Büro. Keiner von uns sagte etwas.

Blackstone saß wieder hinter seinem großen Schreibtisch, diesmal in einem zweireihigen blauen Blazer und einem weißen Tennishemd. An der Brusttasche des Blazers war eine Art Zierleiste. Neben der Bar stand, mit einem Drink in der Hand und wo ich sie erwartet hatte, Muriel. Ihre niedliche Waffe war nicht zu sehen. Eddie schloß die Tür hinter uns, als wir das Büro betreten hatten, und blieb mit dem Rücken zu ihr dort stehen. Ich durchquerte den Raum und nahm auf demselben Stuhl in der Nähe von Blackstones Schreibtisch Platz, auf dem ich auch beim letzten Mal gesessen hatte.

«Regnet», sagte Blackstone abwesend.

«Sogar in Bel Air», sagte ich.

Er nickte, an mir vorbei seine Tochter anstarrend.

«Sie waren ziemlich aufrichtig mir gegenüber, Marlowe, als Sie zuletzt hier waren.»

Ich wartete.

«Aber Sie haben einige Dinge zurückgehalten.»

«Hab nie das Gegenteil behauptet.»

Er sprach langsam und beinahe ohne jede Betonung. Wie jemand, der an andere Dinge dachte: vergangene Romanzen, spielende Kinder am Strand, solche Dinge. Er beugte sich vor, nahm eine Zigarre aus einer Kiste und stutzte sie vorsichtig mit einem Messer, das er in der mittleren Schublade des Schreibtischs aufbewahrte. Er zündete sie sorgfältig an, drehte das Ende langsam in der Flamme, nahm dann einen Zug, atmete den Rauch wieder aus und sah zu, wie er sich in der klimatisierten Luft auflöste. Während das passierte, sprach niemand. Durch das Panoramafenster sah ich den Regen die himmelblaue Wasseroberfläche des Pools kräuseln.

«Also, Marlowe, was haben Sie mir zu sagen?»

«Ihre Tochter hat in meinem Büro haltgemacht, kurz bevor sie hierhergekommen ist.»

«Oh?» Er sah Muriel an. Muriel hielt sich mit beiden Händen an ihrem Glas fest. Es war beinahe voll; sie schien vergessen zu haben, daraus zu trinken.

«Worum ging es bei Ihrem Gespräch im wesentlichen?» fragte er.

«Darum, daß Sie vorhätten, ihre Ehe zu zerstören, und daß ich, als Ihr Agent, zu demselben Zweck eingestellt worden sei.»

Blackstone starrte seine Tochter an. «Muriel?»

Sie gab keine Antwort. Sie hielt das Glas gegen ihre Brust gedrückt, als versuche sie, den Drink aufzuwärmen.

«Sie hat gesagt, sie würde mich genauso umbringen wie Lola und Lippy, und dann hat sie eine .25 Automatik mit Chromanstrich und Perlmuttgriff gezogen und angefangen, Kugeln in die Wände zu jagen.»

Blackstone änderte weder seinen Gesichtsausdruck, noch bewegte er sich. Er sah mich an wie jemand, der vollkommen gedankenverloren war.

«Lippy und Lola wurden mit einer .25 erschossen», sagte ich.

Blackstone nickte langsam, sah jedoch nicht mich an, sondern blickte durch den Raum zu seiner Tochter hinüber. Schließlich erhob er sich. Er trug weite weiße Hosen und weiße Halbschuhe. Er wanderte durch den Raum und blieb etwa einen Meter vor Muriel stehen.

«Muffy, es gibt nichts, das ich nicht kaufen oder in die Flucht schlagen kann. Nichts, das so zerbrochen ist, daß ich es nicht wieder zusammenbekomme.»

Sie sah ihn nicht an.

«Erzähl mir davon», sagte Blackstone. «Von der Waffe und von Lola und Lippy. Erzähl mir etwas über das, was Mr. Marlowe gesagt hat.»

«Lola hatte ein schlimmes Foto von mir», begann Muriel; ihre Stimme war kindlich. «So eins wie die, für die ich vor langer Zeit posiert habe.»

Blackstone nickte. «Du machst das nie wieder, nicht wahr, Muffy?»

Sie schüttelte den Kopf, den Blick noch immer auf den Boden gerichtet und das Glas vor der Brust umklammert.

«Sie hat gesagt, daß sie es allen Leuten in Springs zeigen wolle und daß sie allen erzählen werde, daß Les es aufgenommen hat, und...» sie schüttelte den Kopf, ohne aufzusehen.

«Und?» fragte Blackstone.

Muriel bewegte sich nicht.

«Und sie erklärte sich einverstanden, Lola in Larrys Büro zu treffen, und erschoß sie, als sie das Bild hatte», sagte ich. «Und nahm das Bild und räumte Larrys Aktenschränke aus und ging.»

«Wußte sie denn nicht, daß es andere Bilder geben würde?» fragte Blackstone.

«Sie hatte nicht alles auf der Rechnung. Sie wußte auch nicht, daß es Larry in die Geschichte verwickeln und die Leute zu Les führen würde.»

Wir redeten über sie, als sei sie ein Schmuckstück aus Jade.

«Was ist mit Lippy?» Blackstone wandte sich jetzt wieder direkt an Muriel. «Ich wußte nicht einmal, daß du ihn kanntest.»

«Er hat Mr. Marlowe engagiert, um Les zu finden und ihn wegen Geld zu schikanieren. Les hatte Schulden bei Mr. Lipshultz.»

Blackstone warf mir einen kurzen, harten Blick zu. Ich zuckte mit den Achseln.

«Wußtest du, daß Mr. Lipshultz für mich gearbeitet hat, Muffy?»

«Nicht bis Mr. Marlowe es mir gesagt hat.»

«Aber warum bist du denn nicht trotzdem zu mir gekommen, ich hätte dir Geld geben können. Das habe ich doch vorher auch immer getan.»

Sie starrte zu Boden.

«Warum, Muffy?»

«Ich habe mich geschämt», sagte sie. «Ich wollte dich nicht wissen lassen, daß Les Spielschulden hat. Deshalb bin ich rausgefahren, um mit Mr. Lipshultz zu sprechen.

«Kannte Lippy Ihre Tochter?» fragte ich.

«Nein. Er wußte nicht einmal, daß ich eine habe. Ich habe Geschäft und Familie immer strikt getrennt.» Er wandte sich wieder seiner Tochter zu. «Was ist passiert, Muffy?»

«Ich habe ihn gebeten, Les und mich nicht zu belästigen, und er hat gesagt, Geschäft sei Geschäft und daß sein Boss sein Fell gegen die Clubtür nageln werde, wenn er einen Schuldschein in dieser Höhe verlöre. Und ich habe gesagt, ich hätte das Geld nicht, aber es gäbe andere Wege, um zu bezahlen.»

«Herrgott», sagte Blackstone leise.

Seine Tochter schwieg.

«Und Lippy bekommt ein Lächeln wie Gevatter Bär und erzählt seinen Scharfschützen, daß sie die Kurve kratzen sollen, und trinkt seinen Scotch aus und sagt: ‹Wie gefällt dir dieser Ausblick auf die Wüste, Süße›, und . . .» Ich feuerte eine imaginäre Waffe ab, indem ich meinen Daumen auf meinen ausgestreckten Zeigefinger fallen ließ.

«Er hätte es . . . alles . . . zerstört», sagte Muriel. Ich kannte diesen Tonfall.

Blackstone stand da und sah seine Tochter für einen langen Augenblick an. Dann wandte er sich ab, ging zurück hinter seinen Schreibtisch und sank in seinen Stuhl. Er nahm seine Zigarre und paffte, um festzustellen, daß sie noch brannte, lehnte sich zurück und starrte seine Tochter ruhig quer durch den Raum an. Als er dann sprach, redete er mit mir.

«Ich habe Eddie Larry Victor verfolgen lassen, um festzustellen, was los ist.» Er machte eine Pause und betrachtete seine Zigarre. «Sie wissen, daß er eine Frau hat.»

«Ja. Wußte ich die ganze Zeit.»

«Und haben trotzdem keine Notwendigkeit gesehen, es mir zu erzählen, nicht einmal, nachdem Sie meine fünfhundert Dollar angenommen hatten.»

«Solange ich die Lage noch nicht geklärt hatte, dachte ich, es würde nur weh tun.»

«Was sagen Sie da? Was... wovon... reden Sie?» Muriel sah uns abwechselnd an.

«Er hatte eine andere Frau, Muffy», erklärte Blackstone. «Der Kerl, für den du zwei Menschen getötet hast, hatte eine andere Frau.»

«Was... soll... das... heißen... eine andere... Frau?»

«Er war gleichzeitig mit dir und mit einer anderen Frau verheiratet, Muffy. Er ist ein Bigamist.»

Die Stille im Raum implodierte, wurde dicht und dichter wie ein in sich zusammenstürzender Stern. Gegen die Tür gelehnt, stand Eddie Garcia und wirkte fast, als sei er eingeschlafen, abgesehen davon, daß sich seine Augen von Zeit zu Zeit träge bewegten.

«Das ist... nicht... wahr», sagte Muriel mit ihrem singenden Flüstern. «Das ist nicht... wahr.»

Blackstone sah jetzt mich an.

«Wo stehen Sie, Marlowe?»

«Sie hat zwei Menschen umgebracht. Damit kann ich schlecht in den Feierabend abschwirren.»

«Und ich kann sie nicht im Stich lassen», sagte er.

Muriel richtete sich an der Bar auf, drehte sich halb um und stellte den Drink behutsam mit beiden Händen auf der Bar ab.

«Ich werde nicht hier stehen und mir Lügen anhören», sagte sie. Ihre Stimme bewegte sich in den tieferen Tonlagen.

Blackstone schüttelte den Kopf. «Nein, Muffy. Du bist im Moment zu wacklig, du mußt dich erst beruhigen.»

«Du sitzt da und erfindest Lügen», sagte sie. Ihre Stimme war noch immer tief, aber ihr Atem ging kurz, und sie sprach keuchend. «Du willst ... meine Ehe ruinieren.» Sie bewegte sich langsam durch den Raum, die Hände hinten in den Taschen. Eddie stand im Durchgang, als observiere er den Großen Bären. «Du gönnst mich ... niemandem. Niemals. Du ... zerstörst es.»

«Muffy», sagte Blackstone. In seiner Stimme lag jetzt mehr Schärfe.

Sie drehte sich plötzlich um. Ihre Hände kamen aus den Taschen, die Waffe in der rechten. Sie schlug ihre linke Hand über die rechte, nahm ihre Schützenhaltung ein und setzte zwei Kugeln in Blackstones Stirn. Ich hatte mich in meinem Stuhl halb abgedreht, als das Krachen von Garcias schwerer Magnum ertönte und die eine Seite ihres Kopfes Blut spuckte, Muriel sich halb um ihre eigene Achse drehte und vornüber zu Boden stürzte.

In der dem Waffenfeuer folgenden, nachklingenden Stille untersuchte ich beide, den Korditgeruch im Raum riechend. Sie waren beide tot. Garcia hielt noch immer seine Waffe in der Hand, neben der Tür stehend. «Eine halbe Sekunde», sagte er. «Ich war eine halbe Sekunde zu langsam.»

Ich nickte.

«Vor zehn Jahren», fuhr er leise fort. «Vor zehn Jahren hätte ich ihn retten können.»

«Die Bullen werden dir das Ganze anhängen, Eddie, wenn sie dich für das hier drankriegen», sagte ich.

«Sie werden mich nicht finden, Marlowe.»

«Immerhin ziemlich gut geschossen. Die Überraschung lag bei ihr.»

«Eine halbe Sekunde», wiederholte Garcia, «eine halbe Sekunde zu langsam.»

Dann öffnete er die Tür und schloß sie wieder und war verschwunden.

Ich ging zu Blackstones Schreibtisch, nahm den Hörer ab und wählte eine Nummer, die ich viel besser kannte, als mir lieb war.

40

Die Bullen ließen mich am späten Nachmittag laufen. Sie wollten nicht, aber es gab nichts, um mich festzuhalten, abgesehen davon, daß ich ein lausiger Detektiv war, und damit hatten sie selbst genügend Probleme. Während ich den Küstenhighway in Richtung Venice entlangfuhr, fragte ich mich, wie schlecht ich als Detektiv gewesen war. Als ich Santa Monica erreichte, hatte ich beschlossen, daß ich die Frage nicht beantworten und genausogut daran glauben konnte, ein guter Detektiv gewesen zu sein, weil es ohnehin keinen Unterschied machte.

Ich parkte hinter dem Restaurant, in dem Angel arbeitete, ging hinein und sagte: «Erzählen Sie dem Boss, es sei ein Notfall, und kommen Sie mit.»

Ihre Augen weiteten sich, aber sie stellte keine Fragen. Fünf Minuten später saßen wir in meinem Olds und fuhren in Richtung Hollywood.

«Es gibt keinen Notfall», sagte ich im Wagen. «Das hab ich nur erfunden, um Sie rauszubekommen.»

«Wissen Sie, wo Larry ist?»

«Ja. Ich bringe Sie zu ihm.»

«Oh, mein Gott! Ist er in Ordnung?»

«Klar», sagte ich, obwohl ich nicht sicher war, ob Larry Victor jemals in Ordnung sein würde.

Dann fuhren wir schweigend weiter. Der Regen hatte sich zu einem Nieseln abgeschwächt, das gerade noch reichte, um die Scheibenwischer zu beschäftigen.

«Was das Verheiratetsein mit anderen Frauen betrifft...» sagte ich nach einiger Zeit.

«Ich weiß, daß das nicht wahr ist.»

«Ja. Da hab ich mich geirrt.»

Als wir vor dem Motel anhielten, in dem Larry sich verkrochen hatte, hatte der Regen bereits aufgehört.

Das Motel war eines dieser einstöckigen Dinger mit in verschiedenen Farben gestrichenen Türen und einem im ersten Stock umlaufenden Balkon. An beiden Enden des Balkons waren Treppen. Die Rezeption am anderen Ende ragte im rechten Winkel heraus und war mit einer Art künstlicher Steine verblendet. Angel und ich gingen die Treppen hinauf zu Victors Zimmer. Ich klopfte an die Tür.

«Ich bin's, Marlowe.»

Einen Augenblick später hörte ich Schritte, dann öffnete sich die Tür einige Zentimeter weit, und Larry spähte heraus. Ich trat zur Seite, und er sah Angel.

«Larry», sagte sie. «Larry, ich bin es.»

Er schloß die Tür, nahm die Kette herunter und öffnete sie wieder, und Angel schien in seine Arme abzuheben.

«Larry! O mein Gott, Larry!»

Ich stand einige Minuten draußen an die Wand neben die Tür gelehnt und rauchte eine Zigarette und betrachtete die Bewegung der Regenwolken, die jetzt aufzubrechen begannen. Dann betrat ich das Zimmer. Angel und Larry saßen händchenhaltend auf dem Bett. Sie sah ihn an, als sei er der König sämtlicher Perser.

Ich sagte: «Muriel Blackstone ist tot. Genau wie ihr Vater. Bei dem, was er war, wird das für ein ziemliches Durcheinander sorgen. Wie Sie damit klarkommen, ist Ihr Problem.»

«Wie? Wer?» fragte Victor.

«Spielt keine Rolle. Sie waren's nicht, und ich war es auch nicht.»

«Das ist die Frau, von der Sie behauptet haben, Larry sei mit ihr verheiratet gewesen», sagte Angel.

«Ich hab mich vom Schein täuschen lassen», entgegnete ich.

«Ja, das stimmt.» Victor nickte. «Der Schein kann einen manchmal täuschen.»

«Ich weiß nicht, daß Sie hier sind», sagte ich. «Ich weiß nicht, wo Sie sind.»

Ich nahm Blackstones restliche Vierhundert aus meiner Brieftasche und legte sie auf den billigen Tisch neben der Tür.

«Rufen Sie mich nicht an, Victor. Kommen Sie mich nicht besuchen.»

Ich drehte mich um und ging aus dem Zimmer. Victor folgte mir.

«Warten Sie einen Moment», sagte er und trat auf den Balkon. «Was, wenn die Bullen kommen?»

«Werden sie», erwiderte ich. «Wenn sie Sie finden können.»

«Aber was soll ich machen?»

«Halten Sie sich von mir fern. Und geben Sie gut auf dieses Mädchen acht. Wenn mir jemals zu Ohren kommt, daß Sie es nicht gut behandelt haben, spüre ich Sie auf und ramme Sie ungespitzt in den Erdboden.»

«He, Marlowe, es gibt keinen Grund, so zu reden. Himmel, wir haben eine Menge zusammen durchgemacht.»

«Ja. Denken Sie an das, was ich Ihnen gesagt habe.»

Ich drehte mich um und ging. Hinter mir hörte ich Victor sagen: «Marlowe? Herr im Himmel, Marlowe.»

Ich ging weiter.

Ich hörte noch, wie mir Angel nachrief: «Wiedersehen, Mr. Marlowe. Vielen Dank.»

Ich winkte, ohne mich umzublicken. Dann war ich in meinem Wagen und unterwegs auf der Wilcox Avenue.

41

Es war zu spät, um ins Büro zurückzukehren, und zu früh, um in meinem möblierten Appartment die Wände zu zählen. Vielleicht später. Ich würde eine Schachstellung aufbauen, ein paar Drinks nehmen, meine Pfeife rauchen. Aber nicht jetzt. Wenn ich jetzt anfinge, würde der Abend zu lang.

Also rollte ich gemächlich durch Hollywood und betrachtete die Gauner und Zuhälter, die Touristen und die Huren, die Leute aus Plainfield, New Jersey, die nach Stars Ausschau hielten, die Highschool-Schönheitsköniginnen aus Shakopee, Minnesota, die schon Veteranen der Besetzungscouchen waren. Sie alle waren auf dem Boulevard, erschrocken, erwartungsvoll, wütend, verzweifelt, gerecht und ungerecht; sich vermischend, umherhastend, herumhängend, auf der Suche nach einem Ausweg, einem Anteil, einer Chance, einem netten Wort; auf der Suche nach Geld, nach Liebe, nach einem Platz zum Schlafen; probierten ein paar Drogen, etwas Alkohol, etwas zum Essen abzustauben; die meisten allein, beinahe jeder einsam.

Ich fand einen Parkplatz auf der gegenüberliegenden Straßenseite, stieg aus und ging in eine Bar an der Roosevelt. Ich hatte einen Wodka-Gimlet vor mir und saß am Ende der Bar, um ihn zu trinken. Die Feierabendkundschaft begann hereinzuströmen. Ich sah in das Barlicht, das durch den beinahe strohfarbenen Gimlet fiel. Es war lange her, daß ich in dieser Bar gesessen und einen Gimlet mit Terry Lennox genommen hatte, lange her, seit ich Linda zum ersten Mal getroffen hatte. Harlan Potters Tochter: Gold und Diamanten und Seide und Parfüm, das mehr kostete, als ich in einer Woche verdiente. Eine lange Zeit, und jetzt, da es vorbei war, saß ich noch immer am Ende der Bar und trank allein.

Zu schade, Marlowe. Zu schade, daß es keinen anderen Weg gab.

Ich trank den Rest meines Gimlets und stand auf, ging hinaus und fuhr nach Hause.

Mein Appartment verströmte den muffigen, abgestandenen Geruch, der sich entwickelt, wenn den ganzen Tag über niemand zu Hause ist. Ich ließ die Flurtür offenstehen und riß einige Fenster im Wohnzimmer auf, um für Durchzug zu sorgen. Die Wolken waren jetzt nach Westen abgetrieben, eingefärbt von der Sonne, die im Untergehen begriffen war. Ich ließ die Fenster und die Tür offenstehen und ging in die Küche, um mir einen Drink zu machen. Ich tat Eis und Soda in ein Glas mit einem Schuß Scotch und trug es zurück ins Wohnzimmer und – sah Linda. Sie war hereingekommen und hatte die Tür geschlossen. Neben ihr auf dem Boden stand ein kleiner Übernachtungskoffer. Sie trug ein rosa Kostüm und einen albernen rosa Hut, der so groß war wie ein Teppichläufer, und dazu weiße Handschuhe und Schuhe. Ihr Übernachtungskoffer war rosa mit weißen Zierleisten und ihren Initialen. L. M.

«Lange in der Stadt?» fragte ich.

Sie gab keine Antwort, sah mich nur an, und ihre Augen waren riesig und genauso dunkel wie leuchtend.

«Das hier ist alles Eigentum der Gemeinde», sagte ich. «Bist du hergekommen, um die Hälfte meiner Munition mitzunehmen?»

«Ich bin hergekommen, um mit dir zu schlafen.»

«Ich dachte, wir wollten uns scheiden lassen.»

«Ja», sagte sie, «das werden wir. Aber das miteinander Schlafen wird dadurch nicht berührt.»

«Du scheinst dir deiner ja fürchterlich sicher zu sein. Übernachtungskoffer und so weiter. Was, wenn ich nein sage?»

Linda lächelte und schüttelte den Kopf. Ich fühlte mich, als könnte ich in ihren Augen verschwinden, wenn ich sie zu lange ansah.

«Du hast recht. Ich werde wahrscheinlich nicht nein sagen.»

Sie lächelte ein bißchen breiter, noch immer wortlos, noch immer mit der hinter ihren Augen lauernden Endgültigkeit. Sie griff nach oben, zog die Nadel aus dem albernen rosa Hut und legte ihn auf den Kaffeetisch.

«Ich muß wissen, was all das für uns bedeutet.»

Sie nickte langsam.

«Es bedeutet», sagte sie, und ihre Stimme war weit weg, wie im Gleichklang mit einem unhörbaren Orchester, «daß wir beide uns zu sehr lieben, um uns aufgeben zu können. Wir können unsere Ehe beenden, aber nicht unsere Liebe. Wahrscheinlich können wir nicht zusammen leben. Aber warum sollten wir deswegen kein Liebespaar sein?»

«Oh», sagte ich. «Verstehe. Das bedeutet es.»

«Ja.»

«Tja, erscheint mir sinnvoll.»

Linda knöpfte die Jacke ihres Kostüms auf und zog sie aus, öffnete den Reißverschluß ihres Rocks und glitt heraus. Sie zog ihren Slip aus und ließ ihn auf den Boden fallen, richtete sich auf und lächelte mich noch etwas mehr an.

«Möchtest du, daß ich dir hier auf dem Wohnzimmerfußboden den Rest gebe, oder möchtest du lieber ins Schlafzimmer?» Jetzt schien ich von meiner Stimme abgetrennt zu sein, so, als wäre die Wirklichkeit weg, und wir beide würden ein langes Gedicht aufführen, das ein anderer vor langer Zeit erfunden hatte. Linda antwortete nicht.

«Was wäre dir lieber?» hörte ich mich sagen.

«Beides», hörte ich Linda sagen. Und später, sehr viel später in der Dunkelheit, die Welt war weit weg, hörte ich einen von uns fragen «für immer?», und der andere, ich weiß nicht wer, unsere Stimmen waren schon lange miteinander verschmolzen, antwortete «für immer».